Nané Lénard
SchattenGrab

Im Verlag CW Niemeyer sind bereits folgende Bücher der Autorin erschienen:

SchattenHaut
SchattenWolf
SchattenGift
SchattenTod
KurzKrimis und andere SchattenSeiten

Bibliografische Information der Deutschen Nationalbibliothek
Die Deutsche Nationalbibliothek verzeichnet diese Publikation in der Deutschen Nationalbibliografie; detaillierte bibliografische Daten sind im Internet abrufbar über http://dnb.ddb.de

2. Auflage 2014

www.niemeyer-buch.de

Der Umschlag verwendet Motive von shutterstock.com.
Little girl screaming ollyy 2013, storm at sea ANP 2013
Druck und Bindung: AALEXX Buchproduktion GmbH, Großburgwedel
Printed in Germany
ISBN 978-3-8271-9422-0

Dieses Buch möge den Menschen gewidmet sein,
die im Bereich der operativen Fallanalyse tätig sind
und allen anderen, die ebenfalls dafür Sorge tragen,
dass Verbrechen nicht ungesühnt bleiben.

Wer niemals den Schatten des Sehnens erfuhr,
das Bangen, das Flehen, die schlimmste Tortur,
hat nie je sein Kind an das Nichts verloren,
sein eigenes Fleisch und sein Blut, das geboren
in einer der glücklichsten Lebensstunden.

Wer jemals sein Kind in den Schatten gesucht,
sich selbst und sein Schicksal hat weinend verflucht,
hat schmerzlich in Tagen und Nächten gelitten,
weil kein lautes Klagen, nicht leisestes Bitten
zum zweiten Mal schenkt, wovon man entbunden.

Gewissheit und Ruhe schenkt nurmehr der Tod.
In ihm lebt und endet zugleich alle Not,
denn was viel zu früh still in Dunkelheit starb
und klagend versteckt lag im SchattenGrab
hat in der Erinnerung Heimat gefunden.

Prolog

Es war noch früh, als sich der alte Hinnerk aufmachte, um am Strand in Neuharlingersiel nach Pfandflaschen zu suchen, die niemand zurückgebracht hatte. Auf diese Weise besserte er sein monatliches Einkommen etwas auf. Die Saison begann jetzt erst. Am Wasser war es noch kühl, auch wenn die Luft nun bereits nach Frühling roch und die Tage länger waren.

Das Wasser begann schon wieder abzulaufen, stellte Hinnerk fest, als er einen Blick in den Hafen warf. Die letzten Fischerboote nahmen Kurs auf ihren Liegeplatz. Hinnerk nickte Olaf und Fiete zu. Die kannten ihn noch aus der Zeit, als er selbst frühmorgens vom Meer zurückkam. Mit Leib und Seele war Hinnerk Fischer gewesen, bis zu jenem unglückseligen Tag. Er kannte die See mit ihren Untiefen und Strömungen wie seine Westentasche, wusste, wo gute Fischgründe waren. Aber das interessierte heute niemanden mehr. Sie lächelten, klopften ihm auf die Schultern und schenkten ihm manchmal einen Fisch, wenn er vorbeikam. Falls er einen guten Moment erwischte und sie Langeweile hatten, sprachen sie sogar mit ihm und hörten ihm zu. Er erzählte gerne von früher, hatte jedoch den Eindruck, dass sie im Grunde über den alten Seebären schmunzelten, wenn er davonhinkte mit dem einen kürzeren Bein, das ihm das Leben nach seinem Unfall schwer gemacht hatte.

Von der Grundsicherung war er in eine magere Rente gerutscht. Ohne Wohngeld hätte er sich nicht einmal das möblierte Zimmer bei Gundula unter dem Dach leisten können. Die wenigstens kochte gelegentlich für ihn mit, weswegen er ihr meistens den Fisch gab, den er am Hafen geschenkt bekam.

Hinnerks Streifzug um die Strandkörbe war heute wenig erfolgreich. Nur fünf Pfandflaschen hatte er in seiner Tüte. Er entschied sich, auf dem gepflasterten Strandweg zurückzugehen und ein Auge auf die schon wieder trocken liegenden Stellen zu werfen, wo das Meer sich bereits zurückgezogen hatte. Da hatte er manch interessantes Strandgut gefunden, so früh am Morgen, wenn noch kaum jemand auf den Beinen war. Langsam humpelte er auf den Deich an der Fahrrinne zu, der in einem rechten Winkel zum Strandweg lag. Hier sammelte sich so einiges, was das Meer mitgebracht hatte.

Mit seinem Stock stocherte Hinnerk durch die Algen und Muscheln und steckte eine kleine Plastikpfandflasche in seine Tasche. Weiter hinten fand er eine Armbanduhr mit rosa Band, deren Glas beschlagen war und ein Handy ohne Akku in einem Haufen von Müll und Tang. Beides steckte er ein. Mal sehen, ob damit noch etwas anzufangen war, dachte er und suchte weiter.

Außer ein paar Scherben, rostigen Nägeln und einer korrodierten Batterie bot ihm dieser Morgen nichts mehr, was er gebrauchen konnte. Er wollte die Suche eben beenden, da stieß sein Stock an etwas feingliedriges Bleiches. Hinnerk zuckte zusammen. Es gab keinen Zweifel, das waren Knochen. Entweder eine Hand oder ein Fuß, eher ein Fuß, dachte er, weil die Knochen länglich waren. Fieberhaft überlegte er. Sollte er sie einstecken und einfach verschwinden lassen? Er hatte keine Lust auf die Polizei und das ganze Tamtam. Die würden nur unangenehme Fragen stellen. Dabei hatte er doch mit nichts etwas zu tun. Es würde seine Zeit kosten. Grübelnd hinkte er zehn Meter im Sand hin und her, mehrere Male und konnte sich nicht entscheiden. Dann sah er sich die Knochen noch einmal an und stellte seinen Fuß daneben. Der war fast doppelt so lang, selbst seine Hand sah dagegen groß aus. Ihm wurde heiß und kalt. Hinnerk seufzte. Er schwitzte an diesem kühlen Morgen. Das konnte doch niemand gebrauchen. Und alles nur wegen der paar Flaschen. Was sollte er jetzt tun? Die Knochen liegen lassen und einen der Fischer bitten, die Polizei zu rufen? Dann könnte jemand anders hier herumstöbern. Sollte er sie einstecken und selbst auf die Wache bringen? Aber man durfte ja nichts anfassen. Das wusste er aus dem Fernsehen. Er würde schnell zum Hafen humpeln. Irgendeiner hätte bestimmt ein Handy und würde für ihn anrufen.

Hinnerk war selbst noch nicht lange am Strand zurück, da sah er schon, wie die Beamten aus Esens oben am Deich auftauchten. Er winkte.

„Hmm“, brummte Polizeihauptmeister Christian Hansen mit sandigen Schuhen, bückte sich und schnaufte. Er war mittlerweile Ende vierzig und konnte seinen Bauchansatz nicht mehr mit der Dienstjacke kaschieren. „Gräten sind das nicht!“

„Ihr glaubt doch wohl nicht, ich rufe euch wegen ein paar lausiger Gräten an oder was?“ Hinnerk kochte innerlich.

„Menschenknochen?“, fragte Hansens junger Kollege Martin Hinrichsen.

„Woher soll ich das wissen?“, stöhnte Hansen und erhob sich mühsam. „Das muss ein Arzt begutachten! Ich rufe Hauke, äh Dr. Johann, an. Er soll rauskommen.“

Hinnerk fand, dass das die erste gute Idee war.

„Sieht wie ein Fuß aus!", sagte Hinrichsen, der die Fundstelle umrundet hatte.

„Dann würde ich mal nicht zu viel da herumwandern, falls wir die Kripo noch brauchen." Christian Hansen holte sein Handy aus der Tasche, setzte sich auf eine Bank am Strandweg und rief seinen Schwager an.

Es dauerte eine halbe Stunde, bis Dr. Hauke Johann am Strand eintraf. Inzwischen war es fast neun und der Strand füllte sich mit Touristen. Hinrichsen scheuchte die Schaulustigen weg.

„Tja, Krischan", sagte Dr. Johann, „das sind eindeutig Menschenknochen, und um es etwas einzugrenzen: Es sieht so aus, als handele es sich um den Fuß eines Kindes! Näheres müsste aber die Rechtsmedizin klären."

„Scheiße!", entfuhr es Polizeihauptmeister Hansen. „Also das volle Programm." Er warf seinem Kollegen Hinrichsen einen genervten Blick zu. „Du sorgst dafür, dass hier keiner in die Nähe kommt, verstanden?" Dann zog er zum zweiten Mal an diesem Morgen sein Handy aus der Tasche und rief die Kripo an.

Unter der Frankenburg war nichts mehr wie vorher. Auch das Versprechen des Frühlings, der sich mit lauer Luft und Vogelzwitschern ankündigte, konnte Kommissar Wolf Hetzer keine Freude schenken. Niemals zuvor in seinem Leben hatte er gefühlt, dass seine Batterie so leer war. Selbst die Sonne, die nun schon wieder Kraft hatte, konnte ihn nur mühsam aus dem Haus locken. Vielleicht war es auch seine Schäferhündin Lady Gaga gewesen, die ihn genötigt hatte, indem sie ihn immer wieder mit der Schnauze anstupste, bis er endlich seufzend nachgab. Im Hauswirtschaftsraum stieg er in das schlammfarbene Paar seiner Lieblingsschuhe und ärgerte sich, dass er sie nicht erst draußen angezogen hatte. Diese Sauerei. Dreckklumpen überall, durch die jetzt zu allem Überfluss auch noch der Hund sprang, der sich auf seinen Spaziergang freute.

„Du bist echt gaga!", sagte er zu ihr. Ihm fiel ein, wie sehr er sich damals amüsiert hatte, als sich eine Sängerin diesen Namen gegeben hatte. Jeder dachte natürlich, dass die Schäferhündin nach ihr benannt war. Ihm war das heute egal. Es war lange her. Er konnte sich fast nicht mehr daran erinnern, wann er zum letzten Mal Spaß gehabt hatte. Von fleischlichen Freuden ganz zu schweigen. Seine Laune sank.

Er hatte gehofft, dass die freien Tage ihm guttun würden, aber das war ein Trugschluss. Ihm blieb nur noch mehr Zeit, um über sich selbst und die nahe Vergangenheit nachzudenken.

Das Fazit, das er ziehen musste, als er den Waldweg hinaufging, war erschreckend. Sein Kollege Dickmann war tot, und er hatte es nicht verhindern können. Wie seine Verlobte war er in seinen Armen gestorben. Das hatte die alten Schatten zurückkehren lassen. Moni, seine Nachbarin und Freundin, mit der er gerne sein Leben geteilt hätte, lebte überwiegend bei ihrer Schwester auf Teneriffa. Ein anderer Kollege war suspendiert worden, und Peter Kruse ... Ja, Peter Kruse, sein Freund und Teamkollege war schwer verliebt und beschäftigt.

Hetzer fühlte sich im Stich gelassen. Daran konnten die Kater Max und Moritz ebenso wenig ändern wie Lady Gaga, die jetzt mit einem Stock im Maul auf ihn zugelaufen kam und ihn anwedelte. Alle hatten Erwartungen an ihn, aber es kostete ihn Überwindung, sie zu erfüllen. Halbherzig warf er den Stock und war nicht traurig, als er beim vierten Mal in einer Astgabel hängen blieb.

Momentan brachte er nicht einmal die Energie auf, sich mit dieser Anna aus Vehlen zu treffen. Er wusste nicht, worüber er mit ihr sprechen sollte. Er kannte sie ja kaum. Mit Moni wäre das etwas anderes gewesen.

Hetzer fragte sich, ob er vielleicht depressiv war oder sich zumindest in einer solchen Phase befand. Eigentlich warf ihn nichts so leicht um, doch nun war vieles zusammengekommen. Ihm fehlten die schönen Dinge des Lebens. Er sollte sich darauf besinnen, dachte er, und hielt sein Gesicht in die Sonne. Die Wärme und das Licht waren doch ein guter Anfang. Er musste einfach nur auftanken. Mit diesem Vorsatz schlenderte er langsam nach Hause zu seiner alten Kate unter der Frankenburg und wunderte sich, dass dort eine dunkel gekleidete Gestalt auf den Stufen vor seiner Haustür saß. Sie schien ganz in sich zusammengesunken zu sein.

Verschwunden

Irgendwo in einer Villa am Rande der Eilenriede in Hannover war seit Wochen nichts mehr so, wie es einmal gewesen war. Wenn ein Kind spurlos verschwindet, verändert sich das Leben auf eine Art und Weise, die niemand nachempfinden kann, der dies nicht selbst erlebt hat. Verena Görlitz hatte längst keine Tränen mehr. Sie waren in den Flugblättern, Zeitungsberichten und Fernsehappellen versiegt. Übrig blieb das Grauen. Die Fantasie zeigte ihr immer wieder neue Bilder. Meist in der Nacht, aber oft auch am Tage, sah sie ihre Tochter Sophie gequält, gefoltert, missbraucht und auf jede erdenkliche Todesart ums Leben gebracht. Sie wollte diese Bilder nicht, versuchte sie von sich zu schieben, nahm Tabletten, um zu vergessen und erkannte schließlich, dass dadurch nichts besser wurde. Nur das Dumpfe nahm zu und sie musste doch wach bleiben. Wach für Sophie, falls sie noch lebte.

Anfangs hatte man nach ihr gesucht und viele Fragen gestellt, doch inzwischen war das Interesse verebbt. Sie blieb einfach verschwunden. Kein Lebenszeichen, keine Lösegeldforderungen, einfach nur ein grausames Nichts, als ob es die Siebenjährige niemals gegeben hätte. Ihr Zimmer lag verwaist im ersten Stock. Man konnte ihren Duft einatmen, wenn man es betrat. Er war noch da, doch Verena hielt sich fern, aus Angst, sie könnte die Sehnsucht dann nicht ertragen.

Ihr Mann, Dr. Justus Görlitz, ging anders mit der Situation um. Sie konnte ihm nicht vorwerfen, dass er sie leichter nahm. Er stürzte sich in seine Arbeit, bis spät in die Nacht. Manchmal, wenn sie nach ihm suchte, fand sie ihn im Kinderzimmer. Doch er hatte wenigstens noch ein Kind aus erster Ehe. Sarah studierte längst und lebte ihr eigenes Leben in einer anderen Stadt. Sophie war Verenas einziges Kind. Ein unverhoffter Glücksfall, mit dem sie nie gerechnet hätte. Ein Wunder, das einer gebärunfähigen Frau kurz vor dem vierzigsten Lebensjahr zuteil geworden war, in einer Zeit größter Zerrissenheit. Erst durch Sophie lag ihr Weg klar vor ihr. Mit dem Kind, das in ihr wuchs, wuchs auch die Entschlossenheit ihn zu gehen.

Lady Gaga war längst schwanzwedelnd vorausgerannt, als Wolf Hetzer endlich erkannte, wer da vor seiner Haustür saß.

„Moni", rief er, „bist du's wirklich?"

„Ein Geist bin ich nicht!", sagte sie und kraulte die Hündin hinter den Ohren. Wolf fand, dass sie grau im Gesicht war. Er setzte sich zu ihr auf die Stufen. Alles an ihr schien farblos, das Haar, die Haut, die schwarze Kleidung. Da begriff er plötzlich.

„Mein Beileid", sagte er leise und legte den Arm um sie. „Wollen wir nicht reingehen? Ist ein bisschen kalt auf den Stufen." Sie nickte und richtete sich auf.

Wolf schloss die Tür auf und nahm Moni ihren Mantel ab. Schwarz unter schwarz, dachte er mehr im übertragenen Sinn, und das genau in dem Moment, wo ich mich entschlossen habe, wieder etwas bunter in die Zukunft zu sehen.

„Möchtest du Kaffee?", fragte er.

„Ja, schwarz bitte!", gab sie zurück und setzte sich zu den Katern Max und Moritz auf die Chaiselongue.

„Du wirst gleich ganz voller Haare sein", wandte Wolf ein. „Die Jungs wechseln gerade ihr Fell und dein Kostüm ist ruiniert."

„Egal, das hat sowieso ausgedient. Ich bin so froh, wieder hier zu sein." Moni rutschte etwas näher zu den Katern.

„Wann ist deine Schwester denn verstorben? Oder möchtest du nicht darüber sprechen?", fragte Wolf vorsichtig.

„Doch! Genau das möchte ich. Sprechen, meine ich. Das hat mir so gefehlt, da in dieser einsamen Finca." Sie räusperte sich. „Meine Schwester hat nicht mehr lange gelebt nach ihrem Sturz. Du erinnerst dich noch, dass ich ziemlich Hals über Kopf abgereist bin. Sie lag noch eine Zeit lang auf der Intensivstation, dann sah es zunächst gut aus und plötzlich ist sie an einer Lungenembolie gestorben."

„Das tut mir sehr leid, Moni!"

Moni winkte ab. „Ach, weißt du, wir hatten nicht immer das beste Verhältnis. In den letzten Jahren war es mehr eine friedliche Koexistenz. Ich fühlte mich halt für sie verantwortlich, als sie krank wurde. Es war trotzdem eine einsame Zeit. Äußerlich sonnig, innerlich unterkühlt. Sie war kein besonders geduldiger Patient. Von der schönen Insel habe ich wenig gesehen."

„Schade", sagte Wolf und meinte das in jeder Hinsicht, nur in einer nicht, dass Moni wieder da war. „Du könntest das irgendwann nachholen."

„Vielleicht", gab Moni nachdenklich zurück, „aber nicht allein. Ihr habt mir gefehlt."

Während Wolf darüber nachdachte, wen genau sie mit „ihr" meinte, Peter, Nadja und ihn oder die Tiere und ihn, ließ sich Moni einfach zurückfallen und seufzte.

„Ich mach' dann erst mal den Kaffee", sagte er und schmunzelte in sich hinein. Dabei fiel ihm auf, dass das nach langer Zeit der erste Anflug eines Lächelns war.

Moni kam es so vor, als sei sie von einer Reise zum Mond zurückgekehrt. Was war sie enttäuscht gewesen, dass auf ihr Klingeln an Hetzers Tür weder ein Bellen noch Schritte zu hören waren. Da aber das Auto auf dem Hof stand, konnten die beiden nur im Wald sein. Sie entschloss sich zu warten, und nun lag sie auf dem herrlich großen Sofa. Dort fühlte sie sich sauwohl, auch wenn der Kaminofen nicht brannte. Die Kater, die sich rechts und links an ihre Körperseite geschmiegt hatten, wärmten gut.

Als Wolf mit den Kaffeetassen kam, setzte sie sich auf und erntete dabei einen beleidigten Blick aus den blauen Ragdollaugen. Schon wieder wurden sie im Schlaf gestört und mussten sich anders hinlegen. Moni sah an sich herab und grinste.

„Die weißen Flusen peppen doch das alte Ding richtig auf. Tut mir fast leid, es wegzuschmeißen."

„Du siehst aus wie in Mehl gewälzt, dabei hatte ich das Sofa erst abgesaugt", sagte Hetzer und schüttelte den Kopf. „Ich hatte dich gewarnt!"

„Egal, erzähl lieber, wie es dir ergangen ist", bat Moni. „Ein bisschen habe ich ja aus der Zeitung mitbekommen."

„Du hast dir die Schaumburger Zeitung nachschicken lassen?"

„Sicher, glaubst du, ich will nicht wissen, was hier los ist?"

„Dickmann ist tot."

„Das weiß ich."

„Erschossen!"

„Ach du Schreck!"

„Ja, er ist in meinem Arm gestorben."

Moni rückte näher und legte die Hand auf Wolfs Schulter.

„Das tut mir leid. Er war ein netter Kerl. Ich habe ihn damals auf deinem Geburtstag kennengelernt."

Wolf nickte.

„Peter und Nadja sind ein Paar. Ich weiß nicht, ob du das noch mitbekommen hast", sagte Wolf.

„So am Rande", erwiderte Moni und lächelte ihn an. „Das ist doch eine schöne Nachricht."

„Schon, aber sie sind sehr mit sich beschäftigt", antwortete Wolf nachdenklich. „Und der letzte Fall war richtig heftig. Um ein Haar wäre noch alles schiefgegangen. Jetzt bin ich richtig alle, irgendwie ausgebrannt, fast ein bisschen depri, dachte ich vorhin."

„Dann ist es doch gut, dass ich wieder hier bin", sagte Moni und Wolf fühlte, dass sie recht hatte. „Wir jaulen uns heute Abend beide etwas vor, trinken ein Glas Wein zu viel und beschließen dann, die Welt ab morgen wieder etwas positiver zu sehen. Wäre das okay? Ich möchte nämlich ungern allein sein. Davon habe ich die Nase voll."

„Ja, ich auch", seufzte Wolf. „Rot oder weiß?"

„Beides!"

„Zur Pizza?"

Moni strahlte. „Wie habe ich die vermisst!"

„Und als Nachtisch Sex", schlug Wolf mit frechem Grinsen vor und erwartete eine saftige Antwort, aber sie lachte nur.

„Das willst du dir nicht antun. Ich weiß nicht mal mehr, wie das geht. Es ist jahrelang her."

„Meinst du nicht, dass es dann mal wieder Zeit wird?"

„Du kannst es ja versuchen, wenn ich einen im Tee habe. In nüchternem Zustand traue ich mich sowieso nicht", sagte sie zwinkernd und wusste selbst nicht, wie ernst sie die Sache meinte. „Aber vielleicht fangen wir erst mal langsam an."

„Mit lustvollem Teigkneten?"

„Zum Beispiel!"

Für Wolf war es, als ginge die Sonne auf. Erst jetzt merkte er, wie sehr er sie vermisst hatte. Ihre lieben Augen, ihre Wärme. Mit einem Mal schien alles nicht mehr so schlimm zu sein. Er zwinkerte ihr zu und ging in die Küche. Heute würde er ihr eine Pizza backen, wie sie sie noch nie gegessen hatte.

„Du, ich husche mal schnell rüber", rief sie ihm aus dem Flur zu.

„Aber nicht zu lange", sagte er mit gespielt strengem Ton und streckte seinen Kopf durch den Spalt der Küchentür, „ich mache schon den Wein auf und möchte mit dir auf deine Rückkehr anstoßen."

Moni nickte und ließ die Tür ins Schloss fallen.

Hinnerk war völlig genervt. Jetzt saß er schon seit Stunden im Café am Hafen und wartete. Sie wollten ihm noch Fragen stellen, hatte es geheißen. Dann hatten sie ihn vom - wie sie sagten - Fundort weggescheucht wie eine Fliege und ihm dabei auch noch einen Zehner in die Hand gedrückt. Als ob er seinen Kaffee nicht mehr selbst bezahlen könnte. In jüngeren Tagen hätte er dem arroganten Flegel in Uniform das Geld vor die Füße geschmissen. Jetzt fand er, dass er diese unverhoffte Unterstützung von Vater Staat lieber annehmen sollte, wenn auch mit einem Knurren.

Er fühlte sich ein bisschen unwohl. Zwei Dinge brannten in seinen Hosentaschen, eins rechts, eins links, dabei hatte er nur Strandgut eingesteckt. Aber wenn er an diese Knochen dachte, hatte er ein schlechtes Gewissen. Die Mädchenuhr und das Handy hatten in der Nähe gelegen. Er hätte beides sofort abgeben sollen. Es jetzt zu zeigen, war schlecht. Damit würde er sich möglicherweise verdächtig machen, auch wenn er einfach nur am Strand herumgestöbert hatte. Die Welt war schlecht. Arme, alte und kranke Mitbürger könnten in Verdacht geraten, während andernorts ein Kindermörder sein Unwesen trieb. Aber vielleicht machte er sich auch zu viele Gedanken. Was sollte er auch schon tun? Das Gehirn stand ja nicht still, wenn man stundenlang darauf wartete, dass man gelöchert wurde.

Sollte er die Sachen nun rausrücken? Hinnerk war unentschlossen. Er mochte Kinder. Die Knochen kamen ihm wieder in den Sinn. Seufzend griff er in seine Hosentaschen und zog die Gegenstände heraus. Er wendete die rosafarbene Mädchenuhr hin und her, konnte aber nichts weiter entdecken, außer dass sie beschlagen und stehen geblieben war. Auch das Handy verriet ihm nichts als ein paar Schrammen im silbernen Gehäuse und dass das Batteriefach samt Akku fehlte. Was sollte er schon mit dem Schrott? Und vielleicht diente das Strandgut dazu, ein fieses Schwein zu schnappen. Aber so schnell wollte er die Karten nicht auf den Tisch legen, dachte er und steckte beides wieder ein. Erst mal sehen, was der von der Kripo für Fragen stellte, und damit schien es jetzt endlich loszugehen.

Selbst in der Phase des Leidens trat eine gewisse Gewöhnung ein, wenn nichts Neues geschah und sich nur die lähmende Ungewissheit durch Tag und Nacht zog. Zeiträume dehnten sich bis zur Unendlichkeit aus, ja die Zeit selbst verlor ihre Dimension in der Seele der Wartenden.

Verena war in einen Zustand ewiger Dämmerung übergegangen, doch der Alltag ging weiter. Man kann sagen, dass sie doppelt vorhanden war, weil Körper und Psyche keine Einheit mehr bildeten. Sie funktionierte wie ein Uhrwerk, ohne dass ihre Seele daran Anteil nahm. Die war entrückt in sich selbst. Sie schützte sich auf diese Weise und war von außen schwer erreichbar. Das machte es noch schlimmer für Justus, der nicht nur seine Tochter, sondern auch seine Frau verloren zu haben schien. Beide waren verschwunden, wenn auch auf unterschiedliche Weise. Er wäre ihr gern eine Stütze gewesen, vermochte sie aber nicht zu erreichen. Von ihr konnte er keine Hilfe erwarten. Sie war mit ihrer Kraft am Ende, die nicht einmal für sie selbst gereicht hatte.

Oft saß er des Nachts im Kinderzimmer und versuchte zu verstehen, was nicht zu begreifen war. Knapp fünf Wochen, genauer gesagt 33 Tage, war Sophie nun fort, ohne dass es den kleinsten Hinweis gab. Anfangs war es turbulent gewesen. Befragungen durch die Polizei konnten den Schockzustand nicht durchdringen, in dem sie sich befanden. Es gab auch nicht den kleinsten Hinweis auf eine Entführung. Sophie war einfach aus dem Haus verschwunden, als ihre Mutter zum Einkaufen war. Winterjacke und Stiefel fehlten, Mütze und Handschuhe hatte sie dagelassen. Das sprach im Grunde dafür, dass sie nur in der Nachbarschaft zum Spielen unterwegs war, aber normalerweise tat sie das nie, ohne ihrer Mutter Bescheid zu sagen.

Die Polizei hatte Sophies Verschwinden sehr ernst genommen, als sie am frühen Abend die Vermisstenanzeige aufgegeben hatten. Und obwohl die Eltern schon in der Verwandt- und Bekanntschaft angerufen hatten, nahmen die Beamten Kontakt mit jedem auf, der Sophie kannte, auch in der Nachbarschaft rund um die Gretchenstraße, in der Schule und im Freundeskreis. Hunde wurden eingesetzt, aber ihre Spur endete auf dem Gehsteig. Auch im Hannoverschen Stadtwald, der Eilenriede, fand man nichts, was auf den Aufenthalt oder den Verbleib des Mädchens hindeutete.

Nachdem sich der Tumult um Sophies Fortsein gelegt hatte, wurde es sehr ruhig. Zu ruhig. Man hatte die Fangschaltungen aus der Telefonanlage wieder entfernt, ein Entführer hatte sich nie gemeldet. Und auch die wäre ohne Erpresserschreiben wahrscheinlich nie installiert worden, wenn Justus nicht einen Freund beim LKA gehabt hätte.

Sophie war einfach weg und wurde - ohne dass ihr wahres Schicksal ergründet werden konnte - zu einer Leiche in der Kartei verschwundener Kinder.

Das war ein unerträglicher Zustand, und jeder, der jemals durch die Geburt eines Sohnes oder einer Tochter zu einem Elternteil geworden war, konnte das verstehen.

Thorsten Büthe, Fallanalytiker beim LKA Hannover, war ebenfalls Vater von zwei inzwischen erwachsenen Söhnen. Ihm ließ der Fall Sophie keine Ruhe und das lag nicht nur daran, dass das Mädchen die Tochter seines Freundes war. Er hatte ein Fax aus Neuharlingersiel bekommen und dann per Mail weitere Bilder angefordert. Beim Anblick der Uhr war es ihm heiß und kalt den Rücken heruntergelaufen, denn er meinte sich daran erinnern zu können, etwas Ähnliches am Arm des Kindes gesehen zu haben. Bestimmt nur ein Zufall, aber dennoch ging es ihm nicht aus dem Kopf. Er wollte jedoch nichts unternehmen, bis er weitere Informationen wegen des skelettierten Kinderfußes aus der Rechtsmedizin hatte.

Vielleicht war es ein glücklicher Zufall, dass ihn genau in diesem Moment des Grübelns ein Freund anrief, Wolf Hetzer aus Todenmann.

„Mensch, Wolf, altes Haus, lange nichts gehört!“, freute sich Thorsten am anderen Ende der Leitung.

„Ja“, brummte der, „tut mir leid. Die Geschichte zu Ostern hat mich ganz schön mitgenommen. So wirklich erholt habe ich mich immer noch nicht. Ich überlege, noch ein paar Tage Urlaub zu machen, bevor ich mich wieder in den Alltag stürze und wollte mal hören, wie es dir geht.“

In Thorsten Büthes Gehirn ratterte es.

„Och, so weit ganz gut. Freie Tage könnte ich auch mal wieder gebrauchen. Ist aber nicht möglich. Wir sind doch ab nächste Woche wieder draußen in Rusbend. Diese Geschichte da am Mittellandkanal, du weißt schon."

„Ja, das ist auch mit ein Grund, warum ich dich anrufe. Wir könnten uns vielleicht treffen? Du bist ja ganz in der Nähe."

„Muss ich gucken. Meist sitzen wir mit unserer Ermittlungsgruppe den ganzen Tag bis spät in den Abend zusammen, und dann will ich einfach nur nach Hause. Ich hoffe, du verstehst das."

„Ja klar, falls es trotzdem irgendwie reinpasst, würde ich mich freuen. Du könntest auch bei mir übernachten, wenn es abends mal zu spät wird", schlug Wolf vor und bereute es sofort ein bisschen, als er an Moni dachte.

„Das ist ein nettes Angebot, aber am liebsten schlafe ich mit der Hand auf dem Busen meiner Frau", sagte Büthe schmunzelnd, „und du willst doch auch erst mal wegfahren, dachte ich. Käme da bei dir zufällig ein Kurzurlaub an der See infrage?"

„Möglich", antwortete Wolf und sah sich am Strand mit Moni spazieren gehen, „gar keine schlechte Idee. Ich hatte noch nicht weiter darüber nachgedacht. Wieso fragst du?"

„Ich habe da einen Hintergedanken", gab Thorsten zu.

„War mir irgendwie klar", schmunzelte Wolf, „und welchen?"

„Ich brauche einen heimlichen Ermittler zuerst in Neuharlingersiel und dann in Bückeburg, allerdings mehr in eigener Sache."

„Wegen Dani oder wegen eurer Kinder? Studiert nicht einer in Hamburg?"

„Mit meiner Familie hat das nichts zu tun, mehr mit der Familie eines Freundes."

„Okay, ich höre."

„Vor rund fünf Wochen ist die Tochter meines Freundes Justus Görlitz, Dr. Justus Görlitz, aus Hannover spurlos verschwunden."

„Der begnadete Handchirurg? Ich kenne die Eltern seiner Frau."

„Genau der!"

„Und was hat das mit Neuharlingersiel zu tun?", wollte Wolf wissen. Die Pizza im Ofen fing schon an zu duften. Er hoffte, dass Moni bald wiederkam, denn er hatte eine Idee.

Thorsten Büthe räusperte sich. „Ich habe gestern kurz vor Feierabend Nachricht bekommen, dass am Strand von Neuharlingersiel die Fußknochen eines Kindes angetrieben worden sind. Sie befinden sich gerade in der Rechtsmedizin. Wird aber ein paar Tage dauern, bis das Ergebnis vorliegt. Jetzt ist erst Wochenende und die Tests brauchen ihre Zeit. Im Strandgut ist auch eine Uhr gefunden worden. Die könnte der Kleinen meines Freundes gehört haben. Ich meine, ich hätte mal so eine an ihrem Arm gesehen. Rosa und ein richtig hässliches Ding. Ich kann dir ein Bild schicken."

„Das ist aber ein etwas vages Unterfangen", gab Wolf zu bedenken.

„Vielleicht, aber ich dachte ja nur, wenn du sowieso an die See willst ...", sagte Thorsten.

„Das hab ich nie gesagt. Der Vorschlag kam von dir", antwortete Hetzer und musste insgeheim grinsen, „aber es könnte sein, dass dein Plan aufgeht, weil es mir ganz gut in den Kram passt. Was soll ich denn deiner Meinung nach da oben tun?"

„Hör dich einfach ein bisschen um, mehr nicht."

„Schon klar, du weißt genau, dass ich das nicht kann. Wenn ich erst mal an etwas dran bin, will ich auch wissen, was es damit auf sich hat", betonte Wolf und stellte den Ofen aus. Der Käse färbte sich bereits goldbraun.

Thorsten grinste in sich hinein. „Wie du meinst. Dann schicke ich dir mal alles per Mail, was ich habe. Viel ist es aber nicht. In Groß-Holum gibt es übrigens das Landhotel Bauernstuben. Da kann man vorzüglich absteigen, vor allem, wenn man wie du ein Gourmet ist und Fisch mag."

Wolf dachte daran, dass Moni zwar kein Fleisch, aber sehr gerne Fisch aß und bedankte sich für den Tipp, bevor er auflegte.

In seinem Leben gab es mal wieder eine Wendung, mit der er nicht gerechnet hatte. Seit Moni wieder da war, schien es wirklich bergauf zu gehen. Wahrscheinlich war es gut, jetzt trotzdem noch ein paar Tage freizumachen, überredete er sich selbst, um sein schlechtes Gewissen zu beruhigen. Peter würde Rinteln und Bückeburg nicht allein schaffen können und um Unterstützung aus Nienburg bitten müssen. Aber das war auf der anderen Seite vielleicht auch nicht schlecht, wenn sie jemanden hatten, der sich in ihrem Bereich ebenfalls auskannte, wenn einmal Not am Mann war.

Wolf wollte gerade Monis Nummer wählen, um ihr zu sagen, dass die Pizza fertig war, da klingelte es an der Haustür. Gedankenübertragung, schoss es ihm durch den Kopf, doch er sollte sich irren.

Hinnerk ärgerte sich. Man hätte ja wenigstens anbieten können, sein zweites Stück Kuchen und den Grog zu übernehmen, damit er mit Gönnermiene hätte ablehnen können, doch der Beamte schien gar nicht daran zu denken, als er seinen Kaffee bezahlte, der Geizkragen. Dabei hatte er stundenlang in diesem Café gesessen, wenigstens kam es ihm so vor. Zum Schluss hatte er doch noch Uhr und Handy aus seiner Manteltasche gezogen. Das hatte ihm auch nur misstrauische Blicke eingebracht und doofe Fragen, auf die er sowieso keine Antwort wusste. Nein, kein Akku und keine SIM-Karte, hatte er trotz mehrmaligen Nachfragens betont. Warum er die Sachen mitgenommen hätte, wollte der Bulle wissen. So blöde Fragen konnte auch nur ein Oberspinner von Schreibtischtäter stellen, dachte Hinnerk bei sich. Interessantes Strandgut glitt immer in die Taschen. Es erzählte manch spannende Geschichte, um die er bei passender Gelegenheit sein Seemannsgarn spinnen wollte. Wegschmeißen konnte man es später noch. Das eine oder andere besondere Stück hatte er schon seinem Freund Gunnar gegeben, der es in einer Online-Auktion verhökerte und ihm einen Teil des Erlöses abgab. Wie bei der alten Öllampe zum Beispiel, die für fast hundert Euro über den Tisch gegangen war. Ein netter Zusatzverdienst zu Hartz IV und dem Pfandflaschenerlös.

Wie hätte er denn ahnen können, dass die Teile möglicherweise zu den Knochen gehörten? Taten sie vielleicht auch gar nicht, und er hatte sie umsonst weggegeben. Er würde sie wiederbekommen, wenn sie ermittlungstechnisch nicht von Interesse wären, hatte der Kripo-Fritze gesagt. Wer's glaubt ... Als ob die nix besseres zu tun hatten, als einem alten Sack das Strandgut wieder auszuhändigen. Das war futsch. Na ja, sei's drum, grummelte er in sich hinein und schlief vom Grog innerlich erwärmt auf seiner Couch ein. Er war sich sicher, dass er nie wieder etwas mit dieser Sache zu tun haben würde. Das allerdings sollte sich als Irrtum erweisen.

Das Klingeln an der Tür brachte ihm nicht Moni zurück, sondern Peter, der mal ganz zufällig zur Abendessenszeit nach seinem Freund und Kollegen Wolf sehen wollte und nach dem Öffnen der Tür verzückt in Richtung Küche schnüffelte. Ihn hatte die nahe Vergangenheit weniger mitgenommen. Er war ohnehin aus anderem Holz geschnitzt und hatte eine Frau an seiner Seite, die ihn liebte. Das machte viel aus. Jetzt, so fand Wolf, kam er sehr ungelegen.

„Äh, hallo Sportsfreund", sagte er etwas verlegen und knuffte den 1,99 Meter großen Peter in die Schulter.

„Ich wollte mal nach dir schauen. Ob du noch lebst und so. Und ob du am Montag wieder zum Dienst kommst", wollte Peter wissen.

Wolf machte keine Anstalten ihn hereinzulassen. Das verwirrte Peter so, dass er große Pausen zwischen den Halbsätzen machte. Die Stille dazwischen war unangenehm.

„Eher nicht", antwortete Wolf durch den Spalt, „wahrscheinlich fahre ich noch ein paar Tage zur Erholung an die See. Ich melde mich morgen. Schönen Abend noch!" Mit diesen Worten machte er die Tür wieder zu und ließ Peter einfach stehen. Der schüttelte den Kopf und schob das komische Verhalten auf Wolfs momentane Gemütslage. Hoffentlich würde sich die bald ändern. So war er kaum auszuhalten, wie ein anderer Mensch kam er ihm vor. Für einen kurzen Moment schoss ihm noch die wahnwitzige Idee durch den Kopf, dass sein Kollege vielleicht im Haus bedroht wurde und ihn deswegen nicht reinlassen konnte. Aber genauso schnell, wie ihm das eingefallen war, verwarf er den Gedanken wieder. Lady Gagas feuchte Nase im Türspalt und der leckere Pizzageruch sprachen eindeutig dagegen. Es musste einen anderen Grund geben, warum er sein Abendbrot nicht mit ihm teilen wollte, und er würde ihn herausfinden.

Während sich Verena in vielen Jahren abgemüht hatte ein Kind zu bekommen, war ihre Schwester Antonia mit Nachwuchs geradezu gesegnet worden. Schon in der ersten Schwangerschaft gelang ihr ein Doppelwurf mit zwei Mädchen. Grit und Liv, die Zwillinge, waren zweieiig und sehr unterschiedlich. Während Grit eher die dunklen Locken ihrer Mutter geerbt hatte, kam Liv genau auf ihren strohblonden Vater, der seine dänischen Vorfahren nicht verleugnen konnte. Antonia selbst verfügte über ein feuriges Temperament und war zeitlebens von einer vagen Unruhe geplagt, von der sie selbst nicht wusste, woher sie gekommen war. Aber möglicherweise gab es auch gar keinen Grund, sondern es war einfach nur ihr Naturell.

Da Antonia das Nesthäkchen der Familie von Bodenstein war und ihre promovierten Eltern bestrebt gewesen waren, sich in ihren Berufen zu verwirklichen, blieb ihr wenig Zeit mit Vater und Mutter. Verena, die fast zehn Jahre älter war, wurde zu ihrer eigentlichen Bezugsperson. Toni, wie sie von der Schwester genannt wurde, hing an ihr wie der Teufel an der Seele. Das empfand die Ältere zunächst als angenehm und niedlich. Als sie jedoch in die Pubertät kam und auch mal ungestört in ihrem Zimmer knutschen wollte, nervte die Kleine von Zeit zu Zeit.

Toni konnte nicht verstehen, wieso sie nicht wie immer willkommen war und dabei sein konnte, wenn Freunde kamen. Sie klopfte dann, schob Zettel unter der Tür hindurch oder fing sogar an zu weinen, wenn sie ihren Willen nicht bekam. Sonntagsmorgens machte sie sich einen Spaß daraus, Verena auf Anweisung ihrer Eltern zu wecken. Dabei stürmte sie das Zimmer, riss das Außenrollo hoch und stellte den Kassettenrecorder auf volle Lautstärke. Das weckte selbst den genüsslichsten Schläfer und Verena stand mit einem Fluchen auf. Allerdings beruhigte sie sich schnell wieder, denn sie konnte nicht lange böse auf die Kleine sein.

Trotz des großen Altersunterschieds gab es eine innige Verbindung zwischen den ungleichen Schwestern, die niemals abriss. Für Toni war es ein schwarzer Tag, als die Ältere kurz nach dem Abitur in eine Wohngemeinschaft zog und mit dem Studium anfing. Sie weinte sich nächtelang in den Schlaf und konnte es einfach nicht verstehen. Zu Hause war doch genug Platz gewesen, da war sie gewesen. Sie brauchte sie doch. Toni fühlte sich von ihrer Schwester im Stich gelassen. Verena jedoch saß auf den Umzugskartons in ihrem neuen Zimmer und fühlte sich frei. Sie war endlich unabhängig und konnte tun und lassen, was ihr gefiel. Sie konnte ausschlafen, so lange sie wollte, essen, was ihr schmeckte. Herrlich!

Dass das eigenständige Leben auch seine Schattenseiten haben konnte, erfuhr sie erst später.

Antonia hielt unterdessen ihre Eltern auf Trab. Sie schleppte eine Katze an, die nur nach großem Theater leidlich geduldet wurde und hatte Freunde, die weder Vater noch Mutter für standesgemäß hielten. Alles beruhigte sich später, als sich Toni mit einem jungen Kollegen ihres Vaters einließ, der seinen Facharzt für Innere Medizin an der MHH in Hannover machte. Mit Eike Svenson wurde alles gut. Man verstand sich auch mit dessen Eltern, die mittlerweile in der Nähe von Eckernförde lebten. Als dann die Zwillinge unterwegs waren, schien Tonis Leben absolut perfekt zu sein. Und obwohl es die Mädchen ein bisschen zu eilig hatten, ins Leben zu treten, waren doch keine Schäden zurückgeblieben. Verena lebte diese Schwangerschaft mit, denn sie hatte noch keinen Mann gefunden, den sie zum Vater hatte machen wollen. Dafür nahm sie regen Anteil am Werden und Gedeihen ihrer Nichten. Eike war zu der Zeit sehr angespannt und zu häufigen Zusatzdiensten eingeteilt worden. Sie sprang ein und unterstützte Toni, die mit den beiden „Frühchen" rund um die Uhr beschäftigt war.

Wann immer es Eike möglich war, kümmerte er sich rührend um die Kleinen und unterstützte seine Toni. Als sich im Sophienstift in Jever eine interessante Stelle bot, zog die kleine Familie in den Norden.

Nach und nach schlich sich die Unzufriedenheit in Tonis Leben. Sie saß mit den Mädchen in Wiefels nahe Jever fest, weil sie dort ihr Pferd auf einem Hof hatte unterstellen können, dessen Besitzer schräg gegenüber ebenfalls ein Haus zur Miete angeboten hatten. Das schien zunächst eine gute Lösung zu sein. Im Weidenweg war es ruhig, aber auf Dauer etwas zu ruhig für eine junge Frau. Die einzigen Außenkontakte, die ihr blieben, waren die Besitzer oder Reiter anderer Pferde auf dem Hof, auf dem auch ihre Stute stand. Wenn Eike nach Hause kam, ging sie reiten oder misten und saß manchmal mit den anderen bis spätabends im Bauwagen. Das Fachsimpeln über die Reiterei machte ihr Spaß. Eike ahnte, wie wichtig es war, dass Toni auch Zeit für sich hatte. Pferde waren seit der Jugend ihre große Leidenschaft gewesen. Er hatte allerdings wenig für diese Gäule übrig, die einfach zu riesig waren, überdies stanken und viel Geld kosteten. Lieber verbrachte er seine freie Zeit in der Natur auf dem Rad oder beim Schwimmen.

Die unterschiedlichen Neigungen mögen auf Dauer dazu geführt haben, dass sich die Eheleute entfremdeten, wobei Eike trotzdem zufrieden war. Toni jedoch litt darunter, dass ihm eine Ehe wie Bruder und Schwester mit gelegentlich schnell vollzogenem Beischlaf zu genügen schien. Sie wollte mehr. Sie wünschte sich Geborgenheit, die sie auch körperlich fühlen konnte. Einen Mann, der nicht nur alles im Haushalt und mit den Kindern machte, sondern auch in der übrigen Zeit ganz intensiv für sie da war und sie mit seiner Zuwendung glücklich machte.

Da dieser Zustand nicht eintrat, fühlte sie eine innere Leere, die immer größer wurde und sie zu verschlingen drohte. Der Zufall wollte es, dass sie Horst Schmidt über einen Reiterkumpel kennenlernte. Seine lustige, unbeschwerte Art gefiel ihr. Er war so ganz anders als der eher nachdenkliche, sparsame und kühl wirkende Eike.

Horst ritt auch, aber nicht auf Pferden. Er fuhr Motorrad. Und er trank gern Bier in der Laube mit Gleichgesinnten. Frank, der seinen Wallach ebenfalls auf dem Hof in ihrer Straße stehen hatte, hatte sie irgendwann auf eine Feier dorthin mitgenommen. Seitdem fuhr sie auch ab und zu allein in die Laube, um Horst nahe zu sein.

Es dauerte nicht lange, da lag sie in Horsts Arm und kam ihm so nahe, dass sich ein Ei in ihrer Gebärmutter einnisten konnte, bevor Eike überhaupt vermutete, dass etwas mit ihrer Ehe nicht mehr in Ordnung war.

Die Trennung war unerfreulich und ein Schlag in Eikes Gesicht, weil sie aufgrund der Schwangerschaft so abrupt und endgültig war. Einen kurzen Moment hatte er überlegt, das Kuckuckskind als sein eigenes zu akzeptieren und sich mit Toni darauf zu einigen, lieber zusammenzubleiben, doch sie wollte nicht. Es gab kein Zurück. Sie zog mit den Zwillingen nach Wittmund. Er nahm sich ein Zimmer in Jever und beschloss, sich alsbald eine andere Stelle in einem anderen Ort zu suchen.

Den Anflug eines schlechten Gewissens hatte Wolf, als er dem verdutzten Peter die Haustür vor der Nase zugeschlagen hatte, aber er nahm sich vor, das wieder gutzumachen. Nach einem kurzen Blick in den Herd griff er erneut zum Telefon und rief Moni an, die versprach, schnell rüberzukommen.

Die Abende waren jetzt nach der Zeitumstellung schon länger hell. Rötlich umspielte die untergehende Sonne alles, was noch unbelaubt war, aber schon grüne Spitzen zeigte, die sich ans Licht drängten. Der Frühling war glücklicherweise nicht mehr aufzuhalten, dachte Hetzer und freute sich, dass er mit diesem Aufbruch in eine neue Jahreszeit auch die nahe Vergangenheit hinter sich lassen konnte. In seinem Kopf hatte die Idee einer Reise an die Nordsee zu wachsen begonnen, nachdem Thorsten Büthe vom LKA diesen Keim in ihn gepflanzt hatte. Warum eigentlich nicht? So ein paar Tage Luftveränderung und Ortswechsel konnten nicht schaden, bevor er in den Alltag zurückkehrte. Nachher oder besser morgen früh würde er sich die Bilder ansehen, die Thorsten ihm geschickt hatte. Heute war erst mal nur Moni wichtig. Er hatte sie viel zu lange vermisst. Außerdem wollte er sie verlocken, ihn an die See zu begleiten. Komischerweise wurde ihm erst jetzt bewusst, wie sehr sie ihm gefehlt hatte. Er war eben ein Meister im Verdrängen. Das konnte er wirklich gut.

Sie klingelte wie immer, obwohl sie einen Schlüssel hatte. Ein warmer Schauer durchzog ihn, als er die Tür öffnete und die kleine Frau mit dem kurzen, grauen Haar hereinließ. Lady Gaga wedelte im Halbschlaf in ihrem Korb und brummte zufrieden.

„Hmm, das duftet aber lecker!", sagte sie und schnupperte in die Luft.

„Heute speziell für dich mit Spinat und Lachs", betonte Wolf.

Sie schmunzelte und setzte sich an den Esstisch im Wohnzimmer. Wie immer nahm sie ihren Platz auf der Bank ein und stellte fest, dass Wolf ihr bereits ein dickes Kissen dorthin gelegt hatte.

„Du bist wirklich unglaublich, Wolf!", seufzte sie. „Danke für das Kissen. Ich kenne es überhaupt nicht, dass sich jemand so um mich kümmert."

„Dann gewöhn' dich ruhig schon mal daran, denn das wird immer so sein, wenn du mich lässt", sagte er und verschwand schnell in der Küche, bevor sie etwas sagen konnte.

„Kann ich dir helfen?", rief sie ihm hinterher.

„Nö!"

„Dann gieße ich schon mal den Wein ein."

„Ja", rief er von nebenan und legte die Pizza auf die Teller. Sie würde dahinschmelzen, hoffte er. Er hatte den Spinat vorher extra in Weißwein geschmort und den Lachs in Kräuteröl eingelegt.

„So", sagte Wolf und stellte die Teller auf den Tisch, „das ist mein Willkommensgruß!" Daraufhin hob er das Weißweinglas und prostete ihr zu. „Wirklich schön, dass du wieder da bist."

„Du hast dich echt selbst übertroffen, mein Lieber", schwärmte Moni.

„Ich hoffe auf einen ebenso gelungenen Nachtisch", zwinkerte er ihr zu und fügte schnell „kleiner Scherz!" an.

Moni überhörte das Gesagte und lehnte sich zurück. „Der Wein ist auch lecker!"

„Ja, ne? Das ist ein echt guter Riesling. Den habe ich mir aus dem Bioweingut Eva Vollmer schicken lassen." Er überlegte, wie er ihr die Reise ans Meer schmackhaft machen konnte.

„Zum Lachs ein echter Genuss", gab sie zurück. „Du kannst mir mal was mitbestellen."

„Man sollte viel öfter Fisch essen", warf Wolf als Köder in den Raum.

„Sag das mal deinem Kollegen Peter, dem Fleischfresser", lachte Moni. „Da kannst du bei ihm aber keinen Blumentopf gewinnen."

„Stimmt, dabei kenne ich ein richtig tolles Restaurant in Groß-Holum, das Landhotel Bauernstuben. Da gibt es so leckere Fischgerichte, dass du nie wieder abreisen willst, wenn du erst mal da bist."

„Wo liegt denn Groß-Holum?"

„In der Nähe von Neuharlingersiel. Von dort kommst du gut nach Spiekeroog und Wangerooge."

„Hmm, das ist bestimmt eine Reise wert, aber vielleicht eher, wenn es etwas wärmer ist."

„Wieso, an der See ist es doch zu jeder Jahreszeit schön. Weißt du was? Ich könnte mir noch ein paar Tage freinehmen und wir fahren hin. Wie findest du das?"

„Na ja, weiß nicht, ich bin doch erst nach Hause gekommen."

„Ja und? Ich verspreche dir, dass wir auf jeden Fall wieder zurückfahren, egal wie lecker der Fisch ist."

Moni lächelte bei diesen hartnäckigen Überzeugungsversuchen. „Verrätst du mir auch den wahren Grund?"

„Unterstellst du mir, dass ich nicht nur die Schollen im Sinn habe?", fragte Hetzer scheinheilig und legte den Kopf schief.

„Um es genau zu sagen, ja!"

„Na gut, ich brauche deine Hilfe beim Recherchieren und lade dich dafür auf einen Kurzurlaub an die See ein. Als Paar könnten wir auch besser inkognito unterwegs sein", erklärte Wolf.

„So, so, als Paar", schmunzelte sie, „das aber bitte schön in zwei Einzelzimmern reist. Um was für einen Fall handelt es sich da, dass du extra dort oben im Norden ermitteln willst? Und das auch noch heimlich."

„Da muss ich kurz ausholen", sagte Wolf und steckte sich noch ein Stück Pizza in den Mund.

„Nur zu, ich habe Zeit!" Moni war neugierig geworden. Sie hatte auch in der Vergangenheit schon immer gerne etwas dazu beigetragen, wenn sich die Kommissare Hetzer und Kruse unterhielten.

„Du kennst doch Thorsten Büthe aus Hannover?"

„Den vom LKA?"

„Genau den! Er hat einen Freund, Dr. Justus Görlitz. Ich kenne ihn auch flüchtig. Seine Schwiegereltern leben in Bückeburg. Kennst du zufällig Dr. von Bodenstein?"

„Der ist doch dort am Krankenhaus, oder?"

„Ja, seine Frau auch. Die Enkeltochter, also Justus Görlitz' Tochter, ist vor rund fünf Wochen verschwunden. Und nun hat Thorsten Büthe eben ein Fax aus Esens bekommen. Am Strand von Neuharlingersiel ist der skelettierte Fuß eines Kindes angespült worden. In der Nähe lag wohl auch eine Mädchenuhr, die dem Kind gehört haben könnte. Thorsten hat mich gebeten, mich mal umzuhören."

„Oh je, vermutet er, dass das Kind ermordet worden ist?“

„Alles ist möglich. Es gibt wohl überhaupt keine Anhaltspunkte, wohin die Kleine verschwunden sein könnte.“

„Wie alt ist sie denn?“

„Sieben, glaube ich.“

„Dann müsste sie ja eher entführt worden sein. So ein kleines Kind läuft doch nicht von zu Hause weg“, überlegte Moni.

„Das denke ich auch nicht, wobei es das aber schon gegeben hat.“

„Ein Mädchen kann doch nicht einfach vom Erdboden verschwinden. Irgendjemand muss etwas gesehen haben.“

„Vielleicht“, antwortete Wolf nachdenklich, „es könnte aber sein, dass das, was gesehen wurde, so normal war, dass es niemandem aufgefallen ist.“

Moni nickte. „Das ist natürlich eine Möglichkeit. Es würde aber dafür sprechen, dass jemand Bekanntes sie mitgenommen hat.“

„In der Tat, Frau Kommissarin! Du siehst also, wie dringend ich dich da oben brauche. Die Gespräche mit dir sind immer ein Gewinn“, sagte Wolf und meinte das nicht nur ermittlungstechnisch.

Hetzer hatte sein Ziel erreicht. Moni hatte Blut geleckt. Das sah er an ihrem Blick.

„Na gut, Wolf. Du hast gewonnen“, bestätigte sie seine Intuition, „aber ich bestehe darauf, jeden Tag ein außergewöhnliches Fischgericht zu bekommen. Mein Zimmer zahle ich selbst.“

„Ersteres verspreche ich, über das Zweite reden wir noch.“

„Nein“, sagte sie, „entweder so, oder gar nicht.“

Wolf gab klein bei. „Also schön, wie du willst. Ich bin einfach froh, wenn du mitkommst."

Er hatte erkannt, dass er einen etwas längeren Atem brauchen würde, um sie endgültig davon zu überzeugen, dass sie generell ein gutes Team waren. Sein Vorteil war aber, dass sie ihn auf Teneriffa vermisst hatte und damit waren sie einen Schritt weiter als je zuvor.

„Wann wollen wir los?", wollte Moni wissen.

„Am besten gleich morgen, so gegen Mittag?", schlug Wolf vor. „Dann kann ich noch das eine oder andere regeln und du in Ruhe packen."

„Einverstanden", sagte sie und stand auf.

„Wollen wir nicht den Katern auf der Chaiselongue noch etwas Gesellschaft leisten?"

„Lieber nicht, du weißt, wohin das führt. Ich fühle mich dann so wohl, dass ich einschlafe. Aber ich habe drüben noch genug zu tun."

Wolf ließ es für heute gut sein. „Okay, du hast ja recht, dann bringe ich dich zur Tür. Gute Nacht!"

„Schlaf schön", rief sie ihm von der Treppe aus zu und verschwand in der Dunkelheit.

Dr. von Bodenstein war eine Koryphäe auf dem Gebiet der Frauen- und Geburtsheilkunde. Man sagte, er habe goldene Hände. Das konnte man von seinem Wesen jenseits des Klinikalltags nicht behaupten. Da war er ein schwieriger Mensch. Groß und hager von Gestalt wirkte er meist in sich gekehrt und manchmal mürrisch. Unter dem spärlichen Haupthaar und der faltigen Stirn nahmen seine wachen Augen alles wahr, vor allem das, was ihnen entgehen sollte.

Mittlerweile war er über vierzig Jahre mit Charlotte verheiratet, und das sollte schon etwas heißen, denn seine Frau war das, was man gemeinhin einen Drachen nannte. Von Natur aus leicht reizbar, neigte sie auch zur Streitlust, und wenn sie erst einmal in Rage war, dann floh man besser. Entweder in einen anderen Raum, oder in sich selbst. Darin war Clemens Meister geworden. Er machte einfach dicht. An seinen Ohren schienen unsichtbare Klappen gewachsen zu sein, die er bei Bedarf anlegte. Manche ihrer Frequenzen hörte er allerdings tatsächlich nicht mehr, aber das lag eher am Tinnitus, der ihn tagein, tagaus quälte und auch in der Nacht marterte, wenn er wach lag.

Im Klinikalltag jedoch war er ein ganz anderer Mensch. Freundlich und besonnen ruhte er in sich selbst. Auch die Patientinnen schworen auf ihn, weil er nicht nur fachlich kompetent war, sondern auch ein Herz für ihre Nöte hatte.

Wer Clemens an beiden Orten erlebte, musste den Eindruck haben, dass er zwei Gesichter hatte, aber das stimmte nicht. Es war eher so, dass sein goldenes verblasste und von einem Grau überlagert wurde, sobald er zu Hause war.

Längst schliefen er und Charlotte in eigenen Zimmern. Sein Schnarchen war ihm da ein hilfreicher Grund gewesen. Aber auch sonst versuchte er, keine Zeit jenseits der Mahlzeiten mit ihr zu verbringen. Oft gelang ihm das, indem er Überstunden machte, oder in seinem Büro daheim noch Wichtiges zu erledigen hatte.

Glücklicherweise arbeiteten sie im Bückeburger Krankenhaus in unterschiedlichen Abteilungen und liefen sich dort kaum über den Weg. Charlotte leitete schon seit einigen Jahren die Station der Inneren Medizin.

Beide von Bodensteins hatten das Rentenalter bereits erreicht, aber sie dachten nicht im Traum daran, ihre Kittel an den Nagel zu hängen, bis ihnen die Klinikleitung vor Kurzem ans Herz gelegt hatte, diese Möglichkeit doch einmal in Erwägung zu ziehen. Die Angst vor dem Nichts war zu groß. Was sollten sie mit sich anfangen, wenn sie den ganzen Tag gemeinsam zu Hause wären? Genau davon hatten sie nur eine vage Vorstellung und die hieß Einsamkeit, weil sie mit sich nichts anfangen konnten. Zwei isolierte Menschen in einer Villa. Im Krankenhaus gab es wenigstens Patienten und Personal. In den eigenen vier Wänden nur die Realität der Entfremdung und die Stille, die aus ihr aufstieg wie Nebel aus zu feuchten Wiesen an einem düsteren Novembermorgen.

Das Einzige, was die Eheleute tatsächlich zu verbinden schien, war ihre Sorge um das Verschwinden der Enkeltochter Sophie. Endlich ein Thema, bei dem sie einer Meinung waren. Es hatte sich die Angst eingeschlichen, dass jemand ihrer Familie schaden wollte. Zunächst hatten sie an einen Entführungsfall geglaubt und mit einer Lösegeldforderung gerechnet. Sie wären bereit gewesen, ihre Tochter beim Aufbringen der Summe zu unterstützen. Doch es geschah nichts. Kein Anruf, kein Erpresserbrief, kein Lebenszeichen, und das war das Schlimmste, was passieren konnte, weil es keine Möglichkeit gab zu reagieren. Es verdammte auch die Großeltern zum Warten und schuf aus der Sorge heraus eine neue Verbindung, wo alle Brücken längst abgebrochen zu sein schienen.

Kommissar Wolf Hetzer stöhnte, weil er eine wohlige Bettschwere fühlte, setzte sich aber doch noch an seinen Computer, um die Mail von Thorsten Büthe abzurufen. Das war wichtig, weil er ihm ein Bild von der rosafarbenen Mädchenuhr schicken wollte.

Es poppten diverse Mails auf, die er sofort löschte, weil er weder Viagra brauchte noch abnehmen wollte. Die Fotos in Büthes Mail zeigten die Knochen des Kinderfußes – Hetzer durchfuhr ein Schauer – tote Kinder waren schwer zu ertragen. Sie waren der Gipfel der Sinnlosigkeit des Mordens überhaupt, fand Wolf und klickte auf „Schließen". Die Mädchenuhr war in der Tat ungewöhnlich. Sie war ziemlich groß und auffällig. Möglich, dass sie jemand dort oben zufällig am Arm des Mädchens gesehen hatte.

Dann war noch ein Bild dabei, das ein unvollständiges Handy zeigte. Er glaubte jedoch nicht, dass eine Siebenjährige schon ein Mobiltelefon hatte. Trotzdem druckte er die beiden Bilder aus und steckte sie in seine Mappe. Er hatte schon einen Plan wegen der Uhr. Gerade als er sein Laptop zuklappen wollte, kam eine neue Mail ohne Betreff. Er wollte sie erst wegklicken, öffnete sie dann aber doch und las: „Sie lebt noch!" Der zweite Adrenalinkick für Hetzer, denn ähnliche Botschaften von „Unbekannt" hatte er des Öfteren bekommen. Die IP-Adressen wechselten immer und ließen sich nicht nachverfolgen. Er fühlte direkt, dass etwas dahinterstecken musste, ahnte jedoch nicht, was es sein konnte. Und er wusste auch nicht, ob er es wirklich wissen wollte.

Mit Horst war es auch nicht lange gut gegangen. Er hatte wenig Anteil an Tonis Schwangerschaft genommen und war viel lieber mit seinen Motorradkumpels nach Südtirol gefahren oder hatte die Abende in der Laube bei Bier und Fachsimpelei verbracht, als bei ihr zu sein.

Als die kleine Jane das Licht der Welt erblickte, war er zum „Dinosauriertreffen" unterwegs, einem riesigen Event in Motorradliebhaberkreisen, das jährlich in der Nähe von Frankfurt stattfand. Toni fühlte sich im Stich gelassen und ahnte wohl schon, welche Prioritäten Horst in seinem Leben setzte, aber sie hoffte. Hoffte, dass die kleine Jane Vaterfreuden in ihm wecken würde und dass sie zusammen mit Grit und Liv eine richtige Familie werden könnten. So zog sie kurz nach der Geburt mit den drei Mädchen zu ihm und zu seinen Eltern auf den Hof in der Nähe von Biersum. Möglicherweise war das der Anfang vom Ende, denn beim Zusammenleben wurde noch stärker deutlich, dass sie im Grunde mit einem Dauersingle liiert war, der zufällig mit ihr ein Kind bekommen hatte.

Man konnte ihm nicht vorwerfen, dass er sich nicht um die Mädchen kümmerte, aber er brauchte einfach auch viel Zeit für sich und die nahm er sich auch. Für Toni selbst blieb nichts übrig. Sie kam auch hier nicht zur Ruhe, und obwohl sie noch gegen den Willen von Horsts Eltern einen Hund anschaffte, konnte auch der ihre Sehnsucht nach Nähe nicht befriedigen. Sie entschloss sich, wieder nach Bückeburg zurückzukehren, wo sie wenigstens Vater und Mutter hatte und einige alte Freunde. Das war ungefähr zu der Zeit gewesen, als Verena ihren Justus kennenlernte.

Die von Bodensteins waren beruhigt, dass ihre Tochter - wohl geläutert von der unstandesgemäßen Beziehung - einsichtig wieder in ihre Heimatstadt ziehen wollte. Sie kauften ein kleines Haus in der früheren englischen Siedlung und ließen es renovieren. Toni und ihre Kinder sollten ein ordentliches Dach über dem Kopf haben. Es war nicht zu ändern, dass drei Namen auf dem Klingelschild standen. Liv und Grit hießen Svenson nach ihrem Vater und weil Toni noch nicht geschieden war, als Jane geboren wurde, und ihren Mädchennamen noch nicht wieder hatte annehmen können, bekam auch sie den Nachnamen ihres Vater, der Schmidt lautete. Inzwischen hieß Toni wieder von Bodenstein. Man las also Svenson, Schmidt und von Bodenstein auf dem Briefkasten.

Ansonsten war Tonis Leben in bester Ordnung, vor allem nachdem ihr Vater Clemens ihr eine Beschäftigung bei der Sparkasse Schaumburg besorgt hatte. Mit Vitamin B versteht sich. Er war mit dem Direktor gut befreundet. Sonst wäre es für die alleinerziehende Frau, die zu lange aus dem Beruf war, schwierig gewesen, wieder Fuß zu fassen. Die von Bodensteins hofften, Toni würde sich jetzt wieder auf ihr eigenes Leben und die Entwicklung ihrer Kinder besinnen. Wie konnten sie ahnen, dass sich da im Hintergrund schon ganz andere Dinge entwickelten, die durchaus nicht in ihrem Sinne waren.

Nadja hatte bei sich zu Hause geschlafen. Das war schon Mist gewesen, fand er. Nur wegen des blöden Köters, der ihren Großeltern gehörte, aber eben auch ein bisschen Nadja. Sie waren auf einer Feier in Herford und würden erst am nächsten Tag zurückkehren. Er fluchte laut und war schon vor dem Frühstück extrem genervt. Und das alles noch, nachdem sein Kumpel und Kollege Hetzer ihn quasi hinauskomplimentiert hatte, bevor er überhaupt drin war und es – schlimmer noch – so lecker nach Pizza gerochen hatte. Er dachte an Folter und überlegte, ob die Genfer Konventionen das überhaupt zulassen würden. So übel gelaunt schleppte er sich mit seinen übergroßen Lammfellpuschen ins Bad und rasierte den unausstehlichen Kerl mit den Bartstoppeln, der ihm über dem Waschbecken entgegenstierte.

„Glotz nicht so!", sagte er etwas zu laut. „In deinem Bett würde ich auch nicht schlafen." Er wunderte sich ohnehin, was Nadja an ihm fand.

Auf dem Weg nach unten in die Küche stolperte er und ließ die Bierflasche fallen, die er zu Beruhigungszwecken wegen der Einsamkeit mit ans Bett genommen hatte. Die Stufen waren einfach ein bisschen kurz für seine Füße und wenn man unausgeschlafen war, konnte das tückische Folgen haben.

„So eine verdammte Schweinescheiße!", rief er laut, als die Flasche in kleine braune Glasteile zerbarst, nachdem sie eine Delle ins Holz geschlagen hatte. „Wie kann man nur so dämlich sein", grummelte er vor sich hin und versuchte, treppab um die Scherben herumzutänzeln. Ein komisch anmutendes Unterfangen, wenn man fast zwei Meter groß war und einen stattlichen Bierbauch vor sich hertrug. Kein guter Tag, dachte Peter und holte Schaufel und Besen, während sich der Dunst des Schaumburger Pilseners wie von selbst im Treppenhaus verbreitete. Hätte er doch ausgetrunken, ärgerte er sich. Jetzt roch es auch noch wie in einer Kneipe. Auf nüchternen Magen kaum auszuhalten, schimpfte er innerlich.

Als er den ganzen Mist beseitigt hatte, war er mehr als hungrig und durchsuchte den Kühlschrank. Da waren noch vier Frikadellen. Sie harmonierten mit der Raumluft aus Hopfen und Gerste und sprangen ihm förmlich ins Auge. „Iss uns!“, schienen sie zu rufen und bohrten sich mit ihrem Duft in seine Nase. Willig nickte er ihnen und sich selbst zu. Nach diesem Tagesbeginn musste es schon eine ordentliche Mahlzeit sein.

Während die Aufback-Brötchen im Ofen eine leicht goldene Farbe annahmen, riss Peter die Fenster auf, holte Senf und Butter aus dem Kühlschrank und schob die Frikadellen in die Mikrowelle. Bei Moni wären sie aus Reis und Möhrenraspeln gewesen, grinste er in sich hinein, aber er liebte Fleisch. Das konnte er auch schon morgens essen.

Nachdem er die vier bulettengefüllten Brötchen intus hatte, lehnte er sich zufrieden und satt zurück. Ja, er hatte auch ein Salatblatt dazwischengelegt, Nadja zuliebe.

Sie war Rechtsmedizinerin und wusste genau, wie er von innen aussah. Da fielen dann manchmal so unschöne Worte wie Bauchfett und Cholesterin, aber das wollte er doch gar nicht alles wissen. Er war schließlich gesund und strotzte vor Manneskraft. Das wusste sie doch, und trotzdem ermahnte sie ihn, den Nahrungsplan doch gelegentlich durch Obst und Gemüse zu ergänzen. Er tat ihr den Gefallen, weil er sie liebte und aß neuerdings auch mal eine Tomate zum Steak oder eine Gurkenscheibe zu seinen Wurstbroten. Nur mit dem Obst konnte er sich nicht richtig anfreunden. Bis auf Bananen und kernlose Trauben war alles so schwierig zu essen, und wenn man etwas Süßes essen wollte, konnte man schließlich ebenso ein paar Gummibärchen kauen. Da war auch Frucht drin.

So tief versunken, riss ihn das Telefon förmlich aus seinen Gedanken. Er schleppte sich leicht träge zum Telefon und brummte ein „Kruse" in den Hörer.

„Moin, Kumpel, wie war die Nacht?", fragte Wolf immer noch mit schlechtem Gewissen.

„Beschissen!", gab Peter zurück und fühlte sich wohl, weil er endlich die Gelegenheit hatte, seinen Frust rauszulassen. „Erst werde ich mit einer unerfüllten Pizzahoffnung stehen gelassen und dann schläft Nadja auch noch woanders."

„Hattet ihr Streit?", wollte Hetzer mit sanfter Stimme wissen. Er war froh, dass er auf dieses Thema umschwenken konnte.

„Nee, Hundesitting bei Oma im Höppenfeld."

„Länger?"

„Nee, nur gestern."

„Dann hast du sie doch heute wieder", sagte Hetzer beruhigend.

„Ja, und wieso hast du mich nicht reingelassen?", bohrte Kurse nach.

Wolf fluchte innerlich. „Das kann ich erklären."

„Na, da bin ich ja mal gespannt."

„Moni ist wieder da!"

„Das ist doch kein Grund. Wir haben schon oft zusammen gegessen."

„Schon, aber ..."

„Was aber?", wollte Peter wissen.

„Das kann ich dir nicht so leicht erklären."

Peter stöhnte. „Mann, bist du kompliziert. Sag es doch einfach frei heraus. Du warst scharf auf sie und hast dir gute Chancen ausgerechnet. Ist doch klar, dass ich da gestört hätte."

„So ähnlich."

„Und warum hast du mir das an der Tür nicht kurz gesagt? Dann hätte ich dich wenigstens verstanden. Na, und? Hat's geklappt?"

„Nee. Darum rufe ich unter anderem an", erklärte Wolf.

„Weil du bei ihr nicht landen konntest?"

„Nein, weil ich noch ein bisschen Zeit mit ihr verbringen möchte. An der See, dachte ich."

Peter wurde misstrauisch. Etwas an Wolfs betont belanglosem Ton hatte seine Neugier geweckt. Er warf ihm einen Brocken hin, um ihn aus der Reserve zu locken.

„Was soll das heißen? Ich dachte, du kämst heute wieder. Wir bräuchten hier dringend dein kriminalistisches Gespür in einer Vermisstensache. Komm, Alter, die Schonzeit ist vorbei. Reiß dich zusammen. Moni kannst du auch hier rumkriegen."

Wolf biss an und schluckte den Köder.

„Was für eine Vermisstensache?", wollte er wissen.

„Wir ermitteln da am Rande mit. In Hannover ist ein Kind verschwunden, aber ein Teil der Familie lebt hier in Bückeburg."

In Wolfs Ohren klingelte es. Das konnte kein Zufall sein. Er überlegte. Sollte er Peter einweihen, oder es sich noch mehr mit ihm verderben? Nein, das wollte er nicht. Außerdem liefen irgendwie die Fäden zusammen.

„Wolf, bist du noch da?“, fragte Peter und riss ihn aus seinen Gedanken.

„Äh ja, bin ich. Ich denke.“

„Scheint ja ein kraftraubender Prozess zu sein!“, lachte Peter.

„In diesem Fall ja, denn ich fahre nicht nur zum Spaß an die See ...“ Wolf holte tief Luft.

Peter grinste, er hatte gewonnen. Da steckte mehr dahinter.

„Und wieso willst du da hochgurken? Ist doch noch kein Badewetter.“

„Recherche“, sagte Wolf geheimnisvoll. „Könnte mit dem Vermisstenfall zu tun haben, denke ich.“

„Inwiefern? Du weißt doch nicht mal, um wen es geht“, lockte Peter ihn.

„Vielleicht doch! Das Kind heißt Sophie und die Verwandten hier von Bodenstein, stimmt's?“

„Bingo! Du kannst hellsehen, Wolf. So, und nun raus mit der Sprache. Woher weißt du das? Was gibt es für Zusammenhänge, von denen ich augenscheinlich keine Ahnung habe?“, knurrte Peter. Da war wieder was an ihm vorbeigegangen, und das ärgerte ihn.

„Ruhig Blut, Peter“, sagte Wolf, der den Missmut in der Stimme seines Kollegen wohl vernommen hatte, „du kannst das hier gar nicht wissen. Ich bin von meinem Freund vom LKA angerufen worden. Thorsten Büthe, du kennst ihn doch. Er wusste, dass ich gerade zu Hause bin und hat mich um einen Gefallen gebeten.“

„Jetzt bin ich aber gespannt“, sagte Peter und war es wirklich.

„Thorsten ist mit dem Vater der vermissten Kleinen befreundet und kennt die Familie daher. Nun ist am Strand in Neuharlingersiel der skelettierte Fuß eines Kindes angespült worden und mit den Knochen auch zwei Gegenstände. Einer ist eine scheußliche, rosafarbene Mädchenuhr. Thorsten hat eine Mail mit dem Bild bekommen. Er meint, er habe eine solche Uhr am Arm des Mädchens gesehen und hat mir ein Foto von der Kleinen geschickt. Ich soll mich da oben mal umhören. Am Strand, am Hafen, in den Buden. Vielleicht hat sie jemand gesehen oder weiß etwas."

„Verstehe", sagte Peter, „aber warum geht er nicht den offiziellen Weg? Zeigt den Eltern das Bild von der Uhr und so weiter."

„Eben genau das will er vermeiden. Erwähnt er die Uhr, muss er auch von dem Leichenteil sprechen. Und selbst wenn die Uhr dem Kind gehören könnte, hieße das immer noch nicht, dass der Fuß mit der Uhr zusammenhängt. Die Eltern würden aber immer davon ausgehen, dass ihre Tochter tot ist. Den Schock will er ihnen so lange ersparen, wie es möglich ist. Die rechtsmedizinische Untersuchung der Knochen läuft noch. Ich soll quasi parallel inkognito hochfahren und mich mal umhören. Vielleicht stellt sich auch heraus, dass die Knochen zu einem Jungen gehören, oder das Alter passt gar nicht."

„Etwas ungewöhnlich, aber gut, sicher eine Möglichkeit. Und wie lange willst du wegbleiben?"

„Höchstens zwei, drei Tage. Ich werde aber gleich in Nienburg anrufen. Sie sollen uns eine weibliche Kripobeamtin zuordnen, die uns hier mit unterstützt. Dann bist du jetzt nicht allein und für die Befragungen in der Familie wird es gut sein, von weiblicher Intuition unterstützt zu sein. Ich bin so schnell zurück wie ich kann."

Kruse lächelte. Peter hatte Blut geleckt, und die Idee mit der Kommissarin war klasse. Er ärgerte sich, dass er sie nicht selbst gehabt hatte.

„Gut, du Undercover-Ermittler. Schick mir mal die Mail mit der Uhr. Gutes Gelingen wünsche ich dir in jeder Hinsicht. Und noch was ..."

„Was denn?", wollte Hetzer wissen.

„Du kannst mir immer alles sagen! Wir sind doch Freunde, oder? Also mach in Zukunft einfach den Mund auf, wenn irgendwas ist, damit ich weiß, woran ich bin."

„Hast ja recht!", sagte Wolf zerknirscht. „Ich dachte, du wärst vielleicht sauer. Ich war auch irgendwie so überrumpelt in diesem Moment. Erst sitzt Moni plötzlich vor meiner Tür, dann stehst du da. Ach, Scheiße, war einfach blöd."

„Schwamm drüber. Jetzt ruf einfach in Nienburg an und besorg mir eine fähige Kollegin. Alter egal, Aussehen auch, Hauptsache das Herz auf dem richtigen Fleck und einen guten Riecher."

„Wird gemacht, Chef!", sagte Wolf mit einer Spur schmunzelnder Ironie und legte auf.

Justus' älteste Tochter war ein wenig aus der Art geschlagen. Sie hatte sich vorgenommen, dass irgendwann keine Stelle ihres Körpers mehr untätowiert sein sollte. Dafür jobbte sie neben ihrem Studium. Ihrem Vater war das ein Dorn im Auge und mit Verena, der neuen Frau an seiner Seite, hatte sie sich sowieso nie verstanden. Sarah war froh, dass sie jetzt in Oldenburg lebte, wo sie mit der ganzen beknackten Familie nichts mehr zu tun hatte. Die hatten alle irgendwie einen Hau, fand sie. Zum Glück hatte sie wenigstens mit der Seite ihrer Mutter nichts mehr zu tun. Die anderen reichten völlig.

Die Großeltern nebenan waren wunderlich, vor allem Oma Marianne hatte echt einen Knall. Das dachte jeder. Eigentlich gehörte sie in die Klapse und Opa Friedhelm, der Besserwisser, nervte nur. Sie konnte sich nicht vorstellen, wie es ihr Vater dort in seiner Jugend ausgehalten hatte.

Oma und Opa Bückeburg, die von Bodensteins, waren viel zu sehr mit sich selbst beschäftigt und hatten kaum Zeit. Das machte aber nichts, weil sie Sarah sowieso seit einiger Zeit wie ein merkwürdiges Insekt betrachteten. Mittlerweile steckten sie ihr nicht mal mehr ein paar Euros zu, weil sie die „Kriegsbemalung", wie sie ihre Tattoos nannten, nicht unterstützen wollten. Sollte sie sich zum Entfernen einer Laserbehandlung unterziehen wollen, würden sie dies gerne finanziell begleiten, hatten sie zu ihr gesagt. Auf solche „Hilfe" konnte sie auch pfeifen. Na ja, sie waren eh nicht ihre echten Großeltern.

Die einzig Coole in der Familie war Tante Toni. Sie war auch ein wenig aus der Art geschlagen und echt flippig. Man konnte sie auch anrufen, wenn man einen Rat brauchte. Wenigstens war sie nicht so eine konservative Tussi und hatte schon einiges erlebt. Das konnte man von ihrer echten Tante Sabine nicht behaupten und schon gar nicht von Onkel Magnus. Die hatten einen Stock im Arsch und bewegten sich nur in der feinen Gesellschaft. Und das alles bloß, weil sie vor Geld trieften. Elsa und Enno, die Kinder, waren schon genauso blöd. Wie ein Modepüppchen trippelte die sechzehnjährige Elsa auf ihren Hochhackigen herum. Immer ein Täschchen an der Seite und niemals ungeschminkt. Von Enno konnte sie nicht viel sagen, denn es gab nichts zu sagen. Der Spinner war total vergeistigt, schrieb nur Einsen und sprach kaum ein Wort. Wären die Zeugnisse nicht gewesen, hätte man ihn auch für den Dorftrottel halten können, denn was die Natur seiner Schwester beim Aussehen hatte zugute kommen lassen, das hatte sie bei Enno total vergessen.

Ihre kleine Schwester Sophie, Halbschwester um genau zu sein, war nun seit fünf Wochen verschwunden. Sie konnte gar nicht genau sagen, ob sie sie vermisste, denn sie sah sie ohnehin kaum. Manchmal war sie ganz putzig gewesen, aber meistens hatte sie total genervt, als Sarah noch zu Hause gewohnt hatte. Von Vermissen konnte man also nicht sprechen, aber sie dachte ab und zu an die Kleine und daran, wo sie wohl sein mochte.

Diese Gedanken waren allerdings flüchtig und beschäftigten sie nicht allzu sehr. Es gab wichtigere Dinge. Zum Beispiel, wann sie sich das nächste Tattoo leisten konnte, das sich Stück für Stück wie ein Fortsetzungsroman an jedem ihrer Arme hochziehen würde bis zu einem grandiosen Finale auf der Rückenpartie. Ein lebendes Gemälde wollte sie werden, so bunt, wie sie in sich selbst war. Dafür jobbte sie abends im „Treibhaus", einer gut besuchten Kneipe, die schon Generationen von Studenten gesehen hatte. Viele kamen später auch als Doktoren und Professoren immer noch hierher. Es war eine Kultkneipe. Fast so gut wie das „Minchen" in Bückeburg. Dorthin ging sie immer mit Tante Toni, wenn sie mal in der Stadt war. Es war ein ungeschriebenes Gesetz zwischen den beiden, ihre Abende im „Minchen" zu verbringen. Hier hatte sie auch ihr großes Vorbild gesehen, Sabrina. Sie war ihr mit der Verzierung ihres Körpers weit voraus. Es gab nicht mehr viele Stellen mit blanker Haut. Mangas und andere Zeichnungen schmückten die Arme, das Dekolleté und bereits den Halsbereich. Auf den Rücken konnte Sarah nur teilweise spähen. So wollte sie auch sein. Einmalig, einzigartig und ein Schock für ihre gesamte Familie, bis auf Toni, die damit kein Problem hatte. Jeder solle auf seine Art glücklich werden, meinte sie. Dass sie es selbst nicht war, fiel weder Sarah auf noch Toni selbst.

Die Ermittler hielten sich inzwischen eher im Hintergrund. Nur die freundliche Psychologin, deren Team sie einmal wöchentlich besuchte, rief auch zwischendurch an. Manchmal sprachen sie über ganz belanglose Dinge oder über alte Geschichten aus ihrer Jugend. Verena vermutete, dass sie zwischen den Zeilen lesen wollte, ob es ihr einigermaßen gut ging. Das war irgendwie rührend, erreichte Verena aber dennoch nur wie durch einen Nebelschleier.

Dafür waren zum einen die Medikamente verantwortlich, die sie seit Kurzem bekam, zum anderen das nicht enden wollende Trauma. Es gab noch immer kaum Momente, in denen Sophies Fortsein nicht präsent war und keine Erleichterung von der bohrenden Qual der Ungewissheit.

Anfangs hatte es so viele Befragungen gegeben, dass sie im Nachhinein das Gefühl hatte, rund um die Uhr mit den Beamten gesprochen zu haben. Sie waren ein- und ausgegangen in ihrem Haus, hatten alles durchsucht, Fotos gemacht, Möglichkeiten besprochen. Ja, sie waren sehr sensibel vorgegangen. Trotzdem war es ein Eindringen in den innersten Bereich gewesen. Die Intimsphäre der eigenen vier Wände war zerstört worden und die der dort wohnenden Personen ebenfalls. Sie hatten ganze drei Wochen wie auf dem Präsentierteller gelebt.

Jetzt hatten sich die Beamten der unterschiedlichsten Abteilungen, Kriminaltechnische Untersuchung, Spurensicherung und die Ermittlungsbeamten in den Hintergrund zurückgezogen.

Einerseits gut, denn sie konnte mit ihrer Verzweiflung endlich allein sein, andererseits hatte es auch eine gewisse Ablenkung bedeutet. Das eine war zu viel gewesen, das andere war zu wenig. Justus war ihr keine große Stütze. Vollkommen hilflos in dieser unabwägbaren Situation, hatte er sich in seine Arbeit gestürzt. Der Einzige, an dessen starken Arm sie sich anlehnen konnte, war der ihres Schwiegervaters, Professor Dr. Friedhelm Görlitz.

In seinem Herzen war Wolf beruhigt, als Nienburg ihm am Telefon Unterstützung für den Bereich Rinteln und Bückeburg zusagte. Auf seinen Zusatz, es könne auch gerne eine *Kollegin* sein, glaubte er am anderen Ende der Leitung eine Art Glucksen gehört zu haben.

„Wegen der weiblichen Intuition bei der Recherche und der Befragungen", betonte Wolf, der den Eindruck vermeiden wollte, er sei auf der Suche nach einer Frau.

„Schon klar", antwortete sein Gesprächspartner.

„Sie schicken uns also eine Beamtin?", fragte Wolf.

„So etwas ähnliches."

Wolf, der sich veralbert vorkam, kochte vor Wut. Weil er aber froh war, überhaupt jemanden zugeteilt zu bekommen, schluckte er den Ärger hinunter und versuchte stattdessen einen Scherz.

„Eine Kollegin auf vier Beinen habe ich schon. Sie heißt Lady Gaga."

Es gluckste wieder, als ob ein Kichern unterdrückt werden sollte.

„Wir stellen Ihnen jemanden mit sehr viel weiblicher Intuition zur Verfügung. Auf zwei Beinen, versteht sich!"

„Wunderbar!", rief Wolf in den Hörer, der die Nase voll hatte von diesem blöden Gespräch. „Und grüßen Sie Ihren Vorgesetzten. Er wird sicher bald wieder bei mir zu Gast sein." Das war zwar eine Lüge, Wolf hoffte aber trotzdem, dass er diesem Idioten einen kleinen Schreck eingejagt hatte. Jetzt wollte er eben noch Peter informieren. Der war bestimmt längst im Büro in Rinteln. Doch Wolf irrte sich. Das Telefon stellte sich um auf die Zentrale. Nein, POK Kruse sei noch nicht im Haus, erklärte man ihm. Er möge ihn doch auf dem Handy anrufen.

Darauf wäre ich jetzt nicht gekommen, dachte Hetzer bei sich und überlegte, ob er es heute nur mit Kopfkranken zu tun hatte. Er wählte erneut und erwischte Peter kauend im Auto.

„K'use", schmatzte er in den Hörer, „sorry, ich hab' n Mumd pfoll."

„Hör ich", grummelte Hetzer ins Telefon. „Du brauchst auch nur zuzuhören. Ich will eh gleich losfahren."

„Fön", sagte Peter und schluckte endlich. Die Bulette war weg. Er hätte sie doch nicht auf einmal in den Mund stecken sollen.

„Es hat geklappt. Ich habe dir ab morgen Unterstützung aus Nienburg besorgt. Wer es ist, weiß ich nicht. Lass dich überraschen. Ihr trefft euch um acht Uhr in Bückeburg", sagte Wolf und atmete einmal tief durch.

„Alles klar, na dann schöne Urlaubstage!"

„Denkst du an die Kater?"

„Aber sicher doch! Nadja wird das bestimmt machen wollen."

„Okay, danke, wir hören uns zwischendurch", sagte Wolf und legte auf.

Familie Görlitz senior lebte direkt im Haus neben Verena und Justus. Das war ein Segen, wenn man an den männlichen Teil des Ehepaars dachte, und ein Fluch, wenn einem Marianne ins Gedächtnis kam. Sie war in jeder Hinsicht unberechenbar, euphorisch und stark extrovertiert. Wie ein Relikt aus der Hippiezeit zog sie noch immer schrecklich bunte Kleider an und hatte langes Haar, das inzwischen grau geworden war. Trotz des fortgeschrittenen Alters trug sie es offen, was etwas wunderlich und etwas „verhuscht" wirkte. Das Äußere zeichnete ein gutes Bild und war zugleich Spiegel ihrer Seele. Nach und nach hatte sie die alte Villa in der Gretchenstraße zu ihrem Refugium gemacht. Fast in jedem Raum dominierten ihre Bilder, die wie eine grelle Zurschaustellung ihrer Albträume auf die Betrachter wirkten. Professor Dr. Friedhelm Görlitz war gutmütig und hatte sich an all das gewöhnt. Sogar daran, dass der Wintergarten zum Atelier und der Garten zu einem Naturbiotop geworden war. Er war froh, wenn Marianne glücklich war. Jahrzehntelang hatte er ihr nicht die Aufmerksamkeit geben können, die sie vielleicht gebraucht hätte. Vielleicht hatte sie darum immer neue Ideen entwickelt, um die einsamen Tage zu überstehen. Dies konnte er ihr nun nicht ankreiden, als er in den Ruhestand ging, fand er und zog sich gerne in sein Arbeitszimmer zurück, das frei von Bildern und Pflanzen jeder Art und daher ein Ruhepol für seine Seele war. Er hatte es sich verbeten, dass sie auch hier gestalterisch tätig wurde. Da sie seit Neuestem esoterische Musik hörte, hatte er sich angewöhnt, die Tür nicht nur in seiner Abwesenheit geschlossen zu halten. So lebte er in seinem eigenen Haus wie auf einer einsamen Insel, oder - wie Verena immer sagte - auf dem einzig bewohnbaren Planeten in einem menschenfeindlichen Orbit.

Sophie hatte sie nur dann zu den Großeltern gegeben, wenn sie sicher war, dass Friedhelm zu Hause war. Man kann sagen, dass sie ihrer Schwiegermutter in gewisser Weise unrecht tat, denn die Frau war in ihrem Wesen schrill, aber freundlich und unbeschwert. Vielleicht lag die zu starke Bemutterung an Verenas später Schwangerschaft oder daran, dass Sophie nicht ganz so wie andere Kinder war.

Dabei war die Kleine selbst unglaublich gerne bei ihrer Oma, die ihr Mantras vorsang, wenn sie in der Hängematte wie ein Engel schwebte, oder sie Pflanzen aus dem Garten probieren ließ. Manchmal durfte sie auch beim Malen helfen. Dann entstanden die verrücktesten Bilder, die sie mit Farbe, Händen und Füßen, Pinseln, ja selbst mit der Nasenspitze auf die Leinwand brachte. Man kann sagen, dass sich die beiden auf einer entrückten Ebene wunderbar verstanden. Aber genau das war es, was Verena Angst machte, was sie nicht nachvollziehen konnte.

Erst kürzlich hatte sie sich vorgenommen, Sophies Kontakt zur Großmutter einzuschränken. Das Mädchen war mit den bunt verklebten Haaren kaum wiederzuerkennen, als sie es nebenan abholte. Marianne sah nicht besser aus. Sie hätten Kopfschüttelbilder gemacht, erklärte die Oma glücklich. Die Ölfarbe würde nach und nach bei der Haarwäsche wieder rausgehen. Sie könne ja so lange ein Handtuch aufs Kopfkissen legen, erklärte sie.

So viel Geduld hatte Verena nicht. Sie steckte Sophie in die Wanne und hatte nach einigen Fehlversuchen endlich mit Waschpulver den gewünschten Erfolg. Die Farbe war weg, auch wenn ihr Haar etwas strohig aussah.

Es hatte keinen Sinn Sophie zu schimpfen. Die Siebenjährige würde es nicht verstehen. Es hatte ebenso keinen Sinn, an Mariannes Verstand zu appellieren. Also würde Verena die Besuche bei den Großeltern künftig auf ein Minimum reduzieren, auch wenn sie Friedhelm damit verletzte. Doch dazu war es kaum mehr gekommen. Sophie schien sich einfach in Luft aufgelöst zu haben.

Es war schon nach Mittag, als Wolf, Moni und Lady Gaga endlich aufbrachen. Wolf hatte sich entschlossen, seine altdeutsche Schäferhündin auf dem Weg im Hundeinternat Antonienwald unterzubringen. Das Zimmer im Landhotel Bauernstuben, in dem Hunde erlaubt waren, war schon ausgebucht. Peter und Nadja kümmerten sich um die Katzen. Er wollte ihnen nicht zu viel aufbürden. Der Dienst war anstrengend genug. Die neue Kollegin musste mit allem vertraut gemacht werden. Da war die Lady in Wagenfeld besser untergebracht.

Es war nicht das erste Mal, dass Wolf das Hundeinternat als Pension in Anspruch nahm. Schon sein Rüde Hasso war gerne hierher gegangen. Für Lady Gaga war es jetzt das dritte Mal, und er hatte den Eindruck, dass sie sich an den Ort erinnerte und gerne mit der Betreuerin mitging. Moni war etwas unglücklich mit dieser Regelung, aber Wolf versicherte ihr, dass es der Lady dort gefallen würde. Jeder gut sozialisierte Hund dürfe sich auf dem Gelände frei bewegen. Die Tiere würden nur nachts in geräumigen Zimmern untergebracht, erklärte er ihr. Ansonsten gäbe es ausreichend Betreuung und sogar einen Schwimmteich.

Wolf kannte die Einrichtung nicht nur als Hundepension. Hier wurden auch Blinden- und Begleithunde ausgebildet.

Moni war nur ein klein wenig beruhigt, denn sie meinte in den Augen der Hündin einen traurigen Blick gesehen zu haben, als sie von der Tierpflegerin abgeholt wurde.

Zur „Teetied“, wie man hier oben sagte, kamen die beiden in Groß-Holum an. Das letzte Zimmer, das Wolf hatte ergattern können, lag zur Straße. Alle anderen waren belegt gewesen.

„Wieso nur ein Doppelzimmer?“, fragte Moni. „Wir hatten doch eine andere Abmachung.“

„Sie hatten kein anderes mehr“, erklärte Wolf zerknirscht, „und ich hatte Angst, du würdest dann nicht mitkommen. Es hätte doch auch keinen Sinn gemacht, wenn einer von uns woanders untergekommen wäre.“

„Wir hätten beide woanders zwei Zimmer nehmen können!“, betonte Moni mit Nachdruck.

„Hier ist aber erstens der Fisch so lecker und zweitens müssen wir nicht mehr fahren, wenn wir dazu den passenden Weißwein getrunken haben.“ Wolf lächelte verschmitzt. „Ich bin auch wirklich ganz brav!“

Monis Ärger legte sich ein wenig. Sie verwarf den Gedanken, sich anderweitig Unterkunft zu besorgen.

„Ich nehme dich beim Wort, Wolf. Wir liegen da nur wie Brüderchen und Schwesterchen. Gib mir die Hand drauf!“

Wolf schlug ein. „Großes Indianerehrenwort!“

Das Zimmer war klein, aber ansprechend. Moni wählte die rechte Bettseite und legte ihr eigenes Kissen ins Bett, worüber Hetzer heimlich schmunzelte. Er räumte seinen Koffer aus und legte die Bilder zurecht, die er bei den Befragungen brauchen würde. Es war ein Foto des Mädchens und eines der rosafarbenen Uhr. Vom Letzteren erhoffte er sich mehr Erfolg, weil dieses schreckliche Ding so auffällig war. Wie konnte man seinem Kind nur eine derartige, pinke Scheußlichkeit schenken, fragte er sich. Von seinem Freund Büthe vom LKA wusste er inzwischen, dass sie tatsächlich der kleinen Sophie gehört hatte. Büthe hatte den Vater des Mädchens gefragt, aber weiter keine Einzelheiten erwähnt und seine Frage bewusst neutral gehalten.

Ja, sie habe so eine Uhr besessen. Es sei ein billiges Ding vom Jahrmarkt gewesen, aber für seine Tochter das Größte. Die hatte sie Tag und Nacht getragen. Es sei schwer gewesen Sophie zu vermitteln, dass sie sie beim Duschen und Baden ablegen musste. Ohne Geschrei war das niemals möglich gewesen.

Als Thorsten Büthe diese Information an Wolf weitergab, erwähnte er noch, dass das Kind leider nicht ganz gesund war, was jedoch optisch nicht sofort auffiel. Die Entwicklung sei verzögert und Sophie sei daher nicht mit anderen Siebenjährigen vergleichbar.

„Kannst du dir vorstellen, dass jemand ein behindertes Mädchen entführt?", fragte Wolf aus seinen Gedanken heraus.

„Nein! Ist es denn sicher, dass sie entführt worden ist?" Moni schaute hinter der Schranktür hervor. „Was für eine Behinderung hat sie denn?"

„Kennst du das Katzenschrei-Syndrom?"

„Nein, nie gehört."

„Ich musste mich auch erst informieren. Es wird auch CDC-Syndrom genannt. Ursache ist ein Defekt am fünften Chromosom. Wenn die Kinder ganz klein sind, schreien sie wie junge Katzen. Oft wird die Behinderung aber auch gar nicht oder über längere Zeit nicht bemerkt. Es kommt auf den Schweregrad an."

„Wie äußert sich denn die Behinderung, ich meine vom Schreien abgesehen?", wollte Moni wissen.

„Das ist sehr unterschiedlich. Ich habe noch nicht die Zeit gehabt, mich eingehend damit zu beschäftigen. Ich weiß nur, dass diese Kinder motorisch und sprachlich in ihrer Entwicklung zurück sind. Wie doll Sophie davon betroffen ist, weiß ich nicht."

„Völlig unverständlich, dass Menschen gehandicapte Kinder entführen. Gibt es denn Hinweise darauf?"

„Na ja, irgendwo muss sie doch sein", überlegte Wolf laut, „sie wird kaum weggelaufen sein können, ohne irgendwo aufzufallen."

„Das Kidnappen könnte sich bei einem behinderten Kind auch schwieriger gestalten", warf Moni ein.

„Oder einfacher ...", sagte Wolf. „Die verminderte Intelligenz könnte es freundlich auftretenden Entführern auch leicht machen."

„Wir spekulieren, ohne irgendetwas zu wissen", sagte Moni und seufzte.

„Das geht dem LKA auch so. Darum sind wir hier, um uns ein bisschen umzuhören", erklärte Wolf.

„Nur wegen dieser Uhr?", wollte Moni wissen. „Wie kommt ihr darauf, dass die der Kleinen gehört haben könnte? Ist das nicht ein bisschen weit hergeholt?"

„Hatte ich dir noch nicht von den Knochen erzählt?"

„Nein, was für Knochen? Sag nicht, dass das Mädchen tot ist." Moni war blass geworden.

„Wir wissen es nicht. Die Fußknochen eines Kindes sind in unmittelbarer Umgebung der Uhr gefunden worden, aber ob sie von Sophie sind, ist weder bestätigt noch ausgeschlossen worden. Die rechtsmedizinischen Untersuchungen laufen noch. Thorsten will aber keine Zeit verlieren. Der Vater des Mädchens ist ein Freund von ihm. Er hat also auch ein persönliches Interesse daran, den Fall möglichst schnell zu lösen."

Monis Stimme klang belegt, als sie sprach: „Ich hoffe, dass diese Knochen nicht Sophie gehören, aber wie wahrscheinlich ist das, wenn ihre Uhr in der Nähe gefunden wurde?"

Hetzer zuckte mit den Schultern. „Das Meer ist groß. Alles ist möglich."

„Belastet dich der Gedanke nicht?"

„Nein. So hart das klingt, aber für mich zählen nur die Fakten. Wir konzentrieren uns jetzt auf die Uhr. Das ist das einzig mögliche Indiz dafür, dass sich Sophie hier in der Gegend aufgehalten haben kann. Es besteht auch immer noch die Möglichkeit, dass wir es mit einer Uhr zu tun haben, die jemand anderem gehört hat. Thorsten Büthe prüft gerade, woher sie stammt, in welcher Auflage sie gefertigt und wo überall sie verkauft worden ist."

„Alles ziemlich vage, oder?" Moni hatte sich wieder gefangen.

„Ja, aber irgendwo müssen wir beginnen. Komm, zieh deine Jacke an. Wir gucken uns mal den Fundort an. Thorsten hat ihn mir gut beschrieben. Vielleicht ist die Stelle auch noch abgesperrt, bis das rechtsmedizinische Ergebnis vorliegt." Wolf steckte die Bilder ein und nickte Moni liebevoll zu, als sie ihre Mütze aufsetzte. Sie sah einfach süß aus. Dann verließen sie das Hotel in Richtung Neuharlingersiel.

Dass sein Handy kurze Zeit später klingelte, bekam Hetzer nicht mehr mit.

Der Mann war tot. Daran bestand kein Zweifel. Rostrot hatte sich ein Blutfleck rechts und links der Eintrittsstelle ausgebreitet. Sie war bereits getrocknet, als Polizeioberkommissar Kruse und sein neuer Kollege Detlef Krahwinkel am Fundort eintrafen. Kurioserweise lag er vor dem Schützenhaus am Fuße des Harrl, des Bückeburger Stadtwaldes, mit einem Loch im Hemd und wohl auch in der Brust, denn er war tot.

Der Kopf war auf einem Kantenstein wie auf ein Kissen gebettet. Seine Augen stierten glasig gen Himmel, als ob er von dort etwas zu erwarten hätte.

Sich jetzt um eine Leiche kümmern zu müssen, war der eine Umstand, der Peter Kruse nervte. Dass man ihm anstatt einer flotten Kollegin eine „Schwuchtel" geschickt hatte, der andere.

Er hatte es ziemlich schnell rausgefunden, dass der liebe Detlef vom anderen Ufer war. Sein teigiger Leib, der extrem weiche Händedruck und die viel zu verbindliche Art hatten ihn gleich anfangs stutzen lassen.

Ach nein, mit Mord habe er eigentlich ungern was zu tun, hatte er nach ein paar Begrüßungsfloskeln erwähnt. Das sei meist so unästhetisch. Ansonsten helfe er gerne, wo er könne, vor allem bei Schreibarbeiten auf der Dienststelle. Darum hatte Peter in seinem Unmut fast schmunzeln müssen, dass dem Neuen gleich eine Leiche präsentiert werden konnte. Und noch dazu eine mit Blut.

Der Tote war am Spätnachmittag vom Vorsitzenden des Schützenvereins gefunden worden. Horst Witte, früher selbst Kommissar in Bückeburg, hatte sofort die Beamten verständigt und bereits erste Beobachtungen durchgegeben. Er wartete auf der Bank vor dem Vereinsheim in einigem Abstand zur Leiche. Hier oben am Wald war es noch kühl.

„Grüß dich, Hotte", sagte Kruse, „reicht es nicht, wenn ihr da drin rumballert?"

„Von uns war das bestimmt keiner", gab Horst Witte mit einem Augenzwinkern zurück, „so schlecht treffen wir nicht."

„Spaß beiseite!" Kruse wurde ernst. „Kennst du den Toten?"

„Nie gesehen", gab Witte zurück.

„Sieht nicht wie ein Penner aus", meldete sich Detlef erstmalig zu Wort, „der Anzug ist von Burberry's."

„Aha", wunderte sich Peter, „woher weißt du das, und was sagt uns das?"

„Der Schriftzug im Jackett, man sieht ihn nur halb. Feiner Herrenausstatter aus London. Kann sich nicht jeder leisten. Ich schätze, der Anzug kostet so rund tausend Euro. Schade drum", antwortete Detlef.

„Da schau mal einer guck, du kennst dich aus. Mich interessiert mehr der Inhalt seiner Taschen, aber wir warten erst auf die SpuSi", entschied Peter und zückte seinen Block, um die ersten Eindrücke aufzuschreiben. „Hast du ihn genau so gefunden, Hotte?"

„Ja, ich bin gar nicht zu nah hingegangen. Man konnte ihn erst sehen, wenn man in Richtung Tür lief. Ich glaube auch nicht, dass er noch bewegt worden ist."

„Stimmt, sieht nicht so aus", gab Peter zurück. „Das Blut ist auch schon getrocknet. Komisches Einschussloch irgendwie. Scheint auf jeden Fall einige Zeit her zu sein. Ich bin gespannt, was Nadja sagt. Sie müsste gleich hier sein."

„Nadja?", fragte Detlef. „Rechtsmedizin oder KTU?"

„Die Kapazität auf dem Gebiet der Rechtsmedizin überhaupt", betonte Peter. „Dr. Nadja Serafin."

„Kenne ich nicht, aber hab' ich schon mal gehört, wir arbeiten mit Bremen zusammen."

In diesem Moment kam ein schwarzer Touran mit ziemlicher Geschwindigkeit die Birkenallee hochgefahren.

„Ah, da kommen Mimi und Seppi mit ihrem Team. Jetzt kann's losgehen." Und zu Detlef gewandt sagte er: „Das ist die SpuSi."

Peter Kruse fragte sich, ob er Mimi jemals ohne feindseligen Männerblick gesehen hatte. Als die Beamtin ausstieg, sah er sie wieder, diese feine Ironie in den Augen, als ob die männliche Spezies nur zum Drohnendasein taugte. Dabei war Mimi ein durchaus ansprechendes Geschöpf mit Haaren, die ebenso wild waren, wie sie es selbst zu sein schien. Er überlegte, wie ihr Kollege Seppi es aushielt, aber der hatte einfach die Ruhe weg. Gemächlich holte er seinen Koffer aus dem Wagen, reichte Mimi einen weißen Overall und stieg selbst in einen zweiten, um keine Spuren am Fundort zu hinterlassen. Peter musste sich das Schmunzeln verkneifen, denn Mimi war nur etwas mehr als anderthalb Meter groß und sah in dem Anzug aus wie ein Michelin-Männchen. Die Diskrepanz im Begriff „Unisex" sah man am besten, wenn er und Mimi nebeneinanderstanden. Fast fünfzig Zentimeter Höhenunterschied!

Und von dort unten sah sie ihn jetzt mit messerscharfem Blick an.

„Is' was, Peter?"

„Wieso?"

„Was ist denn so witzig?"

„Nix, ich wollte dir meinen neuen Kollegen vorstellen!", sagte er und frohlockte innerlich, weil Detlef ihren Verführungskünsten nicht erliegen würde. „Das ist Detlef Krahwinkel. Nienburg hat ihn uns zur Unterstützung zur Verfügung gestellt."

„Angenehm, sehr verehrte Frau ...?", forschte der Neue.

„Gonzalez! Aber nennen Sie mich ruhig Mimi, wie alle anderen hier. Nur auf den Spitznamen Speedy reagiere ich allergisch. Das würde ich nicht ausprobieren", erklärte sie mit honigsüßer Stimme. „Was haben wir denn nun hier?", sagte sie zu Seppi gewandt, der sich bereits über den Toten beugte und das Kollegengeplänkel einfach ignorierte. Er nickte dem Neuen nur zu.

Ein weiterer Wagen hielt. Die Rechtsmedizinerin Dr. Nadja Serafin stieg aus. Peter strahlte und dachte daran, wie sehr er ihre blonden Haare liebte, wenn sie kreuz und quer in alle Richtungen standen.

„Sieht irgendwie nicht wie eine Schussverletzung aus! Keine Schmauchspuren", sagte Seppi, als Nadja in Hörweite war.

Mimi, die ebenfalls in die Hocke gegangen war, nickte. „Stimmt, das Loch im Hemd passt auch nicht."

„Ihr konntet das auf den ersten Blick gar nicht sehen", erklärte Seppi dem ungläubigen Peter, „das Blut hat die ausgefaserte Stelle überdeckt. Es ist auch zu wenig ausgetreten. Habt ihr bemerkt, dass unter seinem Kopf auch eine Lache ist?"

„Nein, so genau haben wir ihn uns noch nicht angeschaut. Ihr wart ja extrem schnell hier", protestierte Peter.

„Wir wollten mal wieder ein bisschen an der frischen Luft arbeiten", grinste Mimi frech, „ist doch jetzt Frühling."

„Das Gelände scheint hier ein bisschen abschüssig zu sein", gab Seppi zu bedenken – er überhörte die unsachlichen Beiträge wie gewohnt – „das Blut ist also mehr in Richtung Hals geflossen. Seitlich wurde es vom Schatten verdeckt."

„Na, dann lasst mich mal sehen!", sagte Nadja. „Habt ihr schon Fotos gemacht?"

„Vom Körper ja", erklärte Mimi und zog die Digitalkamera ein weiteres Mal aus der Tasche. „Lass mich noch ein paar Nahaufnahmen vom Kopf machen, dann kannst du ihn dir vornehmen."

Peter nutzte den Moment, um Detlef ein weiteres Mal vorzustellen. Nadja begrüßte ihn und sagte verwundert: „Sollte Wolf heute nicht wieder im Dienst sein?"

„Er ist noch ein paar Tage zur Erholung an der See." Dabei zwinkerte er ihr verschwörerisch zu. Das klang seltsam. Sie hätte gerne mehr gewusst, beschloss aber aufgrund seines merkwürdigen Verhaltens, erst später nachzubohren.

„So, du kannst jetzt", sagte Mimi und verstaute ihre Kamera. Seppi hatte dem Toten bereits Papiertüten über die Hände gezogen, damit mögliche Täterspuren an den Fingern erhalten blieben.

„In seinen Taschen haben wir leider keine Papiere gefunden", erklärte Seppi den Kommissaren bedauernd, „aber wenigstens einen Autoschlüssel."

„Welche Marke?", wollte Peter wissen.

„BMW!"

„Passt zum Anzug", warf Detlef ein.

Der Kerl ging Peter auf die Nerven. Seine sachdienlichen Kommentare waren nur oberflächlicher Natur.

„Ruf mal die Kollegen auf der Bückeburger Wache an. Sie sollen den Schlüssel hier abholen und das angrenzende Gebiet nach einem passenden Fahrzeug absuchen. Vielleicht kommen wir so weiter."

Detlef nickte und ging zum Dienstwagen.

Nadja hatte inzwischen das Hemd des Toten aufgeknöpft und ihr Diktiergerät in der Hand.

„Männliche Leiche um die siebzig, graues Haar, blaue Augen", damit schloss sie die Lider. „Gepflegtes Erscheinungsbild. Kleine Eintrittswunde unterhalb des siebten Rippenbogens rechts lateral. Den Wundrändern nach keine Schusswunde, eher eine Stichwunde, verursacht durch einen spitzen, aber wenig scharfen Gegenstand, zirka dreizehn Millimeter tief, wahrscheinlich nicht letal. Blutung eher durch die Verletzung oberflächlicher Gefäße. Ringförmige Unterblutung des umliegenden Gewebes. Dreht ihn bitte mal um."

Nadja nahm das Thermometer aus dem Koffer und beobachtete Seppi und Peter beim Wenden des Toten.

„Danke. Leichenstarre fast vollständig ausgeprägt. Großes Hämatom dorsal an der oberen Halswirbelsäule in Höhe des Atlas in Verbindung mit einer knapp darüberliegenden Platzwunde am Hinterkopf, möglicherweise letal. Totenflecken an Gesäß, Rücken und im Schulterbereich. Rektale Temperatur 32,3° Celsius."

Nadja erhob und streckte sich.

„Und?", fragte Peter. „Dein Fazit?"

„Also diese Wunde in der Brust, von der ihr gedacht hattet, sie sei ein Einschussloch, die kommt eher von einem spitzen Gegenstand, und er muss auf den Hinterkopf gefallen sein. Die Einblutung im rückwärtigen

Halsbereich kommt von dem Kantenstein, auf dem er lag. Ich schätze, er hat noch einige Zeit regungslos dagelegen, bis er starb. Der Todeszeitpunkt war vor ungefähr fünf Stunden. Dafür sprechen Kerntemperatur und Leichenstarre. Nagelt mich aber bloß nicht fest. Das ist nur eine erste Einschätzung."

Genagelt wird zu Hause, dachte Peter und grinste süffisant bei dem Gedanken, bis er sah, dass Detlef zurückkam. Da verging ihm alles Sinnliche.

„Kein Thema, Nadja, mein Kollege und ich, wir werden an der Sektion teilnehmen, nicht wahr, Detlef?", sagte er und wandte sich seinem Kollegen zu.

Der guckte unglücklich und zuckte mit den Schultern. „Ist ewig her, dass ich in der Rechtsmedizin war."

„Na, dann wird es ja mal wieder Zeit!", betonte Peter. „Das ist wichtig für unsere weitere Arbeit an diesem Fall."

„Ich könnte nachher gleich anfangen, wenn der Körper in Stadthagen ist. Je eher, je besser. Sagen wir so um halb drei?"

„Wir sind dann da", versprach Peter und fand, dass Detlef etwas blasser aussah als sonst. Er selbst riss sich weiß Gott auch nicht um diese Obduktionen in der Rechtsmedizin. Aber das wollte er sich gerade jetzt nicht anmerken lassen.

Während der Bestatter die Leiche in den Zinksarg verlud, verabschiedete sich Nadja und auch die SpuSi, die noch Proben unterhalb des Körpers genommen hatte, packte ihre Koffer.

„Ihr könnt davon ausgehen, dass der Fundort ebenfalls der Tatort ist", sagte Mimi, während sie sich ihren Overall auszog. „Wir haben keine Schleifspuren gefunden. Auf dem Kantenstein ist das Blut vom Aufprall des Kopfes. Wir haben feine Spritzer gefunden, die von der Stelle ausgehen, wo der Schädel aufgetroffen ist."

„Danke, Mimi, für die kurze Zusammenfassung", sagte Peter und klopfte Seppi auf die Schulter, der sich gerade über einen der Koffer beugte, um ihn zu schließen.

„Ich geb' dir dann die Ergebnisse der Faser- und Feingewebsproben durch", versprach er, „aber ich denke nicht, dass wir viel finden werden."

Peter verabschiedete sich von Mimi und Seppi. Danach winkte er Detlef zu sich.

„Sei so lieb und sperr den Tatort ab. Mit dem Schützenbetrieb ist es jetzt vorerst Essig. Ich spreche noch mal mit Hotte."

„Ich hab kaum was mitgekriegt von dem, was die Rechtsmedizinerin gesagt hat", beklagte sich Detlef.

„Darüber sprechen wir gleich noch ausführlich, wenn wir hier fertig sind." Peter ließ ihn stehen und ging zu Hotte, der in einiger Entfernung etwas gelangweilt auf der Bank vor dem Schützenhaus saß.

„Ist in nächster Zeit nix mit Schießen hier, Hotte", sagte Peter bedauernd.

„Schon klar. Ich stelle vorne ein Schild auf. Habt ihr schon was rausgefunden?"

„Ich kann dir nichts sagen. Tut mir leid."

„Weiß ich doch. War ein Versuch." Hotte grinste.

„Sag mal, hattet ihr hier einen spitzen Gegenstand? So etwas wie einen Spieß oder einen spitzen Holzpfahl?"

„Ja, da hinten in der Ecke haben wir einen Schwenkgrill. Dafür hat ein Kumpel eine extra Vorrichtung mit Drehspieß geschmiedet, damit wir gelegentlich auch ein kleines Viech über dem offenen Feuer braten können."

Peter hatte sofort eine genüssliche Vorstellung von einem Kaninchen am Spieß oder einem Spanferkel und spürte, dass er längst schrecklichen Hunger hatte.

„Kannst du eben nachsehen, ob der Spieß noch da ist?", bat er.

„Sicher", sagte Hotte und ging in Richtung Unterstand. „Nee, der Spieß ist weg, alles andere ist noch da", rief er von hinten.

„Super, danke. Du solltest jetzt nach Hause gehen. Ich weiß ja, wo ich dich finden kann."

„Ich verstehe zwar die Sache mit dem Eisenspieß nicht, wünsche euch aber viel Glück bei der Tätersuche. Ich hoffe, ihr findet den Mörder bald."

Wenn es denn überhaupt einen gibt, dachte Peter bei sich, als er in Richtung Detlef ging. Das würde sich zeigen.

Wolf und Moni hatten am Deich geparkt. Es war sonnig, wenn auch nicht allzu warm und ziemlich windig. Gleich würden sie das Meer sehen. Für Wolf war es Ewigkeiten her. Fast zehn Jahre hatte er es nicht geschafft, diese wunderbar salzige Luft auf der Zunge zu schmecken. Dabei hatte er ihr, seiner verstorbenen Verlobten, seinerzeit versprochen, dass sie jedes Jahr das Meer sehen werde. Noch immer durchfuhr ihn der Stich des Vermissens, wenn er an sie dachte. Einen Menschen zu verlieren, den man wie die Luft zum Atmen gebraucht hatte, war schwer zu ertragen. Wolf fragte sich, ob es schlimmer war, bewusst verlassen zu werden oder wenn das Schicksal einem das Liebste nahm. Der Unterschied daran war, dass auch sie nicht von ihm hatte fortgerissen werden wollen. Es war kein Ende der Liebe gewesen, nur des Lebens. Ihre Liebe war für lange Zeit noch in ihm gewesen. Wenn er ehrlich war, war sie es noch, denn sie hatte ihn nie verlassen.

Er war es gewesen, der sich irgendwann für eine Rückkehr ins tatsächliche Leben entschlossen hatte. Er hatte gelernt, dass er ihre Liebe in sich tragen konnte und trotzdem einen anderen Menschen lieben durfte. Das war kein Verrat an ihr. Jetzt war er auch bereit, das Meer wiederzusehen, ohne dabei Wut oder Traurigkeit zu empfinden.

„Wolf? Wo bist du denn mit deinen Gedanken?“, fragte Moni.

„Ich habe über das Meer nachgedacht“, sagte Wolf und log dabei nicht.

„Du siehst es doch gleich“, lachte sie, „und riechen kannst du es jetzt schon.“

Doch sie hatte sich geirrt. Das Meer war weg. Als sie auf der Deichkrone standen, sahen sie, dass Ebbe war.

Jetzt musste auch Wolf grinsen.

„Nix mehr mit Meer heute“, rief er gegen den Wind, „aber das ist gut für uns, denn wir können uns die Stelle ansehen.“

Moni nickte. „Wo ist sie denn?“

„Da vorne, direkt am Deich, der den Hafen vom Strand trennt. Siehst du? Da fängt sich alles in dieser Ecke dort.“

„Und was willst du da erkennen? Das Meer kommt und geht ständig. Die Kollegen hier vor Ort werden schon alles umgegraben haben.“

„Ich will mir vor allem einen Eindruck verschaffen und später die Leute am Hafen befragen. Vielleicht hat jemand etwas Ungewöhnliches beobachtet.“

„Sie werden hier doch schon alle wegen der Uhr befragt haben, denke ich.“

„Stimmt, darum will ich auch ganz andere Fragen stellen. Zum Beispiel, ob jemand ein Kind beobachtet hat, das sich in der Gesellschaft eines Erwachsenen merkwürdig verhalten hat.“

„Und was sollte dir einen Grund geben, dich danach zu erkundigen? Du willst dich doch nicht als Kommissar ausgeben, oder?“

„Nein, als Vater.“

„Hältst du das für eine gute Idee?“

„Auf jeden Fall. Ich werde ein bisschen auf die Tränendrüse drücken. So nach dem Motto ‚Meine Frau hat mich verlassen und hat unsere behinderte Tochter mitgenommen. Sie ist zu ihrem Freund hier in der Nähe gezogen. Haben Sie ein Kind gesehen, das sich in der

Obhut einer Frau oder eines Mannes auffällig verhalten hat?' So etwas in der Art."

„Ich weiß ja nicht ...", grübelte Moni. „Wieso sollte sich denn die Kleine in der Nähe ihrer Mutter unwohl fühlen? Das ist doch unlogisch."

„Vielleicht ein Papa-Kind?" Hetzer zog die Stirn kraus.

„Mit sieben? Sehr unwahrscheinlich. Kleine Kinder hängen doch eher an der Mutter."

„Hast du eine bessere Idee?"

„Mal sehen", sagte Moni. „Ich muss erst nachdenken. Du willst doch nicht heute mit dem Herumfragen anfangen, oder?"

„Nein, heute gucken wir nur."

„Selbst wenn sie wirklich hier war, könnte sie längst woanders hingebracht worden sein."

„Stimmt", antwortete Wolf, „aber wir wollen ja auch nachvollziehen, was geschehen ist. Egal, ob sie hier gefunden wird oder nicht. Es geht darum, den Weg zu verfolgen, den sie hat nehmen müssen. Jedes Detail kann wichtig sein. Freiwillig wird sie nirgendwo allein hingegangen sein."

„Und wenn doch?", fragte Moni provokant.

„Dann werden wir oder die ermittelnden Beamten auch das hoffentlich herausfinden."

Inzwischen waren sie am Strand angekommen. Tang und Muscheln lagen in einem Halbrund angespült. Auch ein paar Kronkorken und eine Plastikflasche fanden sie. Von der Absperrung der Kripo war nichts mehr zu sehen.

„Man müsste sich schon gut mit der Strömung auskennen, um halbwegs vermuten zu wollen, was von woher angespült worden sein könnte", sagte Hetzer und zuckte mit den Schultern. „Und selbst wenn, könnte immer noch ein sich drehender Wind alles verändert haben."

„Ja, das stimmt, darüber können wir beide nicht einmal spekulieren. Das bringt uns auf keinen Fall weiter."

Hetzer nickte, bückte sich und hob eine Muschel auf. Die steckte er in die Hosentasche.

„Darum haben sich die Kollegen bestimmt sowieso schon gekümmert. Gehen wir noch ein Stück am Strand spazieren? Wir haben schließlich Urlaub!"

„Mehr oder weniger", lachte Moni, „so ganz kannst du dich sowieso nicht freimachen. Irgendwie ist dein Unterbewusstsein immer im Dienst, aber das heißt ja nicht, dass wir nicht das Angenehme mit dem Nützlichen verbinden können. Lass uns die Nasen in die steife Brise halten!"

Wegen des starken Windes überhörte Wolf das Klingeln seines Mobiltelefons. Er spürte auch das Vibrieren nicht, weil es in seiner Jackentasche steckte. Zwei Anrufer hatten ihm allerdings etwas Wichtiges mitzuteilen. Sie sprachen ihre Rückrufbitte auf Band.

„Schon irgendwas wegen des Wagens rausgefunden, der dem Toten gehört haben muss?", fragte Peter kurz angebunden.

„Nein, bisher noch nicht", antwortete Detlef betont freundlich.

„Kannst gleich noch mal den KDD anrufen. Wir müssen uns auf die Suche nach einem Grillspieß aus Eisen machen", sagte Peter. „Der könnte im Wald natürlich überall sein, falls er überhaupt hier entsorgt wurde."

„Bist du so lieb, mich mal aufzuklären? Ich wüsste auch gerne über deine Ermittlungsansätze Bescheid", sagte Detlef.

Peter, der schon einen flotten Spruch auf Lager hatte, riss sich zusammen, räusperte sich und antwortete: „Klar. Kein Problem. Du hast ja noch mitgekriegt, dass wir es hier mit gar keiner Schusswunde zu tun haben. Ich hatte da eine Idee. Das Loch in der Brust muss eine Ursache haben."

„Du meinst, er sei mit diesem Spieß erstochen worden, nach dem die Kollegen suchen sollen?"

„Nicht direkt", gab Peter etwas freundlicher zurück, weil er merkte, dass der Neue mitdachte.

„Was heißt das?"

„Wahrscheinlich ist er an einer Schädelverletzung gestorben. Er ist mit dem Hinterkopf aufgeschlagen. Ich stelle mir das so vor: Jemand hat ihm mit dem Eisenspieß in die Brust gestochen. Dabei hat er ein paar Schritte rückwärts gemacht und ist über irgendetwas gestolpert. Vielleicht durch den Schreck oder so. Er konnte sich nicht mehr halten und fiel auf den Hinterkopf. Zack, war's passiert."

„Du glaubst an einen Unfall?", fragte Detlef.

„Nicht unbedingt. Wir müssen alle Möglichkeiten im Auge behalten. Es kann ihn auch jemand bewusst und vorsätzlich dorthin gelockt und zu Fall gebracht haben. Es wäre gut, wenn wir bald wüssten, wer er ist."

„Das ist wohl wahr." Detlef wischte sich den Schweiß von der Stirn. Dabei war es gar nicht wirklich warm.

„Komm", sagte Peter versöhnlich, „wir fahren auf die Dienststelle und veranlassen von dort aus alles weitere. Ich möchte auch, dass Hetzer seinen Kurzurlaub abbricht und uns hier unterstützt."

„Glaubst du, wir kriegen das nicht alleine hin?", fragte Detlef misstrauisch.

„Darum geht es nicht. Du kennst ihn nicht. Wolf ist eine Kapazität. Er denkt immer ein bisschen neben der Spur. Wir sind ein eingespieltes Team. Das hat überhaupt nichts mit deiner Qualifikation zu tun. Wir brauchen dich trotzdem."

„Aber bitte nicht nur für Handlangerdienste", bat Detlef, dem ein Tropfen das Gesicht herunterrann, den er mit dem Taschentuch abwischte.

Peters Gesicht verfinsterte sich.

„Also, falls du den Eindruck hast, irrst du dich. Aber du bist noch neu hier. Es war jetzt einfacher, dass ich mit der SpuSi gesprochen habe. Den KDD kann ich selbst anrufen."

Er stieg in den Wagen und Detlef ließ sich auf den Beifahrersitz sinken. Auf der Fahrt in die Ulmenallee sprachen sie kein weiteres Wort.

Manche Menschen lernen, sich selbst genug zu sein. Sie brauchen im Grunde niemand anderen mehr. Es stört sie aber auch nicht, mit anderen zusammen zu sein.

Marianne ruhte schon seit Langem in sich selbst, besuchte aber gerne von Zeit zu Zeit künstlerische oder esoterische Seminare. Mal war es die Malerei, mal der Tanz, die Musik, die stille Meditation oder der Genuss, sich bei den Schwingungen der Klangschalen zu entspannen. Alles war ungezwungen. Man kam für einen begrenzten Zeitraum zusammen und ging dann wieder auseinander. Marianne ließ die Nähe anderer Menschen kaum zu. Daher blieben die Bekanntschaften rar und immer auf die Spanne der Kurse beschränkt. Sie nahm nur die Empfindungen mit, die sie selbst gehabt hatte. Nicht die Beziehungen, die mit anderen hätten geknüpft werden können. Sie war ihr eigener Kosmos.

Der einzige Mensch, der Marianne noch hatte erreichen können, war die kleine Sophie gewesen. Obwohl, oder vielleicht gerade wegen ihrer Behinderung. Sie war so unverkrampft offen und fröhlich, dass sie für alles aufgeschlossen war, was Marianne tat. Mit großer Begeisterung ahmte sie nach, was die Großmutter ihr zeigte oder sie lag lange still mit ihr, wenn sie die sprachgeführte Meditation genoss.

Es hatte beide sehr betroffen gemacht, dass sie sich seit einiger Zeit seltener sehen konnten. Marianne verstand nicht, warum Verena die Kleine kaum noch brachte, fragte aber auch nicht nach. Zu ihrer Schwiegertochter hatte sie keinen „Draht". Schlimmer noch, sie empfand sie als störend. Während sie früher manche Gemeinsamkeiten mit ihrem Sohn Justus hatte teilen können, hatte sie jeden Zugang zu ihm verloren, seitdem er mit dieser Frau zusammen war.

Sie hatte ihn verdreht und vom rechten Weg zu sich selbst abgebracht. Genau das versuchte sie nun auch mit Sophie. Selbst Friedhelm war von Verena begeistert gewesen. Der Trottel. Sie hatte alle geblendet mit ihrer Schönheit und ihrem Liebreiz und das Dunkle verborgen, das in ihr schlummerte. Erst nach und nach war es zutage getreten. Sophies Verschwinden hatte die Düsternis endgültig in ihr Gesicht gezeichnet. Kein Wunder, dass die Kleine fortgegangen war, denn das glaubte Marianne. Sie hatte das Weite gesucht, genau wie es Justus irgendwann tun würde, wenn er die Finsternis nicht länger ertrug.

Gleich nach dem Strandspaziergang waren Wolf und Moni in die Bauernstuben zurückgefahren. Die frische Luft hatte ihnen gutgetan. Sie beschlossen, sich für einen Moment rücklings auf dem Bett auszustrecken, bevor sie zum Essen in das Restaurant gehen würden.

Wolf sah noch, dass er zwei Anrufe auf dem Handy hatte. Thorsten Büthe, der wohl wissen wollte, ob er schon irgendetwas erreicht hatte und Peter Kruse, warum auch immer. Nichts, was jetzt wichtig genug sein konnte, den Moment zu stören, den er mit Moni Seite an Seite genießen wollte. Er würde sie nach dem Essen zurückrufen.

„Darf ich deine Hand nehmen?", fragte er vorsichtig.

„Ich weiß nicht, ob das eine gute Idee ist."

„Nur die Hand, versprochen!"

„Und sonst nichts?"

„Nein. Ich möchte nur diesen schönen Moment mit dir teilen und dich dabei spüren." „Als Freundin!", fügte er noch hinzu.

„Hmm ..."

Als sie nichts weiter sagte, glitt seine Hand vorsichtig nach rechts und legte sich auf ihre.

„So, und jetzt schließ die Augen!", sagte er.

„Warum?"

„Psst, nur fühlen, nix sagen!"

Beide hatten nicht damit gerechnet, dass die Seeluft ihren Tribut fordern würde und sie aus dem Moment des Genießens forttrug in einen seligen Schlaf. Als

Wolf wieder erwachte, lag er ganz warm an Moni angekuschelt und zuckte zusammen, weil das gegen die Abmachung war. Vorsichtig rückte er ein wenig zur Seite und hoffte, dass es ihr nicht aufgefallen war. Aber sie schlief noch, murmelte etwas Undeutliches und drehte sich zu ihm um. Dann rückte sie näher und legte den rechten Arm und das rechte Bein auf ihn. Er grinste. Die halbe Moni lag auf ihm. Dafür konnte er nichts. Mucksmäuschenstill blieb er liegen und genoss die Nähe.

Es dauerte noch eine Weile, bis sie aufwachte. Dabei streckte sie sich und merkte erst dann, wo sie sich befand.

Leise rollte sie sich von ihm herunter und stellte erleichtert fest, dass er augenscheinlich noch schlief und sich erst jetzt räkelte. Er schlug die Augen auf und lächelte sie verschmitzt an.

„Na, gut geschlafen, Moni?“

„Wunderbar“, sagte sie, „das tat gut, aber jetzt habe ich einen Riesenhunger.“

„Das ist die Seeluft“, erwiderte er und setzte sich auf, „das Meer macht alles gut. Es bringt uns wieder ins richtige Gleichgewicht.“

Moni, die immer noch ein bisschen verschämt daran dachte, wie sie auf Wolf gelegen hatte, hatte hierzu ihre eigenen Gedanken. Sie konnte nicht ahnen, wie sehr sie den seinen nahekamen.

Im Restaurant war wieder alles belegt. Wolf war froh, dass er schon vorhin einen Tisch reserviert hatte. Kellner Olaf hatte extra einen am Fenster für ihn frei gehalten. Mit einem Augenzwinkern sagte er ihm, dass es schön sei, dass Hetzer sich in so netter Begleitung mal wieder an die Nordsee verirrt habe. Wolf gab daraufhin zurück, dass es dafür grundsätzlich nur zwei Gründe gäbe: Die leckeren Fischgerichte in den Bauernstuben und die erfrischend geistreiche Bedienung.

Moni konnte das durchaus bestätigen, als sie Messer und Gabel zur Seite legte. Selten hatte sie eine so leckere Scholle gegessen. Sie beschlossen, noch eine Flasche des Weins mit aufs Zimmer zu nehmen, den sie den Abend über getrunken hatten.

Oben angekommen sagte Wolf: „Moni, entschuldige bitte, aber ich muss noch zwei Telefonate führen. Thorsten und Peter haben um Rückruf gebeten."

„Kein Problem", entgegnete sie, „ich wollte sowieso duschen gehen. Dann kannst du ganz in Ruhe telefonieren. Grüß Peter von mir."

Wolf nickte, wartete, bis sie mit ihren Sachen im Bad verschwunden war und wählte Thorstens Nummer.

„Thorsten hier, hallo Wolf, gut, dass du endlich anrufst. Ich habe Neuigkeiten, über die ich lachen würde, wenn sie uns nicht direkt betreffen würden."

„Du machst es aber spannend. Was ist los?"

„Ich habe das Resultat aus der Rechtsmedizin wegen der angespülten Knochen."

„Und?"

„Seehundflosse!"

„Wie?"

„Es ist eine Seehundflosse. Das ganze Tamtam war für die Katz."

„Gibt's doch nicht!" Wolf blieb die Sprache weg.

„Doch, gibt es. Der Arzt vor Ort hatte die Vermutung und hat die Untersuchung veranlasst."

„Und der Rechtsmediziner hat sich nicht gleich totgelacht?"

„Nein, die filigranen kleinen Knöchelchen hat er ebenfalls nicht sofort als tierisch erkannt. Er hat zwar im Nachhinein gesagt, dass er skeptisch gewesen sei, aber das kann er natürlich auch nachträglich zur Sicherung seiner Autorität erwähnt haben."

„Also kein totes, angespültes Kind, das ist doch wenigstens eine gute Nachricht."

„Das stimmt. Du brauchst also nicht rumzufragen. Das wäre nur sinnvoll gewesen, wenn es Sophies Knochen gewesen wären. Mach einfach noch ein paar Tage Urlaub, Wolf."

„Die Sache beschäftigt mich jetzt irgendwie trotzdem."

„Ich halte dich auf dem Laufenden. Wenn du noch irgendetwas für mich tun kannst, rufe ich dich an oder schicke dir eine Mail. Ein Teil der Verwandten wohnt übrigens in Bückeburg."

„Das hattest du, glaube ich, schon erwähnt. Also gut, wir hören uns. Bis dann."

„Ja, bis dann."

Wolf drückte die rote Taste und wählte Kruses Handynummer.

„Na, endlich!" Das war das Erste, was Hetzer hörte.

„Was soll das heißen?"

„Das dauert ja Stunden, bis du dich mal zurückmeldest."

„Entschuldige, ich habe frei."

„Jetzt nicht mehr."

„Wieso?"

„Ich brauche dich hier. Wir haben einen Toten!"

„Wen?"

„Keine Ahnung."

„Und das geht mit der Neuen nicht allein?"

„Nö, die Neue ist ... ein Kerl. Wenigstens in gewisser Weise."

„Aha“, Hetzer lachte, „ich weiß nicht genau, was du damit meinst, aber er wird doch ein Gehirn haben.“

„Schon ...“

„Dann kann er damit auch denken und kombinieren oder befragen und so.“

„Vielleicht ... Wir sprechen nicht miteinander.“

„Das erschwert die Ermittlungen natürlich.“

„Mann, Hetzer, nun lass dich doch nicht so lange bitten. Kommst du, oder nicht? Wir wissen nicht, wer der Tote ist und wir wissen auch nicht, ob er ermordet worden ist. Ich will dich einfach mit ins Boot holen, weil mir deine Meinung wichtig ist. Wir sind doch ein gutes Team. Den Nienburger können wir dann wieder nach Hause schicken. Kannst du zur Sektion schon da sein?“

„Also, ich fahre definitiv nicht mehr heute Nacht zurück. Zu viel Wein. Aber wir können morgen zeitig nach dem Frühstück aufbrechen, auch wenn ich mir das ganz anders vorgestellt hatte. So ein Mist. Nur einmal kurz aufs Meer gucken und das war's dann. Wann ist die Sektion?“

„Eigentlich um elf, aber ich versuche, sie auf eins zu verschieben. Hast du denn da in Neuharlingersiel was erreichen können in der kurzen Zeit?“

„Nein, aber das hat sich eh erledigt. Erzähle ich dir morgen. Jetzt muss ich erst mal Moni beibringen, dass die Reise schon ein Ende hat.“

„Tut mir leid, ihr könnt doch wann anders wieder hinfahren.“

„Nur ohne Handy und ohne dass einer weiß, wo wir sind. Sonst hat das anscheinend keinen Sinn.“

„Kannst du doch eh nicht, oder du rufst dann an.“

„Wahrscheinlich“, sagte Wolf und fügte ein „also bis morgen“ an.

Kruse brummte zufrieden und legte auf. Aus der Küche drangen ähnlich leckere Pizzadüfte wie neulich aus Hetzers. Er hatte schnell vier Packungen aus der Tiefkühltruhe geholt. Dreieinhalb für ihn und eine Hälfte für Nadja, die gleich nach Hause kommen würde.

Es war mal wieder an der Zeit, ihre Schwester Verena zu besuchen, fand Toni. Allerdings zog sie es momentan vor, ihre Mädchen zu Hause zu lassen. Sie wollte vermeiden, dass Verena durch die Zwillinge oder die kleine Jane an ihr eigenes Schicksal erinnert wurde. Sein eigenes Kind zu vermissen und das Mutterglück seiner Schwester so direkt vor Augen geführt zu bekommen, wäre schlimm.

Die von Bodensteins fanden es gut, dass sich Toni um Verena kümmerte. Ihnen selbst blieb zu wenig Zeit, aber sie versprachen, ein Auge auf die Mädchen zu haben und erreichbar zu sein, falls sie Hilfe benötigen würden. Immerhin waren Grit und Liv nun schon fast zwölf und konnten gut ein paar Stunden allein bleiben. Sie kümmerten sich auch rührend um ihre kleine, fünfjährige Schwester.

Toni fuhr also beruhigt nach Hannover. Bevor sie bei ihrer Schwester klingelte, hatte sie noch eine Bitte zu erfüllen. Sarah, Verenas Stieftochter war vor Kurzem bei ihr in Bückeburg gewesen und hatte ihr eine Kleinigkeit für ihre Oma mitgegeben. Mariannes Geburtstag lag nun schon fast drei Wochen zurück, aber Sarah war nicht nach Hannover gefahren, zum einen aus Geldgründen und weil eine Feier wegen Sophies Verschwinden ohnehin nicht geplant gewesen war. Toni hatte versprochen, das Geschenk beim nächsten Mal mitzunehmen und zu übergeben.

Marianne war eine fetzige Type, fand Toni. Zwar total plemplem, aber keine von diesen verblödeten Alten, die beim Damenkränzchen im Kostüm dasaßen und ihre Teetasse mit zwei Fingern hielten. Was sich Sarah als Tattoo auf ihre Haut wünschte, hatte Marianne im ganzen Haus auf Leinwänden, Holz oder Laken verwirklicht. Sie räumte auch dauernd um. Wann immer Toni das Haus betreten hatte, sah es ganz anders aus als beim letzten Mal.

So war es auch jetzt. Als Marianne die Tür geöffnet hatte und ihr ins Gesicht lächelte, kam es ihr vor, als sei sie noch niemals hiergewesen.

„Toni, Kind, schön, dass du dich mal blicken lässt", sagte sie und machte die Tür ganz auf. Toni wäre fast die Kinnlade heruntergeklappt, denn die Frau trug ihre Haarpracht offen über einem weißen Gewand, das bis zu den Füßen reichte.

„Wahnsinn", sagte Toni perplex, als sie eintrat, „ ist ja nicht wiederzuerkennen. Hast du das selbst gestrichen?"

Diele und Treppenhaus sahen aus, als habe man das Himmelreich betreten oder befände sich mitten im Olymp. Marianne nickte stolz. „Ich wollte das Paradies schon jetzt."

„Das ist dir gelungen", bestätigte Toni, die fasziniert war von der Weite des Raums, „wie hast du diese Atmosphäre hinbekommen?"

„Mit dem Pinsel und einem Herz voller Sehnsucht!", gab Marianne zurück.

Von der Decke hingen schwebende Gestalten aus Seide, Organza und Tüll, die sich auch gemalt an den Wänden wiederfanden. Jede hatte ein anderes Gesicht. Manche waren männlich, andere weiblich.

„Wie hast du die Köpfe gemacht?", wollte Toni wissen.

„Manche aus Pappmaschee, andere aus Holz oder Ton. Das sind meine Engel. Willst du einen Tee? Ich habe frischen Salbei im Garten." Marianne lächelte glücklich.

„Ja, sehr gerne!"

„Dann geh doch schon mal in den Wintergarten. Da ist es herrlich."

Sie hatte recht. Die abendliche Spätfrühlingssonne drang durch die Fenster und wärmte. Toni sah in den Garten und überlegte, ob nicht hier viel eher das Paradies war. Wer alte Bauerngärten liebte, konnte an diesem Ort nur ins Schwärmen kommen. Kaum jemand hätte gedacht, dass sich hinter den Jugenstilvillen solche Oasen verbergen könnten. Im Vergleich dazu war der Garten ihrer Schwester, der linksseits dieses Grundstücks lag, ein steril angelegter und langweiliger, kleiner Park. Zum Glück sah man ihn nicht, denn bei Marianne war alles üppig eingewachsen. Selbst das Verbindungstürchen wirkte verwunschen, als ob es vor hundert Jahren zum letzten Mal benutzt worden war. Das lag daran, dass nur die kleine Sophie dort gelegentlich und heimlich hindurchgeschlüpft war. Verena vermied den Kontakt mit ihrer Schwiegermutter und Friedhelm war meistens zu ihr gekommen. Aber wenn man sich besuchen wollte, ging man durch die Haustür.

Rechts neben Görlitzens Garten lag ein gänzlich verwildertes Grundstück, das nur durch eine Buchenhecke von dem ihren getrennt war. Toni fand auch ihn schöner als den von Verena, weil er etwas Wildes und Mystisches ausstrahlte. Das dazugehörige Haus stand leer und hielt einen Dornröschenschlaf, während die Kletterrosen die Natur zurückeroberten.

Marianne war zwischendurch zu ihrem Kräuterbeet gegangen und hatte frische Salbeiblätter abgeschnitten. Sie hatte Toni nicht gestört, die augenscheinlich ganz in ihre Gedanken versunken zu sein schien. Jetzt kam sie mit dem Tee zurück und schenkte zwei Tassen ein.

„Schön, nicht?“, fragte sie.

„Ja, sehr. Ich liebe deinen Garten und wünschte, ich hätte auch so einen, aber ich habe kaum Zeit.“

„Im Sommer lebe ich meist draußen“, sagte Marianne. „Friedhelm hockt lieber in seinem Zimmer, aber ich esse, male, töpfere und schnitze im Freien, wann immer es das Wetter zulässt. Manchmal schlafe ich auch dort in der Hängematte zwischen den Bäumen, siehst du?“

Sie zeigte auf die alten Bäume.

Toni nickte. „Ich habe ganz vergessen, ihm Hallo zu sagen“, sagte sie entschuldigend.

„Macht nix“, antwortete die alte Dame lächelnd, „er ist gar nicht da. Er liebt immer noch diese medizinischen Seminare und ist dauernd irgendwo. Ich weiß nicht mal, ob er heute wiederkommt.“

„Jetzt hätte ich es fast vergessen“, sagte Toni und kramte ein Päckchen aus ihrer Tasche, „das soll ich dir von Sarah geben. Es ist noch zu deinem Geburtstag.“

„Oh, danke schön. Das werden die Federn sein, die sie mir versprochen hat.“

„Federn? Wofür brauchst du die?“

„Für meine Engel. Sie müssen doch Flügel haben. Einer von Sarahs Studienkollegen kommt von einer Gänsefarm aus dem Oldenburgischen. Sie hatte versprochen, mir welche zu besorgen.“

Toni überlegte und wusste nicht, was sie dazu sagen sollte. Marianne war schrill und faszinierend. Sie mochte sie wirklich, aber sie war nicht sicher, ob sie ganz richtig im Kopf war.

„So, nun will ich mal nach nebenan, meine Schwester besuchen." Toni erhob sich.

„Ich sehe sie gar nicht mehr, seit ...", Mariannes Stimme brach ab. Toni umarmte sie und ging in Richtung Tür. Dabei stockte sie, stutzte fast unbemerkt, während ihr ein Schauer den Rücken herunterlief. Einer der Engel, der von der Decke hing, hatte eindeutig Sophies Gesicht gehabt.

Es war fast Abend. Thorsten Büthe saß an seinem Schreibtisch und hatte die pinkfarbene Uhr in der Hand. Die hatte er sich extra aus Neuharlingersiel kommen lassen, um sie eventuell den Eltern von Sophie zu zeigen.

Er ärgerte sich. Seehundflosse. Was für eine peinliche Geschichte, und er hatte auch noch Hetzer auf die Spur angesetzt. Sie hatten sich lächerlich gemacht. Zuerst der Landarzt da oben an der Küste und dann er selbst, weil er das Ergebnis der rechtsmedizinischen Untersuchung nicht abgewartet hatte.

Zeitsparen war ein wichtiger Bestandteil der Ermittlungsarbeit. Je eher man einer Spur nachging, desto besser. Wenn es denn eine war, sagte er ärgerlich zu sich selbst und schlug mit der Faust auf den Tisch. Dabei fiel die Uhr auf den Boden. Es löste sich der rückwärtige Deckel und sprang davon.

Normalerweise ruhte Thorsten Büthe in sich selbst, aber diese Geschichte mit Sophie beschäftigte ihn. Er war nun schon lange Fallanalytiker beim LKA, aber er konnte nicht verstehen, wieso ein kleines Mädchen beim Verschwinden so wenig Spuren hinterlassen hatte. Es schien, als habe sie sich in Luft aufgelöst. Sie war einfach fort. Wenn sie wenigstens irgendetwas in den Händen halten würden, an das man anknüpfen konnte. Doch die Befragungen hatten nichts ergeben, es waren keine Kleidungsstücke der Kleinen gefunden worden. Niemand hatte etwas gesehen. Der Erdboden hatte sie verschluckt. So kam es ihm vor. Das war natürlich Quatsch. Irgendwann würde sich etwas finden, doch der Zeitfaktor spielte eine große Rolle. Sie war schon zu lange fort. Es war unwahrscheinlich, dass man ein Mädchen so lange irgendwo verstecken konnte, ohne dass es auffiel oder zu lästig wurde. Büthe glaubte nicht daran, dass sie noch lebte, aber er wollte sich das nicht bewusst machen, denn solange es keine eindeutigen Beweise für ihren Tod gab, musste sie für ihn als lebendig gelten. Das war schwer.

Gelegentlich fuhr er bei der Mutter vorbei. Es war nicht zu übersehen, wie sehr sie litt. Inzwischen war sie hager geworden, die Augen lagen in tiefen Höhlen. Sie war nur noch ein Schatten ihrer selbst.

Der Vater hatte sich in seine Arbeit vergraben. Männer gingen anders mit dem Schmerz um. Er hatte auch bemerkt, dass sich die Eheleute voneinander entfernt hatten. Die Extremsituation zeigte das wahre Bild einer zwischenmenschlichen Beziehung. War eine Ehe innig und vertrauten sich die Partner, so hielten sie sich im Leid aneinander fest. Wenn es jedoch schon einen Spalt zwischen Mann und Frau gab, wurde er tiefer, denn die Verbindung war zerrissen. Sie erreichten sich nicht. Jeder litt seinen eigenen Schmerz.

Das war auch bei den Görlitzens so. Die Psychologin hatte herausgefunden, dass Verena lange Zeit von Justus nicht schwanger geworden war. Das hatte die Beziehung anfangs stark belastet. Der Fokus lag bei Frau Görlitz nur noch auf der nicht zustandegekommenen Mutterschaft, worunter Herrn Görlitz' Selbstsicherheit und seine Überzeugung, ein ganzer Mann zu sein, gelitten hatten. Alles war versucht worden, eine Insemination des Spermienkonzentrats, das Einsetzen einer künstlich befruchteten Eizelle, doch nichts hatte geholfen, bis sie es gänzlich aufgegeben und alle Versuche abgebrochen hatten.

Aus der Resignation heraus war Sophie gezeugt worden - mit einem Gendefekt. Doch das hatte sich erst später herausgestellt. Verena war damals aufgegangen in ihrer Mutterrolle, an die sie schon nicht mehr geglaubt hatte. Es war für Justus eine reine Freude gewesen, seine Verena endlich schwanger und glücklich zu sehen. Die Wochen des werdenden Lebens waren harmonisch und voller Erwartung gewesen. Doch nach der Geburt hatte sich Verena gänzlich Sophie zugewandt, die viel geweint und ihre ganze Aufmerksamkeit gefordert hatte. Der Erzeuger war nur noch Versorger und als Ehemann überflüssig geworden. Das Bett teilten die Eheleute nur noch zum Schlafen, wenn Verena nicht bei Sophie im Zimmer geblieben war, die ohne ihre Mutter niemals allein zur Ruhe gefunden hätte.

Trotzdem blieb die Kleine das einzig verbindende Glied zwischen den Eltern. Jetzt, wo sie fort war, war das Familiengerüst zerbrochen. Man stand vor den Scherben einer längst gescheiterten Beziehung, von der man dies nicht hatte wahrhaben wollen.

In Scherben lag die Uhr wenigstens nicht, nur der hintere Deckel hatte sich gelöst und die Batterie war herausgefallen. Hauptkommissar Büthe ließ die Einzelteile in eine durchsichtige Plastiktüte gleiten und legte sie auf seinen Schreibtisch. Es war spät geworden. Seine Gedanken waren mit ihm davongaloppiert. Als er vom Stuhl aufstand, fiel sein Blick nochmals auf das Zifferblatt der scheinbar nutzlosen Uhr. Es konnte sein, dass er sich vielleicht doch noch nicht so ganz auf dem Holzweg befand.

Dass sie nun doch schon wieder abreisen mussten, fand Moni schade. Sie war immer noch ein bisschen traurig, obwohl Wolf ihr versprochen hatte, dass sie bald wieder hierherkommen würden. Es wäre so schön gewesen, noch ein bisschen auszuspannen, selbst wenn sie das Bett mit Wolf teilen musste.

Sie schmunzelte.

Wenn sie darüber nachdachte, musste sie sich eingestehen, dass sie das gar nicht so schlimm fand. Die letzten Wochen bei ihrer Schwester waren zermürbend und anstrengend gewesen. Sie hatte sich so alleingelassen gefühlt, als sich das Bewusstsein der Älteren getrübt hatte. Auch nach ihrem Tod war sie noch oftmals nachts aufgeschreckt, hatte diese Bilder und Empfindungen vor Augen, die sie lieber vergessen wollte. Die bläuliche Blässe der Haut, deren Kälte, später das wächserne Aussehen und der Schock, als der Arzt die verstorbene Schwester untersuchte und dabei umdrehte. Sie war schon ganz steif. Das alles hing ihr nach und ließ sie nicht los.

Doch Wolf schaffte es, sie auf andere Gedanken zu bringen. Sie musste sich auch eingestehen, dass sie ihn aus der Ferne vermisst hatte. Bisher war noch keine Zeit gewesen, sich über die Stärke des Vermissens Gedanken zu machen. Hatte ihr der Freund Wolf gefehlt oder hatte sie sich nach ihm gesehnt? Sie konnte es nicht sagen, sie wusste nur, dass sie sich in seiner Gegenwart wohl und geborgen fühlte.

Aber mit der Erholung schien es nun wieder vorbei zu sein. Die eine Recherche hatte sich zerschlagen, ein neuer Toter war hinzugekommen, der Wolfs Aufmerksamkeit einforderte. Vielmehr war es Peter Kruse gewesen, der seinen Kollegen gebeten hatte, ihm Unterstützung zu leisten. Sie seufzte innerlich. Da konnte man nichts machen.

„Lass uns wenigstens auf unseren einzigen Abend an der See anstoßen“, sagte Wolf ein wenig wehmütig. Sie hatten sich den restlichen Wein vom Essen mit aufs Zimmer genommen und trugen bereits ihre Schlafanzüge. „Es tut mir wirklich leid, Moni, aber ich kann Peter nicht im Stich lassen. Er scheint irgendwie Probleme mit dem neuen Kollegen zu haben.“

„Dafür schätze ich dich doch, Wolf, dass du für deine Freunde da bist. Wir holen das nach, wie du schon sagtest. Ich bestehe dann aber auf mindestens eine Woche mit leckeren Fischgerichten.“

„Hand drauf!“, sagte Hetzer und schlug ein. „Prost Moni!“

„Prost!“

Als Moni später in der Nacht wach wurde, fühlte sie, dass Wolf seinen Arm um sie gelegt hatte und selig schlief. Die Dunkelheit und das Unbewusste des Schlafs waren ein gutes Versteck für zwei Menschen, die sich nahe sein, aber es sich nicht eingestehen wollten.

Es war dunkel geworden. Marianne lauschte nach draußen. Sie lebte in ihrer eigenen Welt und war eins mit der Natur.

Ihren Tagesrhythmus hatte sie ganz auf die Jahreszeiten abgestimmt. Im Winter schlief sie lange, im Sommer kurz, ganz wie es die Lichtverhältnisse bestimmten.

Ihre Farben stellte sie zum Teil aus Erde, Pflanzen oder roten Läusen her. Gesichter modellierte sie aus Ton oder Pappmachee, andere Dinge, zum Beispiel die Gliedmaßen, wurden aus Holz geschnitzt.

Vielleicht konnte man sagen, dass bei Marianne Genie und Wahnsinn dicht beieinander lagen. In ihrer kreativen Intelligenz schnappte sie manchmal über. Es kam zu einer Verschmelzung von Fantasie und Realität.

So hatte sie damals, nachdem Sophie fort war, ganz merkwürdige Dinge erzählt, als sie von den Beamten des LKA befragt worden war. Das kleine Mädchen sei in einem ihrer Bilder verschwunden, hatte sie behauptet. Aber es hieße in Wahrheit Marie. Und dass sie dort in der anderen Welt ein viel schöneres Leben hätte. Ein anderes Mal gab sie zu Protokoll, dass ihre Enkelin davongeflogen sei, begleitet von Schwänen.

Thorsten Büthe und seine Kollegin Marga Blume, eine renommierte Heilpraktikerin und Psychologin, hatten zunächst geglaubt, dass sich hinter den Aussagen möglicherweise reale Anteile verbergen könnten. Als Marianne jedoch zum Besten gab, dass das Kind den Froschkönig hatte besuchen wollen, nahmen sie von dieser Vermutung Abstand. Die alte Dame mit dem langen, grauen Haar konnte ihnen nicht weiterhelfen.

Detlef

So ganz hartgesotten war Detlef nicht. Wenigstens nicht, wenn es die medizinischen Angelegenheiten anging, die nach dem Tod eines Menschen untersucht wurden. Er reagierte auch ganz extrem auf Gerüche, und die waren in der Rechtsmedizin selten von angenehmer Art.

Das hatte nun dazu geführt, dass er sich bereits seit halb vier morgens in seinem Bett herumwälzte, nachdem er aus einem Albtraum aufgewacht war. Außerdem ärgerte er sich über seinen neuen Kollegen Kruse, der irgendein Problem mit ihm hatte, was er sich wiederum nicht erklären konnte. Sie kannten sich kaum und waren auch nicht aneinandergeraten. Trotzdem war Kruse auf seltsame Art abweisend. Er hatte auch den Eindruck, er gucke ihn schräg von der Seite an. Dann diese Hiwi-Jobs. Dabei war er genauso Oberkommissar wie Kruse. Detlef drehte sich auf den Rücken.

Es schüttelte ihn. Die Sektion war ihm wieder eingefallen. Zum Glück war der Tote frisch und stank noch nicht. Trotzdem würden ihm die Geräusche nicht erspart bleiben. Die Säge sang sich in sein Gehirn, und er verfluchte seine Gedanken. Es gab Dinge, die man nie vergaß. Sie hatten sich eingebrannt. Das konnte ein Schmerz sein, etwas, das man gesehen oder gehört hatte und natürlich der Geruch der Verwesung, den er sofort in der Nase hatte, wann immer er daran dachte. Er atmete tief durch, drehte sich auf die linke Seite und rollte sich in seine Decke ein.

Wer wusste schon, wie es die Ohren quälte, wenn der Rechtsmediziner Haut und Fleisch mit der Schere durchtrennte. Es hörte sich an wie in der Küche, wenn ein Hähnchen zubereitet wurde. Seitdem aß er kein Geflügel mehr. Auch von Innereien hatte er dankend Abstand genommen, seitdem er sie in Glasschalen hatte liegen sehen. In unterschiedlichen Stadien des Zerfalls versteht sich. Die rechte Seite schien doch besser zum Einschlafen zu sein.

In Detlefs Magen regte sich ein zunehmendes Unwohlsein. Er wurde die Gedanken nicht los. Dabei wollte er so gerne noch schlafen.

Halb fünf. So ein Mist.

Ob er mit dem Kruse mal sprechen sollte? Hoffentlich war der andere Kollege ein etwas netterer Zeitgenosse. Mit einem Seufzen drehte er sich wieder auf den Rücken. Vielleicht war es besser aufzustehen, aber er konnte sich nicht aufraffen. Wie Blei lagen seine Beine im Bett, während der Kopf immer neue Abscheulichkeiten und Probleme hervorkramte. Bildlich sah er die große, halbrunde Nadel vor Augen, die morgen dazu dienen würde, die mit einem Y-Schnitt zerstörte Hautoberfläche wieder zusammenzunähen. Mit der heißen Nadel sozusagen, denn es kam ja nicht mehr darauf an, eine schöne Narbe zu produzieren.

Als er sich endlich aufsetzte, durchfuhr ihn ein Schmerz rechts unten. Blinddarm oder Leistenbruch? Ganz egal, dachte er. Er würde sich nur im Notfall unters Messer legen lassen. Noch lebte er und hatte eine zu genaue Vorstellung davon, was sie mit ihm machen würden.

Müde schlurfte er in die Küche und machte sich einen Tee. Seitdem der Arzt ihm einen zu hohen Blutdruck attestiert hatte, dachte er mehr über sich und sein Leben nach. Er hatte das Ungesunde satt. Außerdem wollte er keine Tabletten einnehmen. Er hatte sich auch vorgenommen, seinen Beruf etwas gelassener anzugehen. Gute Ernährung, Bewegung und vor allem kein Stress. Das war entscheidend. Und Genießen. Das Genießen war wichtig. Es machte glücklich und zufrieden. Aber allein war das schwierig, weil man nicht teilen konnte.

Detlef wünschte sich einen Partner an seiner Seite, mit dem er die schönen Stunden des Lebens auskosten konnte. Jemanden, der es ernst mit ihm meinte – jemanden, der ihn liebte.

In der Nacht zuvor war Justus aus dem gemeinsamen Bett ausgezogen. Verena und er hatten sich seit dem frühen Abend nur gestritten.

Dabei fing alles ganz harmlos an. Er wollte nur wissen, warum sie Sophie an jenem Tag allein zu Hause gelassen hatte. Nur eine Frage, kein Vorwurf. Verena hatte es aber genauso verstanden und ihn daraufhin angeschrien:

„Sophie ist schon des Öfteren für kurze Zeitspannen allein geblieben. Wenn du mehr zu Hause gewesen wärst, hättest du das mitbekommen."

„Bitte bleib ruhig, Verena, ich frage doch nur."

Das brachte sie noch mehr auf die Palme.

„Du fragst nur? Nein, ich bleibe nicht ruhig. Ich bin schon viel zu lange ruhig geblieben. Du hast mich mit allem allein gelassen."

„Meine Eltern wohnen nebenan. Du hättest ihre Hilfe viel mehr in Anspruch nehmen können. Vergiss nicht, dass wir von meinem Geld leben müssen."

„Ha, ha, Geld. Immer schiebst du das Geld vor. Du hast unsere Tochter nie haben wollen, seitdem du wusstest, dass sie nicht ganz gesund ist."

„Verena, du vergisst dich. Du weißt genau, dass ich Sophie liebe und zwar genau so, wie sie ist. Und du hast immer volle Unterstützung gehabt, entweder von mir oder meinen Eltern."

„Ach, hör doch auf, dir selbst was vorzumachen. Du konntest mit ihr nichts anfangen, weil sie zurückgeblieben ist. Nicht dein Intelligenzniveau. Aber guck dir mal deine Mutter an. Die ist doch völlig meschugge."

„Das ist gemein, Verena. Was ist los mit dir? Haben dich die Tabletten so verändert? Ich liebe Sophie, und dass meine Mutter mit den Jahren ein wenig seltsam geworden ist, heißt nicht, dass sie nicht richtig im Kopf ist. Außerdem haben sich die beiden prächtig verstanden und hätten viel mehr Zeit miteinander verbringen können, wenn du sie gelassen hättest."

„Nie im Leben. Wer weiß, was sie mit der Kleinen noch alles angestellt hätte."

„Du bist böse und ungerecht. Ich erkenne dich gar nicht wieder."

„Weil ich endlich mal die Wahrheit sage? Weil ich sage, was du nicht hören willst?" Sie lachte hart.

„Du kannst denken, was du willst, aber dass du mir vorwirfst, mein eigenes Kind nicht zu lieben, tut mir weh." Er schüttelte den Kopf.

„Und mir tut weh, dass du es nicht tust. Du liebst sie nicht, weil sie anders ist. Weil sie nicht deinen Vorstellungen entspricht, weil sie ... behindert ist." Sie zögerte einen Moment, bevor sie das Wort aussprach.

„Wir haben so lange auf ein Kind gewartet. Denk doch mal zurück. Weißt du nicht, wie groß unsere Freude war, als wir Sophie endlich im Arm halten konnten? Auch ich war völlig überwältigt."

„Ja, bis du begriffen hast, dass mit ihr etwas nicht stimmt, dass sie anders ist als andere Kinder." Verenas Stimme bekam einen bitteren Unterton. „Ich habe alles dafür getan, sie zu bekommen, glaub mir, und ich liebe sie mehr als mich selbst."

„Wahrscheinlich auch mehr als mich", sagte er resigniert.

„Ganz bestimmt! Warum bist du nicht einfach verschwunden? An ihrer Stelle meine ich. Du interessierst dich doch sowieso nur für dich selbst. Mich hast du, seitdem sie auf der Welt ist, eh nicht mehr wahrgenommen."

„Weil du mich nicht mehr wolltest", sagte er traurig, „du hattest nur noch Augen für Sophie. Ich war abgemeldet. Der Mohr hatte – wie man so schön sagt – seine Schuldigkeit getan. Ich hatte dich endlich zur Mutter gemacht und damit war mein Part in unserer Ehe für dich erledigt. Vom Geldverdienen einmal abgesehen." Er seufzte und nahm seine Bettdecke. „Ich glaube, es ist gut, wenn wir hier im Haus erst mal getrennte Wege gehen. Jeder von uns sollte sich darüber klar werden, wie unser Leben weitergehen kann, mit oder ohne Sophie, miteinander oder ohneeinander. So kann ich nicht weitermachen."

„Ja, hau doch wieder ab, du Schwächling", schrie sie ihn an, „wie immer, wenn's brenzlig wird. Lass mich ruhig wieder allein. Aber ist auch egal. Ich habe sowieso immer alles selbst und ohne deine Hilfe hingekriegt. Jawohl, alles meine ich. Bis auf deine beschissene Kohle, die du verdienst, taugst du zu überhaupt nichts. Also sieh zu, dass du Land gewinnst und geh mir aus den Augen!" Wütend schmiss sie ihm sein Kissen hinterher.

Etwas zersprang. Aber nicht durch das Kissen, sondern in ihm. Das war der Moment, in dem Justus nicht wusste, ob er je wieder in dieses Bett zurückkehren würde, selbst wenn Sophie noch lebte.

Es war ein Überraschungsbesuch. Toni hoffte, dass ihre Schwester Verena halbwegs ansprechbar war. Als sie sie das letzte Mal besucht hatte, hatte sie gewirkt, als sei sie in Trance. Sogar gelacht hatte sie, dann wieder geweint und später gar nichts mehr gesagt, sondern nur noch vor sich hingestarrt.

Toni ging die Treppen hinauf und klingelte an der alten Jugendstiltür. Erst tat sich nichts, dann hörte sie Schritte. Verena, leicht übernächtigt, öffnete.

„Toni!", rief sie erstaunt.

„Störe ich?"

„Nein, alles im Arsch. Da stört mich gar nichts mehr. Kind weg, Mann weg. Vielleicht bin ich auch bald weg. Wegsein scheint etwas Tolles zu sein."

„Jetzt lass mich erst mal rein. Dann reden wir", sagte Toni.

„Ach so, ja klar", stammelte Verena und gab den Weg in die Diele frei.

„Wann kommt denn Justus? Haben wir ein bisschen Zeit zu zweit, so unter Schwestern?"

„Keine Ahnung, ob der kommt oder nicht und wenn, ist's auch wurscht, weil er jetzt ‚getrennte Wege' gehen will. Erst wird mir mein Kind genommen, dann lässt mich mein Mann im Stich." Verena ließ sich aufs Sofa fallen. Hier musste sie vor Kurzem noch gelegen haben, denn Kissen und Decke waren völlig zerknautscht.

„Der spinnt wohl", Toni tippte sich an die Stirn, „dich in dieser Situation auch noch allein zu lassen. Hab ich dich beim Schlafen gestört?"

„Ist egal, ich schlafe eh nicht. Das ist was für glückliche Menschen. Ich grübele mehr mit geschlossenen Augen. Wer braucht mich schon noch? Was soll ich überhaupt noch hier?"

„Jetzt beruhig' dich erst mal. Ich glaube, ich bin im richtigen Moment gekommen", sagte Toni und setzte sich neben ihre Schwester. „Du bist ja völlig fertig."

Verena begann zu weinen. Das Weinen ging in Schluchzen über. Es schien, als entlud sich mit einem Mal die Spannung der letzten Tage und Wochen.

„Sch..., sch..., ist ja gut", sagte Toni, während Verena ihre Schulter nass heulte. Sie streichelte der Älteren den Kopf und wusste, dass gar nichts gut war.

„Von dir ... hab ich auch seit zwei Wochen ... nichts gehört", beschwerte sich Verena mit vorwurfsvollem Unterton.

„Entschuldige", versuchte sich Toni zu rechtfertigen, „es ist nicht so einfach. Ich wollte dich auf der einen Seite in Ruhe lassen, weil du beim letzten Mal so komisch warst, und auf der anderen Seite ist es für dich doch nicht so toll, wenn du Grit, Liv oder die Lütte im Hintergrund krakeelen hörst. Das wollte ich dir einfach ersparen."

„Abends werden sie doch wohl im Bett sein."

„Schon, aber da ist dann Justus zu Hause. Ich wollte euch nicht stören."

„Ach, lassen wir das", sagte Verena und wischte sich die Nase. „Ich bin in meinem Kummer sowieso nur lästig."

„So ein Quatsch, du bist meine Schwester."

„Schön, dass du dich daran erinnerst."

„Du bist ungerecht und beziehst immer alles gleich auf dich. Versuch es doch mal so zu sehen, dass die anderen Rücksicht auf dich nehmen wollen." Toni setzte sich aufrecht hin und sah ihrer Schwester in die Augen. „Und nun erzähl erst mal, was da mit Justus los war."

Verena atmete auf, dass sie auf ein anderes Thema umschwenken konnte.

„Er hat Sophie nie gewollt. Das weiß ich jetzt."

„Blödsinn", antwortete Toni, „wie kommst du denn darauf?"

„Ach, das fing schon damals an, als ich unbedingt schwanger werden wollte. Ihm war das nicht so wichtig. Daran wäre unsere Ehe fast kaputt gegangen. Dann klappte es endlich. Alles entspannte sich. Wir hatten eine schöne Zeit."

„Das wusste ich gar nicht, dass ihr da untereinander solche Probleme gehabt hattet."

„Na ja, das trägt man ja auch nicht so nach außen", gab Verena zu bedenken.

„Schon, aber mir hättest du es doch sagen können."

„Du hattest doch genug mit dir zu tun. Was soll ich dich auch noch mit meinen Problemen belasten?"

Toni schüttelte den Kopf. „Und ich dachte, hier war immer heile Welt. Alles paletti. Genug Kohle und nur Sonnenschein. Zumindest bis ihr bemerkt habt, dass Sophie behindert ist."

„Ist sie nicht", schrie Verena und Toni zuckte bei dem plötzlichen Ausbruch zusammen, „sag das nie wieder! Sie ist anders, ganz einfach anders. Und sie ist viel sensibler als du und Justus zusammen. Ein besonderer Mensch ist sie. Niemand ist wie sie. Sie liebt mich und hängt an mir. Niemals hätte sie mich allein gelassen. Jemand hat sie mir genommen."

„Mit dem ‚Im Stich lassen' ist das so eine Sache", sagte Toni kalt, „du weißt nie, ob oder wann es geschieht. Aber irgendwann wird man von jedem im

Stich gelassen. So ist das eben. Du bist damals auch einfach ausgezogen, und ich hätte dich so sehr gebraucht. Sei's drum. Jetzt sind wir beide erwachsen." Die Jüngere stand auf. „Ich glaube, es ist gut, wenn du dich noch ein bisschen hinlegst. Sophie wird bestimmt wiederkommen. Und mit Justus kannst du doch noch mal reden."

„Einen Scheißdreck werde ich tun. Wir haben hier genug Zimmer, um uns aus dem Weg zu gehen. Soll er doch seinen Mist selbst machen. Und du brauchst mir auch nichts schönzureden. Ich weiß, dass Sophie wahrscheinlich tot ist, oder glaubst du, ich sei von gestern?"

Toni sah ein, dass es keinen Sinn hatte, mit ihrer Schwester weiterzusprechen. Sie hatte fast den Eindruck, als wolle sie alles fasch verstehen. Es schien so, dass sie dringend intensivere psychologische Hilfe brauchte. Toni wusste, dass die Polizei auch da schon unterstützend tätig war, aber das reichte augenscheinlich nicht aus. Sie beschloss, ihren Schwager auf dem Handy anzurufen, ohne dass Verena etwas davon mitbekam.

„Ach Schwesterchen", sagte sie und streichelte der Älteren, die wieder weinte und ins Leere starrte, über die Wange. Sie zuckte zurück. „Wenn du mich brauchst, bin ich da!", rief Toni ihr im Gehen zu.

Es kam keine Reaktion. Der Satz stand im Raum wie eine Skulptur, deren Sinn sich dem Betrachter nicht erschließen wollte.

Lady Gaga war ganz aus dem Häuschen, als sie Wolf und Moni wiedersah. Sie konnte sich gar nicht entscheiden, wen sie denn zuerst begrüßen sollte. Schwanzwedelnd schmiegte sie sich abwechselnd an den einen und den anderen und stupste beide mit ihrer Nase an.

„Ist ja gut, mein Mädchen", sagte Wolf und tätschelte sie. Moni ging in die Hocke. Sie schlang ihre Arme um den Hals des Hundes.

„Nächstes Mal nehmen wir dich mit!", versprach sie und zwinkerte Wolf zu. „Ich habe mich erkundigt. Da gibt es auch ein Zimmer, in dem Hunde erlaubt sind."

„So, so", lachte Wolf, „und das alles hinter meinem Rücken. Ihr seid mir schon so zwei."

Die Stunde von Wagenfeld bis nach Hause hingen die beiden ihren Gedanken nach. Da war so einiges im Hintergrund passiert, worüber sie nachdenken mussten, jeder für sich.

Wolf trug Moni noch den Koffer ins Haus, verabschiedete sich aber dann recht schnell, weil er Kruse versprochen hatte, möglichst früh da zu sein. Es war jetzt halb eins und gerade noch rechtzeitig, um an der Obduktion teilzunehmen, falls es Peter gelungen war, sie zu verschieben. Noch im Gehen zog er sein Handy aus der Tasche und rief Peter an.

„Bist du schon unterwegs nach Stadthagen oder habt ihr die Sektion nicht verschieben können?"

„Doch, doch, ein Glück, dass du da bist. Das ist ja klasse." Peter hörte sich erleichtert an.

„Ich habe noch nie erlebt, dass du dich so gefreut hast, mich zu hören." Wolf lachte.

„Normal nicht, aber in dieser Situation", stöhnte Peter. „Wir wollten gleich los, Detlef und ich, aber von mir aus können wir zwei auch rüberdüsen und er kann in Bückeburg bleiben. Wäre mir eigentlich lieber, dann können wir uns in Ruhe unterhalten."

„Gut, dann machen wir das so. Ich hole dich in der Ulmenallee ab. In zirka zehn Minuten bin ich da."

„Dem Kollegen wird das nicht unrecht sein", sagte Peter süffisant in den Hörer, „er ist schon seit heute Morgen grün im Gesicht. Ich hätte ihn natürlich gerne dabei beobachtet, wenn Nadja das Skalpell ansetzt, aber das können wir ja immer noch mal genießen."

„Du bist ein schlechter Mensch, Peter!", sagte Wolf und legte auf.

Kruse stand schon auf dem Parkplatz, als Hetzer vorgefahren kam. Etwas mühselig quetschte er sich wegen seiner Größe auf den Beifahrersitz.

„Puh, jetzt bin ich erst mal Sodom und Gomorra entronnen", sagte er erleichtert.

„Ach ja? Erzähl' mal."

„Die Nienburger haben uns eine Schwuchtel geschickt! So, jetzt ist es raus. Ich bin erleichtert."

„Ja und? Jetzt weiß ich wenigstens, was sie damit gemeint haben, sie schickten uns so was ähnliches wie eine Frau. Und wie ist er?"

„Schwul!"

„Das sagtest du bereits. Ich meine, wie ist er so als Mensch?"

„Keine Ahnung. Ich habe mich ferngehalten und nur das Nötigste mit ihm besprochen."

„Muss ich deinen diskriminierenden Aussagen entnehmen, dass du ein Problem mit Homosexuellen hast?"

„Eigentlich nicht. Bei Frauen finde ich das ganz interessant, bei Männern möchte ich nicht weiter darüber nachdenken. Es kann ja von mir aus jeder tun, was er will."

„Das ist aber großzügig von dir. Das steht allerdings schon im Grundgesetz!", mahnte Wolf an.

„Ja, du Oberlehrer, ich will trotzdem nix mit Männern zu tun haben, die andersrum sind."

„Und warum nicht? Glaubst du, das steckt an?", noch lachte Wolf und nahm ihn nicht ernst.

„Ich habe so ein komisches Gefühl in deren Gegenwart."

„Warum?"

„Ich glaube, die gucken mich anders an. So wie ich 'ne Frau angucken würde."

„Aha, aber die Frauen müssen das schön finden, wenn du es tust?"

„Das hab ich nicht gesagt."

„Ich frage dich aber." Wolf konnte es nicht fassen, dass Peter das tatsächlich ernst meinte.

„Hmm, ich denke schon. Das gibt ihnen doch Bestätigung."

„Und dir nicht?"

„Igitt Wolf, du Perversling."

Schweigen.

„Ich glaube, du solltest ganz dringend etwas an deiner Einstellung ändern", sagte Wolf mit Nachdruck.

Peter knurrte leise vor sich hin.

„Hat der Neue irgendetwas getan, was du als sexuellen Übergriff bezeichnen würdest?"

„Du glaubst doch nicht, dass er das überlebt hätte?"

„Wo ist dann das Problem? Ich verstehe dich nicht. Ist er ungenau oder arbeitet er nicht richtig mit?“

„Nee!“

„Ist er unkollegial?“

„Nein ... im Gegenteil.“

„Hat er sich sonst irgendwas zuschulden kommen lassen?“

„Überhaupt nicht.“

„Dann erwarte ich von dir, dass du ab sofort ein untadeliges Benehmen an den Tag legst. Du behandelst Detlef wie jeden anderen auch. Haben wir uns verstanden?“

Peter nickte widerwillig. Das Gespräch hatte eine ernste Wendung genommen.

„Außerdem will ich solche Worte wie Schwuchtel und so nie mehr hören. Ist das klar?“

Peter nickte noch einmal. Der Rest der Fahrt verlief schweigend. So hatte sich Peter Wolfs Rückkehr nicht vorgestellt.

Charlotte und Clemens von Bodenstein entschlossen sich, in ihrer Mittagspause ein wenig spazieren zu gehen. Die Sonne schien herrlich vom Himmel. Sie beabsichtigten, eine Runde durch den Herminenpark zu machen. Ausnahmsweise waren sie sich mal einig. Als sie am Parkplatz der Blindow-Schule vorbeikamen, stoppte Clemens und sagte:

„Sag mal, ist das nicht Friedhelms Wagen da?“

„Könnte sein, aber was sollte er hier?“

Sie umrundeten das Fahrzeug.

„Hannoversches Kennzeichen, die Initialen FG und ein silberner BMW ist es auch.“

„Komisch“, sagte Charlotte, „ist denn hier irgendein Seminar?“

„Das müssten wir doch wissen“, gab Clemens zurück. „Und er hätte sich bestimmt bei uns gemeldet.“

„Dann müssen wir uns irren. Vielleicht ist es ein Zufall.“

„Ich will Verena nachher mal anrufen, welches Kennzeichen er hat. Vielleicht weiß sie auch, was er hier macht. Es wundert mich trotzdem, dass wir noch nichts von ihm gehört haben.“

„Und wenn er hier ein Techtelmechtel hat?“

„Ach so, du meinst, er ist heimlich hier?“

„Könnte doch sein. Marianne und er gehen sich doch schon seit Jahren aus dem Weg.“

„Das tun andere auch“, sagte Clemens.

„Sehr witzig“, gab Charlotte zurück, „womit wir wieder beim Thema wären. Das sparen wir uns doch lieber.“

„Wie du meinst!“, sagte Clemens und stellte das Sprechen ebenfalls ein. Er nahm sich vor, hier am Abend noch einmal vorbeizugehen.

Für Detlef begann der Tag erst schön zu werden, als er sich von seiner Pflicht entbunden sah, an der Sektion teilzunehmen. Der Albtraum hatte ihn noch bis in die späten Morgenstunden verfolgt. Dann hieß es erst, die Leichenöffnung würde verschoben auf ein Uhr und schließlich erfuhr er von seinem Kollegen Peter, dass er nicht würde teilnehmen müssen, weil Hauptkommissar Hetzer zurück sei. Ihm war es nur recht.

Er war auch froh, jetzt einen Moment allein zu sein. Der Kollege Kruse hielt sich zwar inzwischen etwas zurück, war aber sehr einsilbig. Noch immer konnte er sich nicht erklären, was der Hüne gegen ihn hatte. Er hatte sich doch korrekt verhalten. Möglicherweise hatte Kruse einfach Probleme mit Veränderungen in seinem Leben. So etwas kam gar nicht so selten vor. Vielleicht sah er sein kollegiales Verhältnis zu Hetzer gefährdet durch ihn als Eindringling.

Detlef nahm sich vor, Peter Kruse noch mal in einer ruhigen Minute anzusprechen. Es musste doch möglich sein, den Dienstalltag vernünftig miteinander zu verbringen.

Wie auch immer. Er brauchte jetzt frische Luft. Da die Kollegen aus dem Streifendienst bisher nicht fündig geworden waren, steckte er sich den BMW-Schlüssel des Toten in die Hosentasche und verließ die Wache. Damit schlug er gleich mehrere Fliegen mit einer Klappe. Der Spaziergang würde Körper und Seele guttun, er konnte sich sein neues Tätigkeitsfeld erwandern und mit etwas Glück den passenden Wagen finden.

Da er sich kaum auskannte, ging er einfach drauflos. Zuerst durch die Hermann-Löns-Straße, dann nach links in den Oberwallweg. Dort standen zahlreiche Autos. Es war auch ein BMW dabei, der aber nicht auf den Schlüssel reagierte. Hinter der Kirche war ein weiterer Parkplatz. Auch hier war ihm kein Erfolg beschieden. Er umrundete das sakrale Gebäude, das keinen Kirchturm hatte, wie ihm auffiel. Es sah ungewöhnlich aus, eher wie ein Palast. Dahinter begann die Fußgängerzone. Kein Ort, wo man einen Wagen vermuten könnte. Er hielt sich rechts und ging die Schulstraße entlang, weil er weiter hinten wieder ein Auto der passenden Marke gesehen hatte. Ihm fiel auf, dass etliche Geschäfte hier leer standen und seufzte. Genau wie in Nienburg, dachte er. Am Ende der Straße kam er an einen Kreisel und überquerte den Fußgängerweg. Linker Hand lagen die Gerichtsgebäude. Ach ja, dachte er, hier warst du schon mal. Er schlenderte an allen entsprechenden Fahrzeugen vorbei und betätigte hin und wieder ohne Erfolg die Fernbedienung. Über den Parkplatz gelangte er plötzlich in einen Park. Nanu, freute er sich, das ist ja hübsch hier. Alter Baumbestand, weiter oben so etwas wie ein Schloss. Ja genau, Bückeburg hat ein Schloss, aber war das nicht ein Wasserschloss? Dieses hier hatte keinen Graben. Das musste etwas anderes sein, falls nicht der Teich gemeint war, der südwärts lag und an dessen Ostseite ein großes Gebäude lag, das sich als Altersruhesitz entpuppte. Neben dem Schloss war ein großer Parkplatz. Detlef glaubte nicht mehr an sein Glück, wollte aber diesen noch überprüfen und anschließend zur Dienststelle zurückgehen. Die Navigations-App auf seinem Handy sagte ihm, dass er eine gute Runde gegangen war und gar nicht so weit von der Ulmenallee entfernt war.

Es war ein silberner BMW aus Hannover, dessen Knöpfe plötzlich hochsprangen, als Detlef auf die Fernbedienung drückte. In diesem Moment hatte er schon längst nicht mehr damit gerechnet und zuckte zusammen. Das war ja der Hammer! Er hatte den Wagen tatsächlich gefunden. Das würde hoffentlich auch Peter Kruse beeindrucken und etwas friedlicher stimmen.

Zunächst dachte er darüber nach, seine Handschuhe aus der Innentasche zu ziehen und selbst im Fahrzeug nach Hinweisen auf den Halter zu suchen. Doch dann zähmte er seine Neugier und rief auf der Wache an. Er gab das Kennzeichen zwecks Überprüfung und Halterfeststellung an und bat darum, die Spurensicherung zu ihm zu schicken. Vielleicht kam wieder das Team, das er schon kannte. Bei dem Gedanken wurde ihm heiß und kalt und damit eines klar: Er hatte Feuer gefangen.

An diesem Tag hatte Toni die Schnauze voll. Sie war froh, dass sie wieder nach Hause fahren konnte in ihr wohlgeordnetes Chaos. Das Leben als alleinerziehende Mutter war stressig, wenn man „nebenbei" noch den ganzen Tag arbeiten musste. Da war es gut, auch mal den einen oder anderen Freiraum zu nutzen, wenn beispielsweise Feiertage gerade dazu einluden, den Brückentag freizumachen.

Dass sich der heutige Tag aber so entpuppen würde, hätte sie nicht vermutet.

Zuerst diese merkwürdige Begegnung mit Sophies Gesicht in einem Engel, der in Mariannes Diele schwebte, dann der Streit mit ihrer Schwester. Sie wusste überhaupt nicht, was sie von diesen beiden Ereignissen halten sollte.

Hätte sie Marianne darauf ansprechen sollen? Hätte sie ihre Schwester sanfter behandeln müssen, eher wie eine Kranke? Mit Verena hatte sie als Schwester mehrere Phasen durchmachen müssen. Früher hatten sie eine sehr enge Beziehung gehabt, dann war Justus gekommen und für Toni war keine Zeit mehr geblieben. Dann wieder eine Spanne von Anhänglichkeit bis zu dem Zeitpunkt, als Sophie auf die Welt gekommen war. Da war sie plötzlich abgemeldet. Toni hatte das sehr wehgetan, denn der Zustand änderte sich nicht mehr, nicht einmal, als die Kleine verschwand. Vorher war Sophies zeitraubende Betreuung der Grund der Distanz zwischen den Schwestern gewesen, jetzt war es der Schmerz ihres Verschwindens.

Toni beschlich das Gefühl, dass es nie mehr so werden würde, wie es in jungen Jahren einmal gewesen war. Sie befanden sich in einer Art Lauerstellung. Da war die Angst vor der Kritik der anderen, den Vorstellungen nicht genügen zu können. Das machte es der Geschwisterliebe schwer, sich zu zeigen. Keine wollte die Schwächere sein. Jede wollte beweisen, dass sie dem Leben durchaus gewachsen war – bis jetzt, wo Sophie verschwunden war. Da war die Fassade fadenscheinig geworden und bröckelte. Sie gab den Blick auf Verenas Verwundbarkeit frei, die mit Händen und Füßen versuchte, genug Staub aufzuwirbeln, um unentdeckt zu bleiben.

Sie ließ den Schrei, der aus ihr selbst herauskam, nicht zu und erstickte ihn mit Tabletten.

Toni hätte gerne geholfen, aber sie drang nicht durch zu Verena, weil sie selbst in ihren eigenen Mauern gefangen war.

Wie immer sah Nadja entzückend in ihrer grünen Kleidung aus, fand Peter. Zu dem blonden Wuschelhaar der Rechtsmedizinerin und ihrem hellen Teint, passte der Farbton wunderbar. Etwas bizarr war allerdings der Clip im Ohr, der sich zur Wange hin verjüngte.

„Ach, Wolf, das ist ja schön. Bist du wieder im Dienst? Ich dachte, du bringst den Neuen mit, Peter", sagte sie.

Peter warf einen Seitenblick auf Hetzer und antwortete: „Wir hatten beide Sehnsucht nach dir. Der Kollege ist außerdem nicht so ein Freund von Körperöffnungen." Das brachte ihm wegen der Doppeldeutigkeit einen weiteren strengen Blick von Wolf ein.

„Na gut, dann lasst uns gleich anfangen. Ihr werdet die ersten Augenzeugen meiner neuen Errungenschaft. Ich diktiere hier gleich in dieses Mikro im Headset. Ist doch irre, oder? Da kann ich gleichzeitig mit den Händen arbeiten während ich spreche."

„Heißt das, dass wir keine Zwischenfragen stellen können?", wollte Wolf wissen.

„Nein, wieso? Das kommt dann mit ins Protokoll. Vielleicht solltet ihr Anzüglichkeiten oder eure Hahnenkämpfe unterlassen", sagte sie und grinste. „Na, dann kommt mal mit rein, ich hab ihn schon auf dem Sektionstisch."

„Noch ganz gut in Schuss, der alte Mann", stellte Peter bewundernd fest, als Nadja das Tuch von seinem Körper entfernt hatte. Der Tote war noch vollständig bekleidet.

„Manch einer achtet eben auf sich, was die Ernährung und Bewegung angeht", betonte Wolf mit einem Blick auf Peters Bauch.

„Mal sehen, wie er drunter aussieht. Vielleicht finden wir da doch einige Wohlstandsspeckröllchen", bemerkte Peter.

„Schluss jetzt, ich mache das Mikro an", schimpfte Nadja. „Ach, ich habe ganz vergessen euch Dr. Liebermann vorzustellen. Er hospitiert hier und assistiert mir heute." Dann rief sie: „Fitti, kommst du bitte, wir wollen loslegen."

Um die Ecke kam ein sehr kleiner Mann. Er war bestimmt nicht viel größer als ein Meter sechzig, schätzte Wolf. Das sah ja skurril aus neben der großen Rechtsmedizinerin, der nicht viel an zwei Metern fehlte. Fast wie bei Professor Dr. Boerne im Tatort. Dies war allerdings ein männlicher „Alberich". Wolf hoffte, dass Peter die Klappe hielt und keine blöde Bemerkung machte. Darum fixierte er ihn sicherheitshalber. Als Peter Luft holte, trat er ihm auf den Fuß.

Das „Autsch" ging in Nadjas Vorstellung der beiden Kommissare unter. Dr. Liebermann nickte.

„Sehr angenehm", sagte er. Seine Stimme klang ein wenig seltsam.

„Also los jetzt. Ihr habt mich durch eure Verschieberei sowieso wieder Zeit gekostet. Ich fange jetzt an zu diktieren. Wer macht die Fotos?", fragte sie. Wolf nahm sich die Digitalkamera.

„Wir haben es hier mit einem älteren Mann, schätzungsweise Mitte siebzig zu tun. Guter äußerer Allgemeinzustand. Schauen wir uns erst mal die Bekleidungssituation an.

Der Tote trägt saubere Kleidung, beige Stoffhose, terrakottafarbenes Hemd und ein Sakko. Es ist ebenfalls in braun-

beige Tönen gehalten und kariert. Die Stoffe sehen eher hochwertig aus. Das Erscheinungsbild ist geordnet, alle Knöpfe in Hemd und Hose sind korrekt verschlossen, das Sakko ist geöffnet. Bis auf das Loch im linken Brustbereich des Hemdes – Wolf halt das mal fest – keine Risse oder Beschädigungen des Stoffes.

Verschmutzungen finden wir um die durchtrennte Stelle im Hemd, die einen Durchmesser von ungefähr einem halben Zentimeter aufweist, aber eher länglich erscheint. Das war am Fundort wegen der Durchblutung so nicht zu sehen und zeigt sich erst jetzt, weil der Fleck aufgetrocknet ist und fast die Farbe des Hemdes angenommen hat.

Wir ziehen ihn jetzt mal aus.

Blutige Verschmutzung im Inneren des Sakkos sowie an der Kragenmitte bis hinunter zum unteren Rücken. Es fehlt ein Knopf am linken Ärmel. Das Etikett weist die Marke Burberrys aus. Die Taschen sind leer. Am Fundort wurde ein Autoschlüssel der Marke BMW entnommen.

Das Hemd ist bis auf die eine Stelle unbeschädigt, weist aber ebenfalls Blutränder in diesem Bereich auf sowie in der Mitte des Kragens und am Rücken. Kein Inhalt in den Taschen. Im Kragen steht „van Laack“.

Auf dem Unterhemd findet sich ebenfalls aufgetrocknetes Blut im Brustbereich um die perforierte Stelle. Sie ist von der Lokalisation mit der des Oberhemdes identisch. Wir haben es hier mit einem Feinrippunterhemd der Firma Mey zu tun. Großflächiger, noch nicht ganz trockener Fleck in Schulter- und Rückenbereich.

Helle Tuchhose ebenfalls von Burberrys, unbeschädigt, aber unterseits am Rücken und zwischen den Beinen mit angetrockneten Flecken, die etwas dunkler sind als die Hose. Uringeruch. Geringe Verschmutzungen im Bereich der Beinrückseiten, wohl durch das Liegen auf dem Boden.

Schuhe braun, zweifarbig, Lederdecksohle, Lederinnenfutter, Ledersohle. Marke nicht mehr zu erkennen.

Socken beige, unbeschädigt, ohne Löcher und sauber. Keine Marke feststellbar, aber einmal mit ‚L' und einmal mit ‚R' gekennzeichnet.

Die Unterhose weist wie die Hose in der vorderen unteren Mitte und an der Rückseite gelb-braune Ränder auf. Hier ist ebenfalls ein deutlicher Uringeruch erkennbar."

„Kurze Pause", sagte Nadja, die von allen Stellen Proben genommen und diese von Dr. Liebermann hatte beschriften lassen.

„Mein erster Eindruck ist, dass wir es hier mit jemandem zu tun haben, der sehr viel Wert auf seine Kleidung gelegt hat. Soweit ich weiß, sind dies alles teure Marken. Ihr habt einen BMW-Schlüssel an euch genommen. Meiner Meinung nach gehört der Mann eher der gehobenen Bevölkerungsschicht an. Schauen wir uns also mal seinen Körper an. Schon Fragen bisher?"

Alle schüttelten den Kopf.

„Gut, dann machen wir weiter!"

„Moment", sagte Wolf, „ich habe doch eine. Wir sind doch wohl alle der Meinung, dass wir es hier nicht mit einer Schussverletzung zu tun haben, obwohl das Loch in der Brust genau in der Höhe ist, wo man ihn würde treffen wollen."

„Das ist korrekt", sagte Nadja, „du warst ja nicht am Fundort. Da sind gleich Zweifel aufgekommen, auch wenn er neben dem Schützenhaus gelegen hat und man sofort diese Schlussfolgerung ziehen wollte. Wir haben keinerlei Schmauchspuren gefunden. Und sieh mal, die Wunde hat auch nichts mit einer gemein, die durch einen Schuss verursacht werden würde. Aber dazu kommen wir gleich noch."

Wolf schmunzelte. „Alles klar, dann gedulde ich mich."

Nadja schaltete das Mikro wieder an und zwinkerte ihrem Peter zu, der ihr heute so still vorkam. Sie würde ihn später ausfragen.

„Unbekannter, männlicher Toter von guter Konstitution, zirka ein Meter fünfundachtzig groß, schlank, ungefähr neunzig Kilo, guter Ernährungs- und Pflegezustand. Blaue, wohl eher blau-graue Augen, graues Haar, mittlerer Hauttyp.

Eine Narbe am rechten Oberarm lateral, eine in der rechten Leistenbeuge, eventuell von einer Appendektomie. Mehrere Narben von kleineren Verletzungen in Höhe der linken Kniescheibe und auf beiden Unterarmen. Keine Tätowierungen, ein großer Naevus unterhalb der linken Brustwarze.

Jetzt zu den Veränderungen an der Leiche:

Rigor mortis vollständig ausgeprägt. Blaulila Livores an Hals, unterem Rücken, Kniekehlen. Keine Totenflecken im Schulter- und Gesäßbereich oder an den rückwärtigen Ober- und Unterschenkeln, also an den Auflageflächen. Am Fundort zeigte sich derselbe Befund. Die Livores sind mit dem Finger noch gut wegdrückbar – Wolf, halt das mal mit der Kamera fest –, was für einen Todeszeitpunkt von nicht mehr als sechsunddreißig Stunden spricht.

Keine Anzeichen von Fäulnis, Mumifikation oder Fettwachsbildung, keine Tierfraßspuren.

Verunreinigungen finden sich im Bereich der linken Brust durch das aufgetrocknete Blut, das auch links lateral zum Rücken heruntergeflossen ist in zwei kleinen Abrinnspuren. – Fitti, nimm noch mal Proben, auch aus der Wunde. – Leichte Verunreinigung unterhalb des Hodensacks durch Urin und Kot. Keine weiteren Sekrete oder sichtbare körperfremde Materialien.

„Lasst uns mal eine Pause machen", schlug Nadja vor. „Wir können kurz vor die Tür gehen. Ich kann zwar noch nicht viel sagen, aber eine kurze Einschätzung geben."

„Gerne", sagte Peter und streckte sich, „hat jemand was zu essen dabei? Nach dem Rumschnippeln schmeckt mir vielleicht erst mal nichts mehr."

„Das glaube ich nicht", lachte Wolf.

„Ich habe noch ein Käsebrot und zwei Tomaten. Das kannst du von mir haben", bot Nadja an.

„Nur das Käsebrot bitte, das andere ist zu gesund!"

„Entweder alles oder gar nichts." Nadja schwenkte die Tüte und bestand darauf, wenigstens das eine oder andere Vitamin in Peters Körper zu lancieren. Er knurrte und aß die Tomaten im Ganzen vorweg.

„Was kannst du uns denn nun schon sagen?", fragte Wolf.

„Es ist korrekt, dass wir es mit keiner Schusswunde zu tun haben. Neben den Schmauchspuren würde es auch immer eine ringförmige Verbrennungswunde durch den Eintritt des Geschosses geben. Wir haben beides nicht."

„Ich hab da übrigens eine Theorie", sagte Peter kauend.

„Dann schieß mal los", bat Wolf.

„Wenn es kein Einschuss war, dann muss ja irgendwer in ihn reingestochen haben. Mit einem Messer oder so."

„Möglich", sagte Nadja, „das sehen wir gleich."

„Ich glaube aber nicht, dass es ein Messer war. Mir kam da auf dem Schießstand eine Idee. Vor einiger Zeit war ich da mal zum Spanferkelessen. Viel zu klein das Tier, aber lecker. Das hatten sie auf einem Spieß über einem Schwenkgrill. Na ja, was soll ich sagen, das

Ding ist weg. Hotte, der Vorsitzende des Schützenvereins, hat gesagt, dass es bis vor Kurzem noch da war. Auch alles andere steht dort noch in der Ecke. Nur der Spieß fehlt. Das ist doch merkwürdig."

„Das ist immerhin eine Möglichkeit", bestätigte Wolf, „hast du schon danach suchen lassen?"

„Klaro! Bisher aber ohne Erfolg."

„Darf ich jetzt auch mal was dazu sagen?", fragte Nadja und knuffte ihren Peter in die Seite. „Bereits am Fundort habe ich erste Proben genommen. Und jetzt kommt's. In denen aus der Wunde habe ich Spuren von Rost und tierischen Eiweißen gefunden. Das mit dem Grillspieß könnte also gut hinkommen. Wir schauen uns die Verletzung gleich von innen an. Ich glaube jedoch nicht, dass sie tödlich war, aber es sagt vielleicht einiges über den Tathergang aus."

„Das klingt doch schon mal gut", bemerkte Wolf.

In diesem Moment klingelte Peters Handy. „Detlef!", entfuhr es ihm und er lächelte leicht gequält, was ihm einen bösen Blick einbrachte. „Ja, ist schon gut", sagte er und ging ran.

„Was hat er denn?", wollte Nadja wissen und sah ihm hinterher.

„Frag ihn selbst", bat Wolf betrübt, „die Sache ist sehr speziell. Du solltest dir deinen eigenen Reim darauf machen. Außerdem rede ich nicht gerne über andere."

„Jetzt bin ich aber neugierig", sagte Nadja. „Ich quetsche ihn nachher aus."

Sichtlich aufgeregt kam Peter auf sie zu. Er hatte sein Gespräch beendet.

„Stellt euch mal vor, wir wissen jetzt, wer der Tote ist."

„Wie kommt's?", wollte Wolf wissen.

„Detlef hat den BMW gefunden. Wir hatten ja nur den Schlüssel. Keine Papiere und auch sonst nichts."

„Das ist doch klasse", sagte Nadja.

Peter nickte. „Er ist einfach ein bisschen herumgegangen, weil er sich auch mit den Örtlichkeiten vertraut machen wollte und hat bei jedem fraglichen Fahrzeug die Fernbedienung unseres Toten gedrückt. Irgendwann hatte er Glück und bei einem sind die Knöpfe hochgesprungen."

„Okay, das war wirklich Glück." Wolf rieb sich die Stirn. „Und was hat die Halterabfrage ergeben?"

„Es handelt sich um einen gewissen Dr. Friedhelm Görlitz aus Hannover", erklärte Peter.

Wolf zuckte bei dem Namen Görlitz zusammen.

„Is' was?", fragte Peter.

„Das kann man wohl sagen", gab Wolf zurück.

Es war etwas merkwürdig gewesen an der rosafarbenen Uhr, die er schon zur Seite legen wollte. Das war ihm vorher überhaupt nicht aufgefallen und auch jetzt hatte er es nur durch Zufall gesehen. Die Ziffern der Uhr waren Buchstaben. Der große Zeiger war wie ein stilisiertes „S“ geformt und der kleine wie ein „G“ in verschnörkelter Schrift. „S“ und „G“ konnte Sophie Görlitz heißen, musste es aber nicht. Es gab an der Küste keine weiteren Hinweise auf Sophie. Das war einfach zu vage. Er hatte, nachdem der hintere Deckel abgesprungen war, auch noch eine Gravur gefunden, die ihn ebenfalls nicht weitergebracht hatte. „Für meine Kleine, in Liebe“. Das sagte nichts weiter für den Fall „Sophie“ aus. Er grübelte. Etwas jedoch war klar. Diese Uhr war kein billiger Ramsch vom Jahrmarkt. Da hatte jemand richtig Geld ausgegeben. Sein Freund Justus war aber damals davon überzeugt gewesen, die Uhr sei vom Jahrmarkt. Er konnte sie nicht selbst für seine Tochter dort gekauft haben. Das war Thorsten Büthe klar. Es musste ihm jemand erzählt haben. Oder stimmte die Geschichte am Ende gar nicht und sein Freund hatte ihm nicht die Wahrheit gesagt?

Da die Uhr scheinbar teuer gewesen war, war es leichter herauszufinden, woher sie stammte. Vielleicht würde sich auch ein Uhrmacher daran erinnern, sie graviert zu haben. Er würde veranlassen, dass man in den Juweliergeschäften unter der Zuhilfenahme der Fotos, die das Zifferblatt und die Gravur zeigten, nachfragte. Justus direkt damit zu konfrontieren, wollte er noch nicht wagen. Er warf ihm damit indirekt Unehrlichkeit vor. Das wollte er am liebsten vermeiden, denn Justus hatte ihn noch nie enttäuscht. Er glaubte auch selbst im Grunde nicht, dass sein Freund ihn belogen hatte. Sie kannten sich schon so lange und wenn Thorsten nicht Fallanalytiker beim LKA wäre, hätte er vielleicht sogar gesagt, sie vertrauten sich blind. Aber die Realität und der Berufsalltag hatten ihn gelehrt, dass man sich auf nichts und niemanden verlassen konnte, wenn starke Gefühle im Spiel waren und zum Motiv werden wollten.

Einer war froh an diesem Tag, der sich nun doch noch ganz gut entpuppen wollte. Das war Detlef. Er war zwar davon ausgegangen, dass seine Entdeckung höchst willkommen sein würde, aber dass der Kruse ihm so überschwänglich gedankt hatte, damit hätte er nicht im Traum gerechnet. Er konnte vielleicht doch ganz nett sein, der alte Griesgram. Bestimmt hatte er schlechten Sex gehabt oder gar keinen, grinste Detlef in sich hinein. Da konnte einer schon schlechte Laune kriegen.

Wenn er das richtig mitbekommen hatte, dann hatte der Kruse doch was mit der Rechtsmedizinerin laufen. Wie hieß sie noch? Ach ja, Nadja. Sie hatte so einen merkwürdigen Nachnamen nach einem Engel. Nicht Cherubim, sondern Serafin. Für einen Engel war sie ein bisschen riesig. Aber das war nicht sein Problem. Es war auch nicht sein Problem, dass er sich wie Kruse nachts darüber Gedanken machen musste, worin sie tagsüber ihre Hände gehabt hatte. Ihn schüttelte es. Seine Fantasie war einfach zu gut.

Er war da mehr für etwas Reelles. Spurensicherung ging gerade noch, überlegte er verzückt bei dem Gedanken an das erste Zusammentreffen im Wald. Er beschloss, sich in einem Sportstudio anzumelden. So konnte es nicht weitergehen mit ihm, fand er, als er an sich herabsah. Vielleicht konnte er die Kollegen auch zum Joggen überreden, wenn auch Kruse nicht so aussah, als ob er viel von gesundem Lebenswandel hielt. Detlef hatte auch schon beobachtet, welche Mengen der Kollege in sich hineinschaufelte. Unglaublich. Das machte ihn allerdings wieder sympathisch, weil es zeigte, dass er eben auch nur ein Mensch war und nicht nur ein alter Brummbär. Richtig nett war er vorhin gewesen. Das beruhigte Detlef, der sich zunehmend unwohl gefühlt hatte. Dabei war dieses Bückeburg so schön. Nun würde Kruse sein anfängliches Misstrauen vielleicht überwunden haben. Wieder in sich selbst ruhend, klappte Detlef sein Laptop zu und verstaute es in seiner Tasche. Er war gespannt, wie dieser Hetzer wohl sein würde.

In diesem Moment ratterten die Gedanken in Wolfs Kopf und fuhren Achterbahn. Er konnte alles gar nicht so schnell fassen, weil jeder Gedanke fortwährend Junge kriegte.

„Ich muss mal grad telefonieren!", sagte er zu Peter und Nadja.

„Mit wem?", rief Peter ihm nach, weil er sich entfernte. Aber Wolf reagierte nicht, er war mit seinem Kopf bereits ganz woanders.

„Büthe", meldete sich Thorsten am anderen Ende.

„Wolf hier, störe ich?"

„Nein, überhaupt nicht, ich bin ja froh, wenn du mich aus meinen momentanen Gedanken reißt. Hast du was Interessantes, oder rufst du nur so an? Bist du eigentlich schon wieder zu Hause?"

„Ja, bin ich. Wir haben einen Toten. Bis eben wussten wir nicht, wer er ist. Es ist Dr. Friedhelm Görlitz. Ist das nicht Justus' Vater?"

Büthe setzte sich auf seinen Schreibtischstuhl. Mit so einer Nachricht hatte er nicht gerechnet. Er musste erst einmal durchatmen. Eben noch verdächtigte er seinen Freund. Jetzt war dessen Vater plötzlich tot.

„Ihr habt Dr. Görlitz tot in Bückeburg aufgefunden?"

„Ja, beim Schießstand. Wir wissen aber noch nicht, ob es Mord, Totschlag oder ein Unfall war. Wir sind gerade noch bei der Sektion."

„Den Bericht brauche ich dringend", sagte Thorsten Büthe. „Weiß die Familie schon Bescheid?"

„Nein, wir haben erst seit ein paar Minuten Kenntnis davon und auch mehr oder weniger nur durch seinen Autoschlüssel." Wolf erklärte Thorsten die Situation.

„Schick mir gleich mal per MMS ein Bild des Toten. Dann kann ich dir sagen, ob es wirklich Dr. Friedhelm Görlitz ist. Es könnte auch jemand anderes mit seinem Wagen unterwegs gewesen sein."

„Kann ich machen, aber ich habe den Namen schon gegoogelt und dort ein Bild von ihm gefunden. Kein Zweifel, er ist es."

„Gut, dann lässt es sich wohl nicht vermeiden, dieser Tatsache mit allen Konsequenzen ins Auge zu sehen."

„Meinst du wegen der Kleinen?", fragte Wolf.

„Ja, die Familie ist momentan wirklich genug gebeutelt und nun steht auch noch die Vermutung im Raum, ja ich möchte sagen, sie drängt sich regelrecht auf, dass der Tod von Friedhelm mit Sophies Verschwinden in Verbindung steht."

„Immerhin ein merkwürdiger Zufall, falls dies nicht so sein sollte."

„Nun geht alles von vorn los", sagte Thorsten, der vor allem an Verenas Verfassung dachte, „wieder neues Leid und endlose Befragungen."

„Es ist immer schlimm für die Angehörigen, wenn sie keine Ruhe zum Trauern haben."

„Das ist das geringere Problem. Jetzt wird auch die Angst noch größer sein, dass Sophie nicht mehr lebt. Wie ist Dr. Görlitz denn gestorben?"

„Wir dachten erst an einen Schuss in die Brust, ungefähr auf Herzhöhe, aber bei genauerem Hinsehen stellten wir fest, dass die Wunde nicht dazu passt. Momentan vermuten wir, dass er mit einem spitzen Gegenstand gestoßen worden und infolgedessen auf den Hinterkopf gefallen ist. Er könnte beim Zurückweichen gestolpert sein."

„Gut, wenn du mehr weißt, rufst du mich einfach noch mal an. Soll ich die Familie informieren? Ich möchte auch gerne sehen, wie sie auf die Botschaft reagieren."

„Einverstanden", sagte Wolf, „lass uns später noch einmal telefonieren. Nadja winkt mir, sie wollen mit der Untersuchung weitermachen."

„Bis nachher", antwortete Thorsten und legte auf. Wolf ging zurück in den Sektionssaal.

Das Handy klingelte, als Toni auf dem Rückweg nach Hause war. Es war Sarah.

„Na, hat sich Oma über die Federn gefreut?“, wollte sie wissen. Ihre Stimme klang blechern durch die Freisprechanlage.

„Und wie“, antwortete Toni, „sie macht neuerdings irgendwelche Engel und brauchte die Federn für die Flügel.“

„Ich weiß, aber die Engel hatte sie immer schon. Zuerst allerdings nur in ihrem Schlafzimmer. Wenn ich als Kind mal da geschlafen habe, fühlte ich mich nie allein.“

„Jetzt hängen sie auch im Flur und im Treppenhaus. Einer hatte ein Gesicht wie Sophie“, sagte Toni nachdenklich.

„Die sehen doch alle ähnlich aus“, lachte Sarah, „hast du das nicht gemerkt? Früher hat sie mich als Modell genommen. Schau dir mal alte Kinderbilder von mir an. Obwohl wir nur Halbschwestern sind, sah ich als Kind fast so aus wie sie. Wir kommen nach Papa und Opa.“

„Na ja, dann“, gab Toni zurück, „hätte ja schlimmer kommen können. Ich bin allerdings froh, dass ich von meinem Vater nicht allzu viel habe.“

„Stimmt“, bestätigte Sarah schmunzelnd und dachte an die lange, schmale Nase, die Clemens von Bodenstein ein raubvogelartiges Äußeres gab. Dann sagte sie: „So, ich muss jetzt los, ein bisschen im „Treibhaus“ servieren. Ich will mir ein neues Tattoo stechen lassen. Tschüss Toni!“

„Was wird es diesmal?"
„Lass dich überraschen", sagte sie geheimnisvoll.
„Na gut, dann bis bald, ich bin gespannt", antwortete Toni und drückte die rote Taste.

Das kichernde „Ciao" von Sarah verhallte im Netz. Niemand in der Familie ahnte, dass sie sich auch noch anderweitig etliche Euros dazuverdiente.

Inzwischen hatte Moni ihre Sachen wieder ausgepackt. Das war ja leider ein kurzer Trip in den Norden gewesen, dachte sie und hoffte, dass sich das bald wiederholen ließ. Sie war so gerne am Meer. Die Weite der See beruhigte sie. Der Duft der salzigen Luft legte sich wie Balsam auf ihre Seele, die derzeit ein wenig rast- und ruhelos war. Sich mit Arbeit abzulenken war da das Beste, vor allem im Garten, wo alles in der letzten Zeit ein bisschen zu kurz gekommen war. Während Wolfs Schäferhündin genüsslich ein Schweineohr kauend auf der Wiese lag, leerte sie die Balkonkästen und zog das Unkraut zwischen den Steinen auf der Terrasse heraus. Später war sie mit Lady Gaga im Wald spazieren gegangen. Als Hund hatte man es gut. Der Napf war immer voll, ohne dass man dafür arbeiten musste.

Wolf war dagegen eigentlich immer im Dienst, außer wenn er kochte. Doch heute wollte sie für ihn ein leckeres Pilzrisotto zubereiten. Das hatte zwei Gründe: Erstens war es gut, ihn zu entlasten, zweitens wollte sie die neue Küchenmaschine ausprobieren, die sich Wolf angeschafft hatte. Die Cooking Chef von Kenwood hatte ein Induktionskochfeld unter der Rührschüssel und konnte daher gleichzeitig rühren und kochen. Das war wie gemacht für die Zubereitung von Risotto, denn man musste nicht pausenlos selbst rühren.

Sie nahm sich also vor, ihn bei sich zu Hause zu überraschen und sprach Peter, der nicht an sein Handy ging, auf die Mailbox, er möge sie doch per SMS informieren, wenn Wolf in Richtung Zuhause unterwegs sei.

Dann schnappte sie sich die Utensilien für das Risotto und ging mit Lady Gaga nach nebenan. Die Ragdollkater räkelten sich auf der Chaiselongue und gähnten, als Moni ins Wohnzimmer kam.

„Ich glaube, ihr schlagt den Hund noch in punkto Faulheit", schmunzelte sie und erntete nur einen gelangweilten Blick.

Sie ließ Lady Gaga in den Garten und wollte gerade in die Küche gehen, als das Telefon klingelte. Moni überlegte, ob sie abnehmen sollte. Die Nummer war aus Obernkirchen. Sie kannte sie nicht. Vielleicht war es etwas Wichtiges wegen des Falls. Sie beschloss, lieber ranzugehen.

„Kahlert bei Hetzer", sprach Moni in die Muschel.

„Ebeling, ich hätte gerne Wolf gesprochen", kam es zurück.

Moni kam der Name irgendwie bekannt vor, sie wusste aber nicht woher.

„Wolf ist leider nicht zu Hause. Sie müssen es später noch mal versuchen", antwortete sie.

„Könnten Sie ihm bitte etwas ausrichten?"

„Sicher."

„Mitte Mai ist Tag der offenen Tür in der Hundeschule in Kobbensen. Dazu wollte ich ihn gerne einladen, damit er sieht, wie gut sich Aischa entwickelt hat. Und er wollte auch mal mit uns spazieren gehen. Wenn ich es heute Abend nicht schaffe, kann er mich ja am Wochenende zurückrufen. Ich bin die ganze Zeit erreichbar."

Jetzt wusste Moni, wer da am anderen Ende war und sie hatte ein komisches Gefühl im Bauch.

„Ja, das richte ich gerne aus", versprach Moni, „und kraulen Sie Aischa von mir. Ich hatte sie ja einige Zeit in meiner Obhut."

„Ach, Sie sind die Nachbarin von Wolf!“, sagte Anna Ebeling erstaunt.

„Genau“, antwortete Moni, „wenn wir nachher zusammen essen, erzähle ich ihm, dass Sie angerufen haben. Ich glaube aber, er wird sich heute nicht mehr bei Ihnen melden. Es wird bestimmt spät.“

„Gut“, sagte Frau Ebeling reserviert und fand gar nichts gut, „dann höre ich ja bald von ihm.“

„Bestimmt“, gab Moni zurück, „ich wünsche Ihnen einen schönen Abend.“

Sie legte auf und fragte sich selbst, warum sie das mit dem gemeinsamen Essen gesagt hatte. Irgendwie störte sie der Gedanke, dass Wolf etwas mit dieser Ebeling unternahm. Einen kurzen Moment überlegte sie, ihm nichts von dem Telefonat zu erzählen. Dann aber schimpfte sie mit sich selbst über diese unlautere Absicht, die sich mit ihrem Naturell nicht vereinbaren ließ.

„Da ich irgendwann Feierabend machen möchte, wäre es jetzt schön, wenn wir weitermachen könnten“, sagte Nadja zu Wolf, als er auf ihr Zeichen hin wieder zu ihnen stieß.

„Na, dann wollen wir mal, ich bin auch müde“, antwortete er.

„Ihr hättet eben was essen sollen“, gab Peter seinen Senf dazu, „dann wärt ihr jetzt auch weder genervt noch schlapp. So eine gute Grundlage im Magen ist Gold wert, glaubt mir.“

„Danke für deine ernährungspsychologischen Weisheiten“, frotzelte Wolf und zwinkerte Nadja zu. „Du solltest ihn mal über sein ungesundes Essverhalten aufklären.“

„Das hat keinen Sinn“, sagte sie entschieden, aber mit einem Lächeln in den Augenwinkeln, „da kannst du auch auf eine Kuh einreden und ihr das Widerkäuen verbieten. Er ist schon erwachsen und muss es selbst wissen.“

Peter knurrte und hielt sich am Sektionstisch absichtlich etwas abseits. Er war beleidigt.

„So, nun wollen wir mal den Kopf untersuchen“, sagte Nadja und setzte ihr Headset auf. „Ich diktiere weiter.“

Inspektion des Kopfes

Graues, kurzes Haupthaar von noch üppiger Dichte, keine Parasiten, keine herausgerissenen Haarbüschel, keine Schäden durch Hitzeeinwirkung an Haar oder Kopfhaut. Dorsal großflächige Platzwunde am unteren Hinterkopf mit Einblutungen ins Gewebe und in der Wunde erkennbaren Knochensplittern.

Keine Deformierung des knorpeligen oder knöchernen Nasengerüstes. Getrocknetes Blut in den Nasenöffnungen mit Abrinnspuren aus beiden Nasenlöchern in Richtung Hinterkopf.

Leicht gelangweilt lauschten Peter und Wolf Nadjas Ausführungen zu Augen, Haut, Ohren, Lippen, Mund- und Rachenraum sowie ihrer Inspektion des Halses, des Brustkorbs, der Bauchdecken und der Extremitäten. Auch die Genital- und Analregion ergab keine weiteren Rückschlüsse.

Ihr gedanklicher Fokus lag auf der Sektion des Kopfes, denn sie vermuteten alle mittlerweile, dass Friedhelm Görlitz durch den Aufprall des Schädels gestorben war. Mit einem bogenförmigen Schnitt löste Nadja die Kopfschwarte ab, um deren Innenseite zu betrachten. Dann entfernte sie die Knochenhaut, um die Nähte des knöchernen Schädels zu begutachten.

Nun konnte man deutlich sehen, dass ein Bereich von ungefähr acht Zentimetern Durchmesser, mehr breit als hoch, im Hinterhauptbereich leicht eingedrückt war und Risse aufwies.

Nadjas Vermutung bestätigte sich. Nach Entfernen der Schädeldecke konnte man ebenfalls Einblutungen ins Gehirn erkennen.

Der Rest der Sektion brachte keine weiteren wesentlichen Erkenntnisse. Nadja diktierte ihr vorläufiges Gutachten.

Der Tote – inzwischen identifiziert als Dr. Friedhelm Görlitz, wohnhaft in Hannover – ist an einem Schädel-Hirn-

Trauma gestorben. Wahrscheinlich ist nach der Auffindsituation ein Sturz gewesen, bei dem der Mann auf den Hinterkopf gefallen ist. In diesem Bereich befand sich im Boden eine Kante aus Beton.

Das Loch in der Brust ist durch einen spitzen Gegenstand aus Eisen verursacht worden. Es fanden sich Rostpartikel in der Wunde, die jedoch nur 1,8 Zentimeter tief und daher nicht tödlich war. Möglicherweise ist der Tote mit diesem Gegenstand gestoßen oder abgewehrt worden und kam dadurch rücklings zu Fall.

Aufgrund von Körpertemperatur in Relation zur Umgebungstemperatur und Leichenstarre, lässt sich der Todeszeitpunkt auf eine Spanne zwischen halb acht und halb neun Uhr am Morgen eingrenzen. Dr. Friedhelm Görlitz war nicht sofort tot. Das zeigen die Einblutungen in Gewebe und Gehirn. Er hat also noch einige Zeit dagelegen, bevor er starb. Wir fanden ihn mit offenen Augen vor. Nach vorliegenden Erkenntnissen ist der Fundort ebenfalls der Tatort.

Nadja stellte das Mikro ab und ging zum Waschbecken. Ihr Kollege war bereits damit beschäftigt, den Toten wieder zuzunähen.

„Jetzt hab ich auch Hunger", rief sie von hinten.

„Wollen wir zusammen was essen?", fragte Wolf.

„Ja, und zwar bei dir", sagte Peter und lachte, „ich habe nämlich gerade eine SMS von Moni bekommen. Sie schreibt, ich soll sie anrufen, wenn du hier losfährst."

„Dann ruf sie an und sag ihr, dass wir zu dritt kommen", antwortete Wolf, der sich freute, dass sie etwas vorbereiten wollte. Sie würde bestimmt nichts dagegen haben, wenn er Nadja und Peter mitbrachte.

Der allerdings verzog das Gesicht. „Vegetarisch?", fragte er. „Du glaubst doch wohl nicht im Ernst, dass ich jetzt nur Gemüse, Körner oder Salat fresse?"

„Mensch Peter, du Ignorant“, lachte Nadja, die viel von gesunder Kost hielt, es aber längst aufgegeben hatte, ihn davon überzeugen zu wollen.

„Niemand hält dich davon ab, dir auf dem Weg von Stadthagen nach Todenmann ein paar Frikadellen zu besorgen“, wandte Wolf ein.

„Genau das mache ich auch“, sagte Peter zufrieden, „denn ich möchte nicht hungrig ins Bett gehen. Das andere Zeugs macht doch nicht satt.“

Thorsten Büthe hatte von Wolf erfahren, dass Friedhelm Görlitz an einem Schädel-Hirn-Trauma gestorben war. Aber sie wussten noch immer nicht, ob sie es mit Mord, Totschlag oder einem Unfall zu tun hatten. Es musste nun darüber nachgedacht werden, welches Familienmitglied der Görlitzens zuerst mit der Todesnachricht konfrontiert werden sollte. Theoretisch wäre das dessen Frau Marianne gewesen, aber er hatte sie als eine ältere Dame kennengelernt, die etwas jenseits der Realität zu leben schien. Daher war nicht einzuschätzen, wie sie reagieren würde.

Er entschied sich, zunächst Justus vom Ableben seines Vaters zu berichten und hoffte, dass Verena ebenfalls dabeisein würde.

Um beide besser beobachten zu können, wollte er die Psychologin Marga Blume mitnehmen, die die Familie von den Befragungen rund um Sophies Verschwinden schon kannte. Trotzdem war er im Dilemma.

Wenn er und Marga so plötzlich vor der Tür standen, würden die Eltern sofort vermuten, sie kämen wegen Sophie und an das Schlimmste denken. Das könnte die Reaktion hinsichtlich Friedhelms Dahinscheiden verfälschen.Er entschied sich, den Besuch vorher anzukündigen und gleichzeitig nebenbei zu erwähnen, dass es nichts Neues von dem Mädchen gab.

Als er später mit Marga Blume vor der Tür stand, dauerte es einige Zeit, bis Justus öffnete. Im Hintergrund waren Stimmen zu hören gewesen.

„Grüß dich, Thorsten, Frau Blume“, sagte er und gab den Weg ins Innere des Hauses frei, „dass es immer noch wieder neue Fragen gibt, ohne dass wir jemals Antworten bekommen, ist schwer erträglich.“ Er wirkte niedergeschlagen.

„Das glaube ich dir, Justus“, gab Thorsten Büthe zurück, „die Fragen beziehen sich aber nicht direkt auf Sophie. Können wir uns irgendwo setzen? Ist Verena nicht da?“

„Sie fühlt sich unpässlich. Ich soll dich schön grüßen.“ Justus begleitete die beiden ins Wohnzimmer.

„Es wäre aber wichtig, wenn sie uns kurz zuhören und vielleicht ein paar Antworten geben könnte“, betonte Thorsten.

Justus nickte, stand auf und ging ins Treppenhaus der alten Jugendstilvilla. Dann rief er nach oben. „Verena, du möchtest bitte doch herunterkommen. Kommissar Büthe hat auch Fragen an dich.“

Kurze Zeit später hörten sie Schritte auf der Treppe, die sich anhörten, als ob sie nur widerwillig den Weg ins Erdgeschoss fänden. Thorsten erschrak, als Verena eintrat und sich setzte. Sie wirkte um Jahre gealtert. Auch Marga schien das bemerkt zu haben. Ebenso war die Distanz zwischen den Eheleuten fast greifbar. Nicht nur, dass sie in größtmöglichem Abstand Platz genommen hatte. Da war mehr. Es war eine Kälte spürbar, die vorher nicht dagewesen war.

Thorsten atmete tief durch. „Wir sind also wie gesagt nicht wegen Sophie hier, aber wir haben trotzdem keine guten Nachrichten. Dein Vater ist tot, Justus.“

Die Worte schienen Verena eher zu erreichen. Sie schrie auf, begann zu weinen und hielt sich die Hände vor die Augen. Dabei sagte sie fortwährend: „Nein, nein, nein ...“ Justus saß schweigend da, als ob das Gesagte zu groß oder zu unwahrscheinlich war, als dass er es fassen konnte. Dann stand er auf und goss sich einen Cognac ein. Seine Stimme schien aus der Ferne zu kommen, als er fragte: „Wie?"

„Das wissen wir noch nicht so genau", sagte Büthe vorsichtig. Marga hatte sich inzwischen zu Verena gesetzt, die mit dem Oberkörper rhythmisch hin- und herwippte, dabei immer neue „Neins" jetzt ohne Stimme formte, und streichelte ihre Hand.

„War es ein Unfall?" Justus' Augen starrten ins Leere.

„Auch das wissen wir noch nicht", erklärte der Kommissar und zuckte zusammen, weil Verena plötzlich schrie: „Er ist bestimmt umgebracht worden, genau wie Sophie. Da will jemand deine Familie ausrotten und du bist hoffentlich der Nächste. Aber warum die Unschuldigen?", schluchzte sie, „warum haben sie nicht mit dir angefangen? Wahrscheinlich hatten sie es von Anfang an nur auf dich abgesehen."

Ihre Worte waren neue Dolche, die sich in sein Herz bohrten. Wohin war die Liebe entschwunden, von der er glaubte, dass sie sie einmal für ihn empfunden hatte? Aber er blutete ohnehin schon seit jener Nacht. Es waren einfach weitere Wunden, durch die seine Liebe aus ihm herausrann und langsam vertrocknete.

Peter hatte sich auf dem Weg nach Todenmann tatsächlich ein paar Frikadellen und drei Schnitzel aus der „Quickteria" geholt. Zwei Buletten waren schon auf der Fahrt in seinen Magen gewandert und er liebäugelte mit der dritten. Bis zum Ortsschild Kleinenbremen widerstand er der Versuchung, aber sein eigenes Fleisch war zu schwach, um dem von Schwein oder Kuh nicht zu erliegen. Endlich spürte er ein angenehmes Gefühl. Die Leere war besiegt, von Sättigung konnte noch keine Rede sein, aber er musste wenigstens nicht mehr dauernd ans Essen denken. Auch den leckeren Duft aus der Tüte konnte er jetzt besser ertragen. Nadja schmunzelte nur und sagte dann: „Deine Fleischeslust wird dich ein paar Lebensjahre kosten. Zu viel tierisches Eiweiß, zu viel Fett. Ich werde dann verkalkte Gefäße und neben einer schönen Fettleber weitere degenerative Veränderungen vorfinden."

„Ich will nicht wissen, wie ich von Innen aussehe. Unter Fleischeslust verstehe ich auch etwas ganz anderes. Das kann ich dir nachher mal zeigen", sagte er mit anzüglichem Blick auf ihre Brüste.

„Apropos Lust", griff Nadja das Thema auf, das sie vorhin mit Wolf gehabt hatte, „ich wusste gar nicht, dass der Neue keine Lust auf Obduktionen hat."

„Denkst du eigentlich an nix anderes?", fragte Peter ernüchtert.

„Doch schon, aber ich hatte vorhin das Gefühl, du hättest irgendwie ein Problem mit diesem ... wie heißt er noch?"

„Detlef", sagte Peter genervt.

„Siehst du", stellte Nadja fest, „du reagierst sofort emotional. Die Abneigung dringt aus all deinen Poren. Kannst du mir sagen, warum?"

Peter grummelte und murmelte dann: „Der ist andersrum!"

„Du meinst, er ist homosexuell?", wollte sie wissen.

„Ja, so ein Schwanzlutscher ..."

„Ach so, es ist ein Unterschied, ob eine Frau oder ein Mann das macht?", fragte sie provokativ.

„Ganz bestimmt!" Peter nickte.

„Und warum?"

„Keine Ahnung, es ist eben so", gab Peter zurück und zuckte mit den Schultern, „die Vorstellung ist allein schon pervers."

„Dann unterscheidest du, wer die Handlung ausführt?"

„Ja, genau!"

„Und wie ist es beim Analverkehr?"

Peter hustete und verschluckte sich. „Das kann ja nun nur der Mann."

„Stimmt, aber der Partner könnte männlich oder weiblich sein."

„Ihhh", Peter verdrehte die Augen, aber Nadja ließ nicht locker.

„Grundsätzlich ihhh, oder nur wenn zwei Männer es tun?"

„Äh, weiß nicht ...", stammelte Peter.

„Ist auch schwierig zu beantworten", gab Nadja zu, „da sind nämlich alle gleich, egal ob Männlein oder Weiblein."

„Ey, jetzt hör damit auf. Ich hab sofort Kopfkino", beschwerte sich Peter.

„Wohl früher selber mal an anderen Jungs rumgefummelt, wie?", bohrte sie nach.

Peters Gesicht wurde puterrot. Er schwieg. Nadja lächelte in sich hinein.

Das hatte sie geahnt. Und da lag auch der Hase im Pfeffer.

„Mensch, Peter", sagte sie nach einer Weile, „ das ist doch total normal. Die meisten Heranwachsenden machen ihre Erfahrungen mit beiden Geschlechtern. Daran ist nix Schlimmes. Wusstest du, dass viele Menschen bisexuell veranlagt sind? Die wenigsten gestehen es sich ein und noch weniger leben es aus. Du hast noch im Nachhinein ein schlechtes Gewissen. Darum verteufelst du die Homosexualität. Denk mal drüber nach! Wenn es dir gelingt, deine eigene Vergangenheit als etwas Normales zu akzeptieren, dann kannst du dir auch endlich eine tolerante Sichtweise zulegen. Deine Einstellung geht echt gar nicht! Wir leben im einundzwanzigsten Jahrhundert."

„Ich bin nicht schwul", sagte Peter nach einer Weile.

„Das weiß ich", lachte sie, „besser als jeder andere. Aber wenn das der Fall wäre, wäre das zwar blöd für mich, aber menschlich kein Makel, hörst du. Du bist doch sonst auch der Ansicht, dass jeder in seinem Bett oder sonstwo machen kann, was er will, solange alle Beteiligten Spaß daran haben, egal wie viele es sind."

„Sind wir jetzt schon beim Gruppensex?", fragte Peter wieder etwas entspannter und sogar mit einem leichten Grinsen.

„Ja, zum Beispiel", antwortete Nadja, „da sind die Beteiligten auch nicht zwingend homosexuell, wenn sich dieselben Geschlechter berühren."

„Ach, ist mir doch auch alles egal, was andere tun, ich wollte nur nicht von Detlef angequatscht werden."

„Hat er denn?"

„Nee", sagte Peter, „aber darum habe ich ihn ja auf Abstand gehalten, nicht dass er denkt, ich würde auf ihn stehen."

Nadja lachte. „Das räumen wir ganz einfach aus. Ich knutsche dich nächstes Mal in seiner Gegenwart und du versprichst mir, ihn so zu akzeptieren, wie er ist. Einverstanden?"

Peter brummte zustimmend.

„Ich hoffe nämlich nicht, dass ich mich in dir getäuscht habe, denn ich halte dich für einen weltoffenen und toleranten Mann."

„Bin ich ja eigentlich auch ...", sagte Peter.

„Bis auf die fleischlose Kost vielleicht", lachte Nadja, als sie auf Hetzers Hof fuhren, „womit wir wieder beim Ursprungsthema wären. Damit schließt sich der Kreis."

Thorsten Büthe und Marga Blume warteten, bis Verena sich beruhigt hatte. Justus machte einen lethargischen Eindruck.

„Wann habt ihr Friedhelm zum letzten Mal gesehen?“, wollte Thorsten wissen.

„Er war vorgestern Nachmittag kurz hier“, sagte Justus, „wer konnte denn ahnen, dass das das letzte Mal war ...“ Seine Stimme versagte.

„Und Sie?“, fragte Thorsten und blickte Verena tief in die Augen.

„Er kam gestern noch mal kurz rüber, um mir Mut zu machen.“

„Was genau kann ich mir darunter vorstellen?“, wollte Thorsten Büthe wissen.

„Wegen Sophie“, gab sie zurück, dabei stiegen ihr wieder Tränen in die Augen, „er versprach, dass sie ganz bestimmt schon bald wieder da sein werde.“

„Wie kam er darauf? Hat er das öfter getan? Gab es einen aktuellen Anlass?“

„Nicht, dass ich wüsste.“

„War er wie immer, oder schien er verändert?“, fragte Thorsten Büthe.

„Tja“, Verena wischte sich die Augen, „ich hatte eigentlich eher den Eindruck, er sei fast ein bisschen euphorisch gewesen. Aber so war er einfach. Immer voller Hoffnung.“

„Also keine Veränderung?“

Verena zuckte mit den Schultern.

„Hatte er sonst noch irgendetwas gesagt? Dass er irgendwo hinwollte oder so?“

Justus schüttelte den Kopf.

„Nein", sagte Verena, „wir sprachen nur über Sophie und ihren letzten Geburtstag."

„Hat sie zu diesem Geburtstag ihre rosafarbene Uhr bekommen?"

„Wieso?", wollte Verena wissen.

„Bitte beantworten Sie meine Frage!", bat Thorsten Büthe.

„Nein, hat sie nicht. Die war vom Jahrmarkt." Verena rieb sich ihren Kopf. „Kann ich mich jetzt bitte wieder hinlegen. Mir geht es wirklich nicht gut. Ihr Besuch und Ihre Nachricht haben es nicht besser gemacht."

„Ja, von uns aus gerne", sagte der Fallanalytiker, „es könnte aber sein, dass wir noch mal kommen müssen, wenn sich weitere Fragen ergeben."

„Mir egal", sagte sie, „aber jetzt kann ich einfach nicht mehr."

Justus schwieg noch immer. Er sah seiner Frau hinterher, als sie den Raum verließ.

„Nicht alles so rosig momentan, wie?", fragte Thorsten seinen Freund.

„Nein, der Kummer um Sophies Verschwinden hat unsere Ehe aufgefressen."

Zum ersten Mal sagte Marga etwas. „Herr Görlitz, das ist ganz normal in solchen Extremsituationen, dass sich Schwierigkeiten in der Beziehung ergeben. Das wird sich bestimmt wieder geben."

„Worte, die einmal gesagt worden sind, kann man nicht wieder zurücknehmen", betonte Justus, „darum, all Ihre Psychologie in Ehren, aber ich weiß nicht, wie es weitergehen soll." Zu Thorsten gewandt sagte er: „Meinst du, da ist etwas dran an dem, was Verena gesagt hat? Ich meine, dass es jemand auf unsere Familie abgesehen hat?“

„Das glaube ich eher nicht, wir können es aber nicht ausschließen. Momentan wissen wir zu wenig. Weder was mit Sophie geschehen ist, noch ob dein Vater einem Unfall, Totschlag oder Mord zum Opfer gefallen ist. Wie soll ich da deine Frage beantworten? Statistisch gesehen haben wir es meist mit Beziehungstaten aus dem nahen Familienumfeld zu tun. Aber das ist wie gesagt nur Statistik. Es sagt nichts für den Einzelfall aus.“

„Gibt es denn jemanden, von dem Sie sagen würden, dass er Ihrem Vater schaden wollte?“, fragte Marga Blume.

„Nein, er war überall beliebt.“

„Auch in der Familie?“, hakte Marga nach.

„Ja, auch da. Mit seiner Frau hatte er sich arrangiert. Jeder lebte sein eigenes Leben, aber sie stritten sich nicht. Meine Mutter ist etwas ungewöhnlich, aber sie kennen sie ja bereits. Verena hatte ein Problem mit ihr und wollte die Kleine ungern in ihrer Obhut lassen. Dabei ist meine Mutter ein sehr friedfertiger Mensch. Sie liebte Sophie wie ihr eigenes Kind.“

„Wir hätten es gerne, dass du mit dabei bist, wenn wir deiner Mutter die Todesnachricht ihres Mannes überbringen. Wir können nicht einschätzen, wie sie reagieren wird“, erklärte Thorsten.

„Ich auch nicht!“

„Wer wird sich denn um sie kümmern? Allein wird sie doch nicht zurechtkommen?“, fragte Marga.

„Wir werden sehen“, gab Justus zurück, „den Alltag meistert sie ganz gut. Sie ist nur zeitweise etwas abgedreht. Wir wohnen ja nebenan und werden ein Auge auf sie haben. Später sehen wir weiter.“

„Eine Frage habe ich noch“, begann Thorsten behutsam, „wir haben doch eine Uhr gefunden, von der wir glauben, dass sie Sophie gehört haben könnte. Ich habe sie dabei. Kannst du einen Blick darauf werfen?“

„Klar, wo habt ihr sie gefunden?“

„Das tut erst mal nichts zur Sache. Schau sie dir einfach an.“ Thorsten zog die Uhr aus seiner Jackentasche. Er hatte sie wieder zusammengebaut und in einen Plastikbeutel gesteckt. „Ist das die Uhr?“

Justus nahm sie in die Hand, wendete sie mehrfach, nickte dabei und gab sie dann zurück.

„Ja, das muss sie sein. Hier fehlen zwei Strasssteine. Ich erinnere mich noch gut, wie sehr Sophie das gestört hat, als sie es entdeckte. Allerdings fehlt jetzt auf der anderen Seite auch noch einer.“

„Gut“, sagte Thorsten, „oder auch nicht. Das hier ist keine billige Jahrmarktuhr. Es ist eine Sonderanfertigung und dürfte daher durchaus teuer gewesen sein.“

Justus machte große Augen. „Das kann nicht sein. Verena hatte mir gesagt, sie sei vom Jahrmarkt.“

„Vielleicht hat sie nicht die Wahrheit gesagt?“, vermutete Thorsten. „Möglicherweise um zu verschleiern, dass sie mehr Geld ausgegeben hat, als du gewollt hättest.“

Justus zuckte mit den Achseln. „Keine Ahnung, kann sein. Wie kommst du eigentlich darauf, dass das hässliche Ding kein billiger Jahrmarktramsch ist?“

„Weil die Zeiger die Initialen ‚S‘ und ‚G‘ tragen und hinter der rückwärtigen Platte etwas eingraviert ist“, erklärte Thorsten.

„Und was?“, fragte Justus erstaunt.

„Können Sie es uns sagen?“, fragte Marga.

„Tut mir leid, Frau Blume, das kann ich nicht!“, gab Justus kühl zurück. Die Uhr ist nicht von mir und ich weiß auch nichts weiter darüber. Da müssen Sie schon meine Frau fragen. Von ihr war diese Jahrmarktsgeschichte."

„Ist schon gut, Justus, reg dich nicht so auf", bat Thorsten, „wir kommen morgen wieder. Darf ich dich bitten, nicht mit Verena über die Uhr zu sprechen. Ich möchte sie gerne selbst damit konfrontieren."

Justus machte ein ärgerliches Gesicht. „Das ist nicht so einfach. Ich habe da auch Erklärungsbedarf."

„Das glaube ich dir", sagte Thorsten, „aber es geht um Sophie. Die Uhr ist der erste und einzige Anhaltspunkt, den wir haben. Das sollten wir uns wegen verletzter Eitelkeiten nicht kaputt machen."

„Ich habe eine andere Idee", sagte Marga, „lass mich allein mit ihr sprechen, jetzt sofort. Unter Frauen. Ich werde an ihrer Tür klopfen. Wo ist das?"

„Oben die zweite Tür rechts", sagte Justus Görlitz.

„Ja, mach das, Marga. Ich bin gespannt, wie sie reagieren wird."

Thorsten gab ihr die Uhr.

„Hier, nimm sie mit, dann siehst du auch, ob sie sie gleich erkennt."

Marga ging die Treppe hinauf und klopfte an Verenas Tür. Sie wartete eine Weile, dann klopfte sie erneut etwas lauter.

„Lass mich in Ruhe", rief sie.

„Frau Görlitz, ich bin es noch mal, Marga Blume, wir haben noch eine wichtige Frage an Sie. Es ist etwas aufgetaucht, von dem wir denken, dass es Sophie gehört haben könnte."

Schritte kamen zur Tür. Der Schlüssel wurde umgedreht.

„Kommen Sie rein", sagte Verena, „zeigen Sie mir, was Sie da haben."

Marga zog die Uhr aus der Tasche. Verena setzte sich. Sie hielt du rosafarbene Uhr in der Hand und begann zu weinen. „Ja, das ist Sophies Uhr. Wo haben Sie sie gefunden? Wissen Sie, wo mein Mädchen ist? Sagen Sie es mir!“

„Woran erkennen Sie, dass es die Uhr Ihrer Tochter ist. Es könnte doch auch eine ähnliche Uhr sein?“

„Nein“, sagte Verena, „sehen Sie hier, es fehlen zwei Glitzersteine auf der einen Seite. Sophie hat geweint, als sie das entdeckte. Ich hatte ihr dann gesagt, das seien Wunschsteine und für jeden verlorenen dürfe sie sich etwas wünschen.“ Sie wendete die Uhr mit Tränen in den Augen. „Sehen Sie, hier ist noch einer weg. Das muss neu sein.“

„Sonst fällt Ihnen nichts auf?“

„Nein, wieso?“

„Woher haben Sie die Uhr?“, fragte Marga Blume.

„Sie ist vom Jahrmarkt“, sagte Verena, „Sie sollten wissen, dass Pink Sophies Lieblingsfarbe war.“

„Haben Sie ihr die Uhr gekauft, Frau Görlitz?“

„Ja, beim letzten Schützenfest!“, kam es wie aus der Pistole geschossen.

„Vielen Dank, dann möchte ich Sie nicht weiter stören. Wir werden jetzt mit Ihrem Mann nach nebenan gehen und seine Mutter informieren.“ Marga Blume stand auf.

„Halt, Sie haben mir noch nicht gesagt, ob sie irgendetwas wegen Sophie herausgefunden haben. Woher ist denn nun die Uhr?“

Marga berührte Verenas Schulter sanft und sagte: „Es gibt nichts Neues, außer der Uhr. Bitte verzeihen Sie, wenn ich hier nicht weiter ins Detail gehen kann. Hauptkommissar Büthe wird Sie zu gegebener Zeit einweihen.“

Verena nickte. Es schien, als fiele sie noch weiter in sich zusammen.

„Soll ich Ihnen helfen?"

„Nein, ich lege mich wieder ins Bett, wenn ich hinter Ihnen abgeschlossen habe", antwortete Verena.

Als Marga Blume die Treppe hinabging, hörte sie, wie der Schlüssel umgedreht wurde.

„Und", fragte Thorsten Büthe leise, der die Psychologin schon vor der Wohnzimmertür abgefangen hatte, „hast du etwas herausgefunden?"

„Nun ja, ein bisschen", sagte Marga ebenfalls im Flüsterton.

„Sie hat bestätigt, dass es sich um Sophies Uhr handelt. Darin war sie sich sehr sicher. Ich glaube auch nicht, dass sie gelogen hat. Sie hat auch überzeugend behauptet, dass die Uhr vom Jahrmarkt ist. Nur als ich sie fragte, ob sie ihrer Tochter die Uhr geschenkt hat, da kam mir die Antwort ein wenig zu schnell und sie vermied den Blickkontakt. Meine Vermutung ist, dass sie die Armbanduhr von einem Dritten bekommen hat. Und der könnte ihr das Märchen vom Jahrmarkt aufgetischt haben."

„Möglicherweise um zu verschleiern, dass das Ding richtig teuer war", vermutete Thorsten.

„Das könnte sein", stimmte Marga zu, „vor allem, wenn der Schenkende wollte, dass sie sie auch tragen darf. Wäre der Schmuck für zu wertvoll gehalten worden, hätte man ihn dem Kind vielleicht nicht anvertraut."

„Gut", sagte Thorsten immer noch im Flüsterton, „gehen wir mal davon aus, dass es so war. Wer hätte Verena die Uhr gegeben? Doch nur jemand, der ihr, nein, der beiden nahestand, Mutter und Tochter. Und wer hätte diesen Text eingravieren lassen?"

„Wie war der noch mal?", fragte Marga.

„Für meine Kleine, in Liebe."

„Das ist allerdings interessant, vor allem im Zusammenhang mit dieser eventuellen verschleierten Schenkung", fand Marga. „Da kommen wirklich nur Personen infrage, die einen sehr engen Kontakt zu Sophie hatten."

„Lass uns später weiter darüber nachdenken. Wir können Justus nicht länger so sitzen lassen und sollten jetzt auch erst mit ihm nach nebenan gehen und die Todesnachricht überbringen", bat Thorsten.

Marga nickte. Justus saß wie ein Häufchen Elend in der Ecke des Sofas und hatte ein gerahmtes Bild seines Vaters in der Hand.

„Ich kann es einfach nicht glauben, dass er tot ist", sagte er kopfschüttelnd.

„Das ist verständlich", bestätigte Marga, die am Türrahmen lehnte.

„Komm Justus", bat Thorsten, „wir sollten deine Mutter jetzt informieren. Was denkst du, wie sie reagieren wird?"

„Das ist schwer einzuschätzen", antwortete Justus.

„Darum habe ich Frau Blume gebeten, mich zu begleiten", erklärte Thorsten und dachte, dass dies nicht der einzige Grund gewesen war.

Moni hatte sich den Abend mit Wolf anders vorgestellt. So richtig schön ruhig, mit guten Gesprächen zu zweit, belauert von Lady Gaga, die dem Pilzrisotto auch nicht abgeneigt sein würde, und ignoriert von zwei Katern, die sich selbst genug waren. Sie hatten auf der Fensterbank immer etwas Trockenfutter stehen und waren daher unabhängig.

Nun gut, jetzt würden Peter und Nadja noch mitkommen. Sie freute sich einerseits, weil sie die beiden lange nicht gesehen hatte. Andererseits zog sie sich momentan lieber zurück, als sich unter Menschen zu mischen – Wolf ausgenommen. So ganz hatte sie den Tod ihrer Schwester noch nicht verarbeitet, aber vielleicht war die Ablenkung auch gut und tat ihr wohl.

Schnell hatte sie noch einen Salat gezaubert, Baguette aufgebacken und einen Käseteller komponiert, sodass für alle genug zu essen da war. Das Risotto drehte sich seit einiger Zeit in der Rührschüssel und duftete bereits köstlich. Wolf würde Augen machen. Als die Hündin zur Tür lief, wusste sie, dass sie seinen Wagen bereits gehört hatte.

„Hmm, lecker“, rief er schon an der Haustür, „das duftet ja köstlich.“

„Hoffentlich schmeckt es auch so“, lachte sie und ließ sich von Wolf umarmen.

„Grüß dich, Moni, ich finde das ganz toll, dass du bei mir kochst. Wie gefällt dir die Maschine?“

„Echt irre, dass sie gleichzeitig kochen und rühren kann. Risotto ist sonst ein Gericht, bei dem du eine

Dreiviertelstunde an einem Fleck stehen und den Kochlöffel kreisen lassen kannst."

„Ich weiß", schmunzelte er, „das war ein Grund, sie zu kaufen. Der Hefeteig geht auch besser, wenn man ihn von unten wärmt. Und meine Bolognese macht sich fast von selbst."

„Ziemlich teuer das Ding, oder?"

„Schon, aber wenn man viel und gesund kocht, also alles selbst macht, dann lohnt es sich, glaub mir."

„Dann überlege ich mir das mal", sagte Moni.

„Da habe ich eine andere Idee. Wir brauchen doch nicht zwei Maschinen. Du kommst dann einfach rüber."

Moni grinste innerlich bei den Worten. Da fiel ihr Anna wieder ein.

„Du, Wolf", sagte sie, „diese Anna aus Vehlen hat angerufen. Da ist Tag der offenen Tür in einer Hundeschule, in der sie mit Aischa ist. Ich habe vergessen, wo. Sie wollte dich einladen und auch mal mit dir spazieren gehen."

„Ich habe wenig Zeit", antwortete Wolf und wurde ein bisschen rot, „wir stecken mitten in einem schwierigen und undurchsichtigen Fall. Ich würde dazu auch gerne deine Meinung hören. Stört es dich, wenn wir darüber nachher ein bisschen sprechen?"

„Als ob sich das vermeiden ließe", sagte Moni mit einem Schmunzeln, das sich sowohl auf Wolfs Reaktion als auch auf seine Frage bezog, „wir haben doch schon immer gemeinsam über die aktuellen Fälle gegrübelt."

Es klingelte.

„Da sind die beiden schon", freute sich Wolf und öffnete in Begleitung von Lady Gaga die Tür.

„Darf ich diesmal reinkommen?", fragte Peter sarkastisch und blieb demonstrativ an der Schwelle stehen. „Ich bringe auch nette Begleitung und ein paar Frikadellen mit. Ach ja, und drei Schnitzel habe ich auch noch."

„Vorhin waren es noch mehr Buletten", sagte Nadja und zwickte Peter in eine seiner Speckröllchen. „Sie haben sich während der Fahrt wie durch Zauberei in Luft aufgelöst."

„Das war ganz natürlicher Schwund", betonte Peter.

„Nun komm schon rein, ich wusste gar nicht, dass du nachtragend bist", sagte Wolf.

„Er ist so vieles, von dem man nicht dachte, dass er es sein könnte, zumindest, bis er genauer darüber nachdenkt. Stimmt's, Wolf? Man muss ihm gelegentlich den Kopf waschen, dann ist er wieder der Alte!", kommentierte Nadja und fing sich Peters bösen Blick ein.

„Schön, dass ihr da seid", sagte Moni und versuchte das Gespräch auf eine andere Ebene zu ziehen, „wir haben uns so lange nicht gesehen. Ich freue mich, dass ihr zwei zueinandergefunden habt."

Peter grinste verliebt und zog Nadja in seinen Arm. „Ist nicht immer ganz einfach mit Frau Doktor, aber das Leben hat entschieden mehr Reiz."

„So, nun setzt euch schnell", bat Moni, „es ist alles fertig. Soll ich die Frikadellen und Schnitzel noch mal in die Pfanne legen, damit sie warm werden?"

„Ach, Quatsch", sagte Peter, „das schmeckt auch zimmerwarm."

„Ich hole eben den Wein", rief Wolf aus dem Hauswirtschaftsraum.

„Hast du auch ein gepflegtes Bier?", wollte Peter wissen.

„Schon, aber willst du dir den köstlichen Tropfen wirklich entgehen lassen?", kam es zurück und schon erschien Wolf mit beidem in der Hand.

„Ja, will ich. Ich ziehe ein Bier vor. Die Damen werden deine Vorliebe für Wein sicher teilen“, sagte Peter gestelzt. Bei diesen Worten machte er sein Pils auf. Goldgelb ergoss es sich ins Glas.

„Na dann Prost“, Wolf erhob sein Glas, „schön, dass wir mal wieder zusammen sind, so wie früher.“

„Jetzt fehlt eigentlich nur noch der Detlef“, sagte Peter und blickte in zwei völlig perplexe Gesichter. „Was guckt ihr so blöd? Er gehört doch jetzt dazu!“

Das Klingeln von Wolfs Telefon ersparte den beiden eine Antwort.

Es war Abend, die Kinder waren im Bett. Frisch geduscht und rasiert wartete Toni auf Valentin. Sie hatte den feurigen Spanier durch Zufall kennengelernt. Er war genau der Mann, auf den sie immer gewartet hatte. Sanft und dominant zugleich war er und sehr männlich.

Die beiden umkreisten einander wie Magnete, die ständig ihre Pole wechselten. Mal zogen sie sich an und klebten aneinander, dass kein Blatt Papier dazwischenpasste, mal stießen sie sich ab und konnten sich auch nicht erreichen, obwohl sie es wollten.

Im Moment befanden sie sich gerade in einer Phase der absoluten Anziehung. Toni konnte es nicht erwarten, bis sie seine Schritte auf der Treppe hörte. Dann öffnete sie im Dunklen die Tür, riss ihn ins Haus und verbiss sich in seine Lippen.

Bis ins Bett kamen sie nicht. Er hatte nach wenigen Handgriffen bemerkt, dass sie kein Höschen trug und hob sie gleich auf die Arbeitsplatte in der Küche. Dort stieß er sie wild und heftig. Es war ihr egal, dass sie auf diese Weise mal wieder nicht zum Höhepunkt kam. Sie liebte das Animalische an seinem Treiben und konnte es sich später selbst machen, wenn er wieder gegangen war.

Dabei ließ sie den lustvollen Akt Revue passieren und genoss das geile Gefühl damit gleich zweimal. Sie hatte sich auch schon zum Orgasmus gerieben, wenn er bei ihr eingeschlafen war und sie direkt neben ihm lag. Das hatte deswegen seinen besonderen Reiz, weil er so nah war und trotzdem nichts mitbekam.

Heute hatte er jedoch wenig Zeit. Er verabschiedete sich kurz nachdem er die Hose wieder hochgezogen hatte und ließ sie mit der Erinnerung zurück.

Toni fühlte sich leer. Der Schmerz der Sehnsucht griff wieder nach ihr und zerquetschte ihr Herz.

Sie erinnerte sich noch an den Tag, an dem sie Valentin kennengelernt hatte. Es war ein Novemberabend gewesen, zu dem sie von ihrer Schwester Verena zu einem Krimi-Dinner auf den Landsitz Kapellenhöhe oberhalb des Steinhuder Meeres eingeladen worden war. Valentin hatte die Schwestern vorzüglich bedient und hofiert. Zum Ende des Abends stand Toni bereits in Flammen und beäugte ihre Schwester misstrauisch. Hatte sie auch Gefallen an dem Spanier mit dem verführerischen Akzent gefunden? Es war kein Geheimnis, dass die Eheleute Görlitz zwar ein liebevolles, aber mittlerweile auch ein eher distanziertes Verhältnis zueinander hatten. Das wurde nicht thematisiert, man spürte es einfach. Wie konnte sie also damals sicher sein, dass ihre Schwester nicht auch ein Auge auf Valentin geworfen hatte? Also musste sie Nägel mit Köpfen machen und sich den Mann schnappen.

Kurze Zeit später war sie also ganz allein zum Landsitz Kapellenhöhe gefahren und hatte sich ein Drei-Gänge-Menü bestellt. Den Kindern hatte sie eine Pizza in den Ofen geschoben und die Hunde vorsichtshalber in den Keller gesperrt. Dass Valentin an jenem Abend bediente, hatte sie vorher erfragt. Mit dem Hauptgang kam endlich Valentins heiß ersehnte Frage, warum denn eine so schöne Frau alleine essen ginge.

„Wenn Sie mich davon überzeugen können, dass eine männliche Begleitung ein Gewinn wäre, haben Sie dazu nach Feierabend Gelegenheit und können mich auf einen Cocktail ans Steinhuder Meer einladen", hatte Toni gesagt und damit die Ära Valentin eingeleitet. Kurz nach Mitternacht hatten sie sich schon in der eisigen Kälte des bald endenden Novembers geküsst, aber ihre Lippen waren heiß gewesen. Sie hatte ihn dann noch in seine Wohnung nach Bad Nenndorf begleitet und war erst in den frühen Morgenstunden nach Hause gefahren, kurz bevor die Kinder hatten aufstehen müssen. Als die drei endlich zur Schule gegangen waren, war sie glücklich, etwas wund gerieben und total erschossen auf dem Sofa eingeschlafen. Sie war sich sicher, dass sie diesen Mann behalten wollte. Der einzige Wermutstropfen war die Gewissheit, dass ihre Eltern, die von Bodensteins, diesen Kellner niemals akzeptieren würden.

Sie hatten gerade angestoßen, als Wolfs Handy klingelte. Er guckte auf das Display, erkannte Thorsten Büthes Nummer, und entschloss sich, lieber dranzugehen. Seinen Gästen machte er Zeichen, dass sie schon mit dem Essen anfangen sollten. Dann hob er ab.

„Nur ganz kurz, Wolf“, sagte Thorsten, „die Uhr ist tatsächlich die von Sophie. Beide Eltern haben es bestätigt. Es ist nur etwas undurchsichtig, wie und durch wen die Kleine an diese teure Uhr gekommen ist.“

„Wieso teuer? Ich denke, das Ding ist vom Rummel“, warf Wolf ein.

„Interessanterweise sind die Görlitz' der Meinung, dass es sich um billigen Jahrmarktramsch handelt. Das stimmt aber nicht.“

„Aha!“

„Ich kann dir auch sagen, wieso“, sagte Thorsten.

„Na, dann schieß mal los!“

„Die Zeiger sind Sophies Initialen und hinter der Abdeckplatte ist der Text *Für meine Kleine, in Liebe* eingraviert.“

„Krass“, entfuhr es Wolf, „das spricht tatsächlich nicht für billigen Modeschmuck. Was haben die Eltern dazu gesagt?“

„Sie blieben bei ihrer Version. Wir vermuten also, es muss einen unbekannten Dritten geben, der einem von beiden diese Lügengeschichte aufgetischt hat. Vielleicht als heimlicher Schenker, aber warum? Für uns macht das keinen Sinn. Ich wollte dich bitten, mal darüber nachzudenken.“

„Das passt gut. Wir sitzen hier zu viert. Meine Kollegen sind zum Essen da."

„Oh, Verzeihung. Du hättest doch sagen können, dass ich störe. Justus hatte nur einen Moment darum gebeten, sich sammeln zu können. Wir wollen jetzt gemeinsam zu seiner Mutter gehen und ihr die Nachricht vom Tod ihres Mannes überbringen."

„Das ist keine leichte Aufgabe", sinnierte Wolf am Telefon, „ich werde mich niemals daran gewöhnen können."

„Dass die Mutter nicht so ganz richtig im Kopf ist, macht die Sache schlecht einschätzbar. Darum habe ich auch Marga Blume mit dabei. Du weißt schon, die Psychologin, mit der wir immer zusammenarbeiten."

„Ja, das ist sicher sinnvoll. Dann sprechen wir morgen wieder", schlug Wolf vor.

„So machen wir das", antwortete Thorsten und legte auf.

Zurück am Tisch, erzählte Wolf die Neuigkeiten und erntete ratlose Gesichter.

„Komische Geschichte", sagte Moni, „wieso sollte jemand behaupten, dass eine teure Uhr vom Jahrmarkt sei?"

„Tiefstapelei?", warf Peter in die Runde.

„Aus welchem Grund?" Nadja legte ihr Kinn auf Peters Schulter.

Ihr Kopf war vom Wein oder der langen Sektion etwas schwer geworden.

„Ich kenne das eher andersrum, dass jemand so tut, als sei ein glücklich ergattertes Schnäppchen etwas Teures oder Besonderes", sagte Moni.

„Es ist doch auch merkwürdig", wandte Wolf ein, „dass beide Eltern steif und fest der Überzeugung sind, dass es sich um ein kitschiges Stück vom Jahrmarkt handelt."

„Einer könnte gelogen haben, falls er die teure Uhr heimlich gekauft hat", schlug Nadja vor.

„Oder beide, aus welchen Gründen auch immer", ergänzte Peter.

„Oder sie wussten es schlicht und ergreifend nicht", griff Wolf Thorstens Gedanken auf.

„Wenn sie es beide wirklich nicht wussten, dann haben sie ihr die Uhr auch nicht gekauft", stellte Moni fest.

„Da ist was dran, dann denke ich jetzt mal ins Unreine", sagte Nadja. „Ich bin die Person X und habe Gefallen an einem kleinen Mädchen gefunden ..."

Peter fiel ihr ins Wort.

„Haben wir es hier mit einem Pädophilen zu tun? Ich hoffe doch wohl nicht!"

„Also diese Inschrift spricht sogar von Liebe", erinnerte Wolf, „wie auch immer das gemeint ist. Wir können diese Möglichkeit nicht außer Acht lassen."

„Veto", sagte Moni, „die Uhr muss ihren Weg doch über die Eltern zum Kind gefunden haben."

„Das heißt nix", sagte Wolf bedauernd, „auch so nähern sich Täter an, die es auf Kinder abgesehen haben. Je länger ich darüber nachdenke, desto klarer sehe ich es vor mir. Ein guter Freund der Familie, der dort im Haus ein und aus geht, findet Gefallen an Sophie und knüpft über die Eltern die ersten Kontakte, später an den Eltern vorbei, weil das Kind ihn schon kennt. Sie haben kleine Geheimnisse, die nur sie teilen und so weiter."

„Widerliche Gedanken", sagte Moni.

„Wir müssen sie aber denken", gab Wolf bedauernd zu, „sonst kommen wir nicht weiter."

„Sag mal, war die Kleine nicht behindert?", fragte Peter. „Das könnte so eine Vorgehensweise doch erschwert haben."

„Oder erleichtert", stöhnte Nadja. „Was hatte sie denn für eine Behinderung?"

„Es nennt sich Katzenschrei-Syndrom. Du kannst damit bestimmt mehr anfangen", sagte Wolf.

Nadja nickte. „Dann können wir davon ausgehen, dass sie auf jeden Fall geistig nicht auf dem Entwicklungsstand einer Siebenjährigen war."

„Die armen Eltern", sagte Moni, „so ein Kind liegt der Familie doch bestimmt ganz besonders am Herzen."

„Das denke ich", antwortete Wolf. „Nun aber mal zurück zu unserem Unbekannten. Wir sollten weitere Möglichkeiten ins Auge fassen. Wer könnte dem Mädchen noch eine teure Uhr gekauft haben?"

„Ein Verwandter vielleicht?", stellte Peter zur Diskussion. „Ich meine, wenn Sophie behindert war, hätte es dem Pädophilen auch gereicht, wenn die Uhr einfach schön bunt oder glitzernd oder so gewesen wäre. Nur, dass ein Mädchen darauf steht. Preis egal. Ein Verwandter hätte aber der Kleinen eventuell etwas Gutes tun wollen. Nur so eine Idee ..."

„Aber an den Eltern vorbei? Warum denn?", grübelte Nadja. „Das macht doch keinen Sinn."

„Vielleicht befürchtete derjenige, dass sie sie nicht würde tragen dürfen, wenn sie zu kostbar war", schlug Moni vor, „oder dass es den Eltern unangenehm wäre, wenn sie wüssten, was für ein Betrag aufgewendet worden ist für eine Kinderuhr."

„Ihr seid echt spitze, ich mache mir eben ein paar Notizen, damit ich Thorsten Büthe unsere Überlegungen mitteilen kann. In seiner Haut möchte ich nicht stecken. Das kleine Mädchen verschwindet spurlos, jetzt ist der Opa tot", sagte Wolf.

„Ach", wunderte sich Moni, „euer Toter von heute Nachmittag ist der Großvater der verschwundenen Sophie?"

Wolf nickte.

„Wie passt das denn zusammen?", wollte Moni wissen. „Ist er nicht oben am Wald oberhalb des Bergbades gefunden worden? Wohnte er denn hier?"

„Nein", antwortete Peter, „der wohnte in Hannover. Einen Zusammenhang kennen wir bisher nicht. Kann doch auch Zufall sein."

„An solche Zufälle glaube ich nicht. Ich werde morgen mal mit Thorsten Büthe sprechen, ob es eine Verbindung nach Bückeburg gibt."

Diese Frage beschäftigte Wolf die ganze Nacht hindurch und noch eine weitere. Er hatte wieder eine dieser merkwürdigen Mails aus dem Nirgendwo auf seinem Rechner. Ein neues Wort war hinzugekommen. So war das auch beim letzten Mal gewesen. Der Satz „Sie lebt noch immer" konnte jedoch nichts mit Sophie zu tun haben, auch wenn er es gerne geglaubt hätte. Als er diese Botschaften im vergangenen Jahr bekommen hatte, war Sophie noch nicht verschwunden. Aber wer lebte noch immer? Diese Frage konnte er sich einfach nicht beantworten.

Schon beim letzten Mal hatte sich Thorsten Büthe gewundert, als er das Haus von Görlitz senior in Augenschein nahm. Schrille Gemälde und Skulpturen hatte er vorgefunden, oft in blau oder grau oder grün. Das war während der Befragungen rund um Sophie gewesen. Marianne hatte die verrücktesten Antworten gegeben und diese augenscheinlich neuerdings auch ausgelebt.

Nachdem er mit Marga und Justus das Jugenstilhaus betreten hatte, schwebten ihm zahlreiche Engel in der Diele entgegen. Der Windzug ließ sie alle in Bewegung geraten. Dadurch sahen sie fast ein wenig lebendig aus. Er hatte den Eindruck, dass sie alle mehr oder weniger so aussahen wie Sophie. Vielleicht war das Mariannes Art, mit dem Verschwinden ihrer Enkelin umzugehen. Trotzdem bohrte die Frage nach dem Warum in ihm.

„Schöne Flügelwesen“, sagte er zu Frau Görlitz.

„Das ist alles mein Engel“, antwortete sie entrückt.

„Sie sehen sich ähnlich“, bohrte er vorsichtig weiter, „und sie sehen ein bisschen wie Sophie aus.“

Marianne Görlitz winkte ab. „Das ist Marie.“

„Wer ist Marie?“, fragte Thorsten.

„Jeder von ihnen ist Marie. Das sehen Sie doch. Mal lachend, mal traurig oder verwundert. Alle ihre Gesichter sind hier. Ich bin nie allein.“

„Sie hat auch zu Sophie immer Marie gesagt“, flüsterte ihm Justus zu und Thorsten nickte, bevor er fortfuhr.

„Frau Görlitz, wir müssen Ihnen eine traurige Mitteilung machen. Ihr Mann wurde heute Morgen tot in Bückeburg aufgefunden. Wir müssten uns in seinem Zimmer umsehen. Ihr Sohn hat uns gesagt, dass er einen eigenen Raum hatte."

„Ich weiß, dass er fort ist", sagte sie und blickte in die erstaunten Gesichter der anderen, „mein Engel hat es mir erzählt. Friedhelm ist jetzt im Himmel bei Marie. Sie hat ihn abgeholt, denke ich."

Marga schaltete sich ein. „Dann sind Sie überzeugt davon, dass Marie im Himmel ist?"

„Aber ja, schon lange, aber es gefällt ihr dort gut", erklärte Marianne Görlitz.

„Wie lange ist sie denn schon im Himmel?", hakte Marga nach.

Marianne lachte.

„Da waren Sie noch gar nicht auf der Welt, Kindchen."

Marga gab auf. Das brachte nichts.

„Dürfen wir in Vaters Raum gehen?", fragte Justus.

„Du weißt doch, dass er da immer sehr eigen ist."

„Aber jetzt lebt er doch nicht mehr", sagte Justus vorsichtig.

„Doch, im Himmel. Er sieht alles, was wir tun."

„Er hätte bestimmt nichts dagegen, Mutter. Wir tun es für Sophie."

„Nenn sie nicht immer Sophie. Sie heißt Marie und Marie ist fortgegangen. Vielleicht kommt dein Vater später zurück. Dann kannst du ihn selbst fragen. Sie kommen und gehen wie sie möchten, weißt du."

Justus versuchte es auf andere Weise.

„Ich hatte aber vorhin mit Vater gesprochen, dass der Kommissar in sein Zimmer muss. Er hatte nichts dagegen."

„Warum hast du das nicht gleich gesagt?", fragte Marianne. „Dann ist das etwas anderes. Kommen Sie?"

Marianne ging voran. Auch auf der Treppe nach oben schwebten die Engel über ihnen. Es hatte etwas Gespenstisches. Sie bestanden aus lebensechten Köpfen verschiedenster Größe, aus hauchdünnen Stoffen und Federn.

Marianne streckte sich und nahm den Schlüssel vom Türstock. Dann schloss sie den Raum auf, den Friedhelm nur für sich selbst genutzt hatte.

„Nun möchte ich Sie bitten, meine Kollegin und mich einen Moment allein zu lassen. Justus, führst du deine Mutter bitte nach unten ins Wohnzimmer? Wir wollen uns nur einen kurzen Überblick verschaffen und schließen dann wieder ab."

Justus nickte, Marianne zuckte mit den Achseln und ging mit.

Es war kühl und dunkel im Raum. So bunt das übrige Haus auch war, so schlicht waren die Wände in Friedhelms Allerheiligstem. Im unteren Bereich, etwa bis Schulterhöhe, waren die Wände aus altbierfarben gebeiztem Eichenholz. Darüber zog sich eine weiße Strukturtapete. Die wenigen Bilder waren klassisch und dezent. Sie gaben dem Raum eine harmonische Ausstrahlung. Da die schweren, grünen Vorhänge zugezogen waren, schaffte es auch das nächtliche Licht aus Mond und Laternen nicht, sich einen Weg durch das Fenster zu bahnen. Friedhelm schien ein sehr ordentlicher Mann gewesen zu sein. Der Schreibtisch war nahezu leer, die wenigen Papiere geordnet und die Stifte lagen in einer Schale. Es war anzunehmen, dass er die Couch, die an der gegenüberliegenden Seite der Fensterfront lag, auch gelegentlich zum Schlafen genutzt hatte, denn eine Decke hing zusammengefaltet über einer der Lehnen, und die Kissen luden zum Verweilen ein. Ob Friedhelm eventuell irgendwo ein Laptop hatte, konnte auf den ersten Blick nicht beurteilt werden. Jedenfalls stand kein PC auf dem Schreibtisch.

„Wie ist dein erster Eindruck?", fragte er Marga.

„Konservativer, älterer Herr, sehr ordentlich, sehr genau, diszipliniert. Ein fast steril und unbewohnt wirkender Raum. Wie sich das mit dem kreativen Chaos im übrigen Haus vertrug, kann ich nicht sagen."

„Justus hat mir mal erzählt, dieses Refugium sei eine Art Fluchtburg für seinen Vater gewesen."

„Das glaube ich gerne. Viel unterschiedlicher können Menschen fast nicht sein. Wie mag er wohl mit der Wunderlichkeit seiner Frau zurechtgekommen sein? Sie lebt ja doch zumindest gelegentlich in einer anderen Realität."

„Ja, in ihrer höchst eigenen, fürchte ich", sagte Thorsten.

„Ich wüsste gerne den Grund, warum sie zu Sophie immer Marie sagt", grübelte Marga laut, „das ist doch sehr merkwürdig."

„Vielleicht eine Marotte?", schlug Thorsten vor.

„Möglich, aber es könnte auch etwas zu bedeuten haben."

„Wir sollten Justus gleich mal fragen, und ich schlage vor, dass wir doch heute Abend noch die SpuSi hierherholen sollten."

Marga nickte und ging zur Tür. „Frau Görlitz kann fürs Erste bestimmt bei ihrem Sohn bleiben. Ich glaube kaum, dass sie alleine hier wohnen können wird."

„Eher nicht", bestätigte Thorsten. Er war müde. „Lass uns runtergehen und die beiden informieren. Ich möchte dich bitten, dich mit Frau Görlitz senior zu beschäftigen, denn ich will Justus etwas wegen dieser Namensgeschichte fragen, und du könntest sie schon mal darauf vorbereiten, einige Zeit bei ihrem Sohn zu verbringen."

„Ja, ist gut, mir wird schon was einfallen."

Mit dem scheinbaren Interesse an ihren Bildern und Skulpturen lockte Marga Marianne Görlitz in den Wintergarten und Thorsten sagte zu Justus: „Wir würden gerne die Spurensicherung heute Abend schon mit ihrer Arbeit im Haus deiner Eltern beginnen lassen. Bist du einverstanden und kannst du deine Mutter solange bei euch unterbringen?"

Justus blickte erschreckt auf. „Ich dachte, es sei noch nicht raus, ob mein Vater einem Verbrechen zum Opfer gefallen ist?"

„Stimmt, aber wir wollen keine Zeit verlieren, falls es doch so gewesen ist. Die ersten Stunden sind immer die wichtigsten."

„Von mir aus", sagte Justus entmutigt. Er hatte das Gefühl, das Schicksal schien sich gegen ihn zu wenden.

„Wir werden die Schlüssel an uns nehmen. Frau Blume wird gleich ein paar Sachen mit deiner Mutter packen. Wir möchten euch dann bitten, das Haus vorerst nicht mehr zu betreten. Ist das okay für dich?"

„Was soll ich dazu sagen?", fragte Justus. „Wenn du meinst, dass das sinnvoll ist."

„Du bist doch wahrscheinlich heute wie jeden Tag in der Klinik gewesen?", wollte Thorsten beiläufig wissen.

„Jetzt sag nicht, dass du mich verdächtigst, meinen Vater ermordet zu haben!“, entfuhr es Justus. Er schien ehrlich entrüstet.

„Nein, natürlich nicht, aber ich muss das fragen. Es ist ohnehin grenzwertig, dass ich diesen Fall weiter betreue, weil wir befreundet sind.“

„Mensch, Thorsten, du kannst gerne auf der Station rumfragen. Wie viele Zeugen brauchst du? Reichen dir zehn? Vielleicht waren es auch zwölf.“

„Nun sei nicht sauer, Justus, gerade weil wir uns so gut kennen, solltest du Verständnis für meine Situation haben.“

Justus winkte ab.

„Eine Frage noch, bitte! Ich habe mich gewundert, warum deine Mutter immer Marie zu eurer Tochter sagt. Gibt es dafür einen Grund? Heißt jemand in eurer Familie so?“

„Meine Großmutter hieß Marie. Vielleicht mag sie den Namen einfach lieber. Sie standen sich sehr nahe. Du hast ja bemerkt, dass Mutters Aussagen nicht immer ganz der Realität entsprechen.“

„Nun gut, so ist es wohl“, sagte Thorsten, „wann hat das angefangen?“

„So ungefähr zum Zeitpunkt von Sophies Geburt. Vorher war sie vielleicht ein bisschen speziell mit ihrer Kunst und etwas öko, aber nicht so vollkommen durchgeknallt. Ich kann dir auch nicht sagen, ob es plötzlich passiert ist oder ob sie sich langsam veränderte und wir es erst später bemerkten.“

„Dann war der Kontakt nicht sehr intensiv?“

„Etwas anstrengend war sie halt immer, vor allem für Verena, die sie nicht ihr Leben lang kannte. Seitdem ich mir ihr zusammen bin, hatte ich eher wenig Kontakt zu meiner Mutter.“

„Und dein Vater hat nie etwas geäußert?"

„Selten. Er hat sich irgendwie mit ihr arrangiert und dafür gesorgt, dass sie im Alltag zurechtkam."

„Tja, das könnte jetzt zum Problem werden, vor allem, wenn sie sich nicht mit Verena versteht."

„Wir werden sehen", stöhnte Justus leise, „ich will einfach nur, dass dieser Tag endlich vorbeigeht."

Thorsten konnte ihn gut verstehen. Nach so einer Todesnachricht geriet die Welt erst einmal aus den Fugen. Die Uhren schlugen einen anderen Takt, die Nächte waren zum Wachliegen bestimmt.

Marga, die inzwischen ein paar notwendige Sachen mit Marianne gepackt hatte, kam wieder ins Wohnzimmer.

„Von mir aus können wir!", schlug sie vor.

„Halt, ich möchte Marie noch mitnehmen", rief Marianne und lief in Richtung Diele davon.

Welche wohl, dachte Thorsten, aber sie hatte eine genaue Vorstellung davon, welcher Engel es sein sollte. Er hing von ganz oben im Treppenhaus hinab und lächelte einem direkt ins Gesicht, wenn man die Stufen nahm, egal ob in die eine Richtung oder in die andere, denn die Skulptur schwebte genau im Bogen, den man unweigerlich passieren musste.

„Warum genau die?", wollte Marga wissen.

„Das ist Marie!", sagte Marianne entrüstet.

„Sie sehen doch alle so ähnlich aus", hakte die Psychologin nach.

„Ähnlich schon, aber das ist Marie", beharrte die alte Dame auf ihrer Entscheidung.

„Ist schon gut, Mutter", sagte Justus und holte eine große Schere. Mit ihr durchtrennte er das dünne Seil. Der Engel namens Marie schwebte in Mariannes Arm. Sie musste ihn allerdings am Kopf festhalten, denn darunter kam nur ein Kleid aus dünnem Stoff und Flügel, die aus Gänsedaunen gemacht waren. Liebevoll streichelte sie die Haare, die aus Wolle aufgeklebt waren und drückte den Kopf an sich.

In Thorsten stieg ein komisches Gefühl auf. Er hätte es nicht benennen können, fühlte sich aber außerordentlich unwohl und schob dies auf die Tatsache, dass er müde und ausgelaugt war. Erst als er in der Nacht wach lag, fiel ihm ein, dass es am ehesten einem Gruseln gleichgekommen war.

Auch Verena lag in dieser Nacht wach und das aus unterschiedlichen Gründen. Sie war sauer, dass Marianne im Haus war. Justus hatte ihr noch spätabends eine SMS geschrieben. In ihren eigenen vier Wänden fühlte sie sich jetzt unwohl, weil der „Fremdkörper“ von Schwiegermutter da war, diese verrückte Alte. Jetzt konnten die beiden sich gegen sie verbrüdern. Die hingen eh aneinander wie Pech und Schwefel. Aber Friedhelm, der einzig Vernünftige aus dieser Sippe, war tot. Sie würde sich etwas einfallen lassen müssen. Es war völlig undenkbar, dass sie mit diesen beiden Personen unter einem Dach wohnte.

Und dann noch diese Uhr. Warum war ihr gesagt worden, sie sei vom Jahrmarkt gewesen? Verena konnte keine schlüssige Erklärung dafür finden, aber auch nicht nachfragen. Es war merkwürdig, dass sie nicht hatte wissen sollen, dass der Schenkende so viel Geld ausgegeben hatte. Sie konnte es sich nur so erklären, dass von demjenigen befürchtet worden wäre, Sophie hätte die Uhr nicht tragen dürfen. Für die Wertschätzung ihres Kindes hätte sie allemal Verständnis gehabt und sich sogar darüber gefreut.

Sie hatten eine heiße Nacht gehabt, Nadja und er. Genüsslich lehnte sich Peter in seinem Autositz zurück und träumte, während er nach Bückeburg fuhr. Wer hätte denn ahnen können, dass sich unter diesem wirren Wuschelkopf eine so scharfe Frau verbirgt, dachte er bei sich und biss in ein belegtes Brötchen. Es war mit einem der übrig gebliebenen Schnitzel vom Abend zuvor belegt. Peter war zufrieden. Seine Fleischeslust war in jeder Hinsicht gesättigt. So konnte der Tag gut beginnen.

„Moin, Detlef!", rief er daher fröhlich, als er ins Dienstzimmer kam und klopfte seinem neuen Kollegen auf die Schulter. „Ohne dich wüssten wir immer noch nicht, wer der Tote ist."

„Schön, schön", sagte Detlef verwundert und etwas misstrauisch ob des Sinneswandels.

Dann berichtete Peter ihm von den Überlegungen des gestrigen Abends.

„Schon komisch mit dieser Uhr", sagte Detlef, „eigentlich bin ich überzeugt davon, dass einer von den Eltern wissen müsste, von wem sie ist, wenn sie es nicht selbst waren, die dieses Ding geschenkt haben. Ich grübele auch immer noch über diese Inschrift, von der du erzählt hast. Die kann doch nur von jemandem stammen, der sich der Lütten sehr verbunden fühlte."

„Verwandter oder Pädophiler", warf Peter in den Raum.

Detlef rollte die Augen. „Aber sie war doch verborgen angebracht, oder? Die Inschrift meine ich."

„Ja, hinter dem Uhrdeckel, also rückwärtig und ohne dass man die Uhr mit einem Werkzeug geöffnet hätte, wäre es nie zu sehen gewesen."

„Da wollte einer auf jeden Fall seine enge Beziehung zu dem Kind verschleiern. Das hätte ein Verwandter doch nicht nötig gehabt", meinte Detlef. „Oder es war ein geiler Onkel, der scharf auf das Mädchen war und deren Behinderung ausnutzen wollte."

„Oder Opa", sponn Peter den Gedankenfaden weiter.

„Mensch, das ist die Lösung", rief Detlef, „darum hat einer den Alten umgebracht."

„Warum hat hier wer wen umgebracht?", fragte Wolf, der gerade den Raum betrat.

„Detlef hatte wieder eine geniale Idee", lobte Peter, „der Opa des Mädchens wollte was von ihr. Das hat jemand rausgefunden und ihn abgemurkst. So fügt sich alles zusammen."

„Es gibt Verwandtschaft hier in Bückeburg", sagte Wolf.

„Ja, das hab ich inzwischen auch recherchiert", mischte sich Detlef ein, „die Eltern seiner Schwiegertochter und deren Schwester wohnen hier."

„Nicht schlecht", sagte Wolf, „diese Möglichkeit sollten wir auf jeden Fall in Betracht ziehen. Ich rufe sofort Thorsten Büthe an."

Es gab Dinge, die brauchte sie nicht. Ja, sie liebte ihre Schwester über alles, aber dass sie sich jetzt bei ihr einnisten wollte, war aus mehreren Gründen schwierig. Im Vordergrund stand ihre heimliche Beziehung zu Valentin. Verena hatte ihn auch mit gierigen Augen angesehen, damals auf der Kapellenhöhe bei diesem Krimi-Dinner. Den Blick hatte sie noch sehr gut in Erinnerung. Es war ja zu vermuten, dass es mit ihr und Justus nicht zum Besten stand, wenn sie aus ihrem eigenen Haus flüchten wollte. Sie hatte zwar die vorübergehende Unterbringung ihrer Schwiegermutter als Grund angegeben, aber Toni erinnerte sich noch gut an ihren letzten Besuch in Hannover, wo sehr deutlich zutage getreten war, dass die Ehe zum Scheitern verurteilt war. Sophies Verschwinden hatte es ans Licht gebracht. Wenigstens hatte Toni das so empfunden. Und sie hatte Erfahrung in solchen Dingen. Mariannes Aufenthalt machte es für Verena nicht besser. Wer hatte schon gerne seine Schwiegermutter im Haus und dann noch so eine. Das konnte sie ja verstehen und würde die ältere Schwester gerne aufnehmen, aber wie sollte sie sich mit Valentin treffen, ohne dass es auffiel? Verena würde sofort Lunte riechen, wenn sie sich schick fertigmachte und bis in die Nacht verschwand. Zu Hause ging dann sowieso gar nichts mehr. Sie musste um jeden Preis verhindern, dass der smarte Spanier auf ihre waidwunde Schwester traf. Unglückliche Frauen lechzten nach jeglicher Anerkennung des männlichen Geschlechts und Valentin war zu charmant, um nicht begehrt zu werden.

Sie starrte auf den Hörer, aus dem ihr eben noch die verheulte Stimme ihrer Schwester ins Ohr gedrungen war. Und die hatte noch nicht einmal gefragt, ob es ihr recht sei. Ein Nein hatte einfach nicht zur Diskussion gestanden. Warum ging sie denn nicht vorübergehend zu den Eltern? Die hatten doch viel mehr Platz. Später würden sie weitersehen. Sie war froh, dass ihr Liebesleben ausnahmsweise mal in Ordnung war. Wenigstens überwiegend. Wenn es auch finanziell immer ein Ritt auf dem Besen war.

Jetzt hatte sie also ein Problem, dem sie sich nicht entziehen konnte. Sie würde da durchmüssen. Und Verena hatte ihr noch nicht einmal sagen können, wie lange sie bleiben wollte. Zaghaft hatte sie noch versucht, von der vermeintlichen Enge des Reihenhauses zu sprechen und dem kleinen Gästezimmer, aber das war ihrer Schwester egal gewesen. Auch der zarte Hinweis, dass es bei den Eltern doch viel komfortabler wäre, ging ins Leere und wurde nur mit den Worten „Du willst mich wohl nicht" kommentiert. Was hätte sie da sagen sollen? Keine Chance also, dem Unvermeidlichen zu entrinnen.

„Mädels", rief sie ihren Töchtern zu, „Tante Verena kommt uns besuchen."

„Mit Sophie?", rief die fünfjährige Jane.

„Die ist doch weg, du Dussel", antwortete Grit.

„Nicht schade drum, die hat ja noch weniger kapiert als Jane", sagte Liv und erntete einen strafenden Blick ihrer Mutter.

„Das Thema ‚Sophie' werden wir nicht ansprechen, verstanden? Kein Wort über Sophie. Sonst kriegt ihr Ärger mit mir", schimpfte Toni.

„Wir können doch nix dafür, dass die weg ist", maulte Grit.

„Warum sollen wir nichts von Sophie sagen?", wollte Jane wissen.

„Weil immer noch niemand weiß, wo sie ist und Tante Verena deswegen viel weint. Ihr könnt euch doch vorstellen, dass sie ihre Tochter vermisst", erklärte Toni.

„Nee, echt nicht", sagte Liv, „die nervte doch nur, grabbelte immer alles an. Ich bin froh, dass sie nicht mitkommt."

„Ich will auch vermisst werden", maulte Jane, die gerne im Mittelpunkt stand.

„Dann musst du auch abhauen oder so", flüsterte Grit und grinste. Liv schmunzelte und nickte zustimmend.

„Aufs Zimmer, sofort, alle beide!" Toni war außer sich.

„Spinnt ihr, der Kleinen einen solchen Floh ins Ohr zu setzen? Zur Strafe lernt ihr die Vokabeln in Französisch ab Lektion sieben. Ich frage euch später ab. Mal sehen, ob euch dann die Flausen vergehen."

Die Zwillinge murrten und liefen die Treppe hinauf in ihre Zimmer. Es war jetzt besser, zu flüchten.

„Jane, hör mal", sagte Toni, „du darfst niemals weglaufen oder mit jemandem mitgehen. Das weißt du doch, oder? Wir haben doch schon oft darüber gesprochen. Mama würde den ganzen Tag nur noch weinen und nichts mehr essen." Sie zog ihre jüngste Tochter auf ihren Schoß.

„Dann musst du mich auch vermissen, wenn ich da bin!" Jane stupste ihrer Mutter an die Nasenspitze.

Toni lachte und sagte: „Ich vermisse dich jeden Tag ganz schrecklich, wenn du im Kindergarten bist und kann es kaum erwarten, bis ich dich wieder abholen kann.“ Dabei wuschelte sie der Kleinen durch die Haare.

„Echt?“, fragte sie und strahlte ihre Mutter an. Dann sprang sie vom Schoß und lief ihren Schwestern hinterher. Dabei rief sie: „Liv, Grit, Mama vermisst mich wohl! Euch aber nihicht!“

Kinder, dachte Toni und haderte im Stillen noch immer mit ihrem Schicksal. Sie hatte wirklich nicht viel Platz. Wo sollte Verena schlafen? Die Zwillinge teilten sich ein Zimmer, Jane hatte das ganz kleine Kinderzimmer. Im Schlafzimmer standen die Schränke und das alte Doppelbett aus der Ehe mit Eike. Entweder nahm sie nun Jane mit zu sich ins Bett oder ihre Schwester. Beide Alternativen waren schwer erträglich. Sie entschied sich für das kleinere Übel und machte Janes Zimmer für Verena fertig. Sie hoffte, dass dieser ungute Zustand nicht allzu lange anhalten würde.

Wolf erwischte Thorsten auf dem Handy. Er war gerade unterwegs zum Haus der Görlitzens, in dem die Spurensicherung eine Nachtschicht eingelegt hatte.

„Hallo Wolf, was verschafft mir die frühe Ehre?"

„Hier ist eben eine Idee aufgekommen, die ich dir mitteilen wollte. Der Gedankengang könnte hilfreich sein."

„Na, dann schieß mal los!"

„Diese ominöse Uhr ging uns allen nicht aus dem Sinn. Auch unserem neuen Kollegen Detlef nicht. Seine Idee war folgende: Was wäre, wenn ein naher Verwandter diese Uhr für Sophie gekauft und deren wahren Wert geheim gehalten hätte? Ein Grund könnte eine starke Bindung zu Sophie sein, sei es nur aus familiärer Liebe, weil das Mädchen behindert ist oder eben aus einer möglichen geilen Fantasie heraus oder als Wiedergutmachung für einen sexuellen Übergriff. Ich spinne da Detlefs Gedanken noch mal weiter. Der Tote, Dr. Friedhelm Görlitz, ist ihr Großvater. Das fanden wir und auch ihr in Hannover ja schon merkwürdig im Hinblick auf Sophies Verschwinden. Aber was wäre, wenn er umgebracht worden wäre, weil ihn jemand durchschaut hatte?"

„Interessant", sagte Thorsten, „mach bitte weiter!"

„Nehmen wir mal an, Verena oder Justus Görlitz oder beide lügen. Sie wissen, dass die Uhr vom Opa ist. Dabei ist es unerheblich, ob sie deren wahren Wert wirklich gekannt haben, aber die Quelle, den Schenkenden, den kennt zumindest einer von beiden und das könnte unser Toter gewesen sein."

„Wenn eure Theorie stimmt, dann könnte Sophie von Friedhelm Görlitz zu dessen Zwecken entführt worden sein, welche das auch immer sein mögen. Dann ist sie jetzt möglicherweise irgendwo gefangen und niemand weiß, wo", sinnierte Thorsten.

„Dann versorgt sie auch niemand mehr!", betonte Wolf. „Es ist also Eile geboten. Wir können nur hoffen, dass sie genug Wasser und Nahrung zur Verfügung hat."

„Ist sie denn überhaupt in der Lage, sich selbst zu versorgen?", fragte Thorsten.

„Justus wird es mir sagen können. Ich werde das erfragen."

„Was sind die nächsten Schritte? Wir richten uns nach euch, Thorsten", schlug Wolf vor.

„Ja, ich glaube, das ist sinnvoll. Ihr habt Friedhelm Görlitz noch in der Rechtsmedizin. Ich schicke euch DNA von Sophie per Boten zu. Eure Rechtsmedizinerin soll untersuchen, ob es Anhaftungen von der Kleinen an der Kleidung von Friedhelm gibt. Unsere Spurensicherung untersucht gerade das Haus von Familie Görlitz senior. Dann werde ich Verena und Justus jetzt noch mal wegen der Uhr befragen und ihnen die Dringlichkeit der Angelegenheit deutlich machen. Ich konfrontiere sie mit eurer Theorie. Das wird ein Schock werden, ist aber unerlässlich. Vielleicht könnt ihr die in Bückeburg lebenden Verwandten von Verena unter die Lupe nehmen. Sie hat ihre Eltern und ihre Schwester in eurer Stadt. Es kann doch kein Zufall sein, dass er ausgerechnet dort umgekommen ist."

„Ich glaube sowieso nicht an Zufälle", sagte Wolf, „und du doch auch schon lange nicht mehr, oder?"

„Das ist wohl wahr. Wir halten uns gegenseitig auf dem Laufenden", bat Thorsten. „Ich bin gespannt, was die SpuSi noch findet. Du erfährst es dann sofort."

„Ja, danke", sagte Wolf, „ bis später. Wir legen sofort los."

Er informierte Detlef und Peter, die wenigstens die eine Seite des Gespräches mitbekommen hatten und sagte dann zu Peter: „Du kannst schon mal Nadja anrufen, dass sie darauf vorbereitet ist, wenn Sophies DNA kommt."

„Mache ich, das wird ja jetzt richtig spektakulär", freute sich Peter und nickte Detlef zu.

„Ja, Detlef", sagte Wolf, „gute Arbeit. So einen wie dich können wir hier gut gebrauchen. Wie teilen wir uns auf? Einer von euch müsste zu den Großeltern von Sophie und einer zu ihrer Tante. Ich bleibe hier und koordiniere. Es geht jetzt erst mal darum, die Alibis zu überprüfen."

„Dann übernehme ich die Großeltern", sagte Detlef, „sie arbeiten hier im Krankenhaus als Ärzte."

„Weißt du auch schon, wo die Tante des Mädchens wohnt?", fragte Peter.

„Sag ich dir sofort", antwortete Detlef und wandte sich seinem Rechner zu.

„Gut, dann düse ich dahin", entschied Peter.

„Alle Infos, die ihr bekommt, bitte umgehend zu mir", bat Wolf und ging in sein eigenes Büro.

Was war das für eine böse Geschichte, die sich da möglicherweise abgespielt hatte. Er setzte sich in seinen Schreibtischstuhl und betrachtete wie so oft Gemälde von William Turner. „Die letzte Fahrt der Téméraire" war der Untergang des Zeitalters der Segelschiffe. Das letzte, märchenhaft verklärte wurde von einem Kohledampfer zur letzten Ruhestätte geschleppt. Etwas Morbides hatte dieses Bild trotz seines herrlichen Sonnenuntergangs. Es erinnerte ihn immer wieder daran, dass Schönes und Schreckliches zugleich existieren konnten. In seinem Beruf wurde er oft mit der Endgültigkeit konfrontiert. Lebenswege, die abrupt aufhörten und Umstände verursachten, die alles änderten und nicht zu vergessen: Angehörige, die damit weiterleben mussten, wie er selbst seinerzeit.

Wolf mochte gar nicht darüber nachdenken, dass ein kleines, behindertes Mädchen irgendwo gefangen sein mochte und möglicherweise dahinvegetierte, bis der Tod eintrat. Eine grausame Vorstellung, die leider nicht jenseits seiner Fantasie lag. Er hatte schon zu viel gesehen.

Noch am Morgen hatte Justus versucht, ein vernünftiges Gespräch mit Verena zu führen. Als sie mit verheulten Augen aus ihrem Schlafzimmer trat, sprach er sie an, ob sie einen Moment Zeit für ihn hätte.

„Mach's kurz", sagte sie, „ich will hier weg!"

„Und wohin?", fragte er kopfschüttelnd.

„Du kannst dich ruhig über mich lustig machen", schrie sie, „das hast du ja immer getan, ganz egal, was es war."

„Verena, du überreagierst wieder wie immer. Können wir uns nicht normal unterhalten?"

„Das liegt an dir", sagte sie etwas ruhiger, „aber was du mir alles aufhalst, kann ja kein Mensch ertragen. Erst verschwindet unsere Sophie, dann muss ich erfahren, wie wenig du von Anfang an für sie empfunden hast, dann stirbt Friedhelm und jetzt zieht auch noch deine Mutter bei uns ein."

„Ja, mein Vater ist tot, wo soll sie denn hin?", fragte Justus. „Du weißt, dass sie nicht alleine klarkommt."

„Weil sie schon lange ins Heim gemusst hätte. Ich habe es immer gesagt und du wolltest auch noch, dass Sophie allein in ihrer Obhut ist. Wenn ich nur daran denke, wie sie ihr mit der Schere im Gesicht rumgefuchtelt und ihr diesen schrecklich schiefen Pony geschnitten hat. Dabei hätte wer weiß was passieren können."

„Das eine hat doch nichts mit dem anderen zu tun. Wenn ein Mensch nicht mehr allein in seiner Wohnung zurechtkommt, heißt das doch nicht automatisch, dass er nicht trotzdem liebevoll mit seiner Enkeltochter umgehen kann. Sophie war glücklich bei ihr."

„Weil Friedhelm ein Auge darauf hatte", betonte Verena.

Justus winkte ab. Es hatte keinen Sinn, mit ihr zu diskutieren.

„Wo willst du denn nun hin?", fragte er vorsichtig.

„Ich gehe erst mal zu meiner Schwester nach Bückeburg. Hier hält mich doch nichts mehr – Sophie und Friedhelm sind weg, niemand braucht mich mehr – und du hast deine Mutter bei dir. Ist doch alles super." Sie weinte.

„Doch, ich brauche dich, ich brauche meine Verena, so wie sie früher war. Eine Frau, die mich liebte. Wo ist sie hin?"

Es kam keine Antwort, nur ein Schluchzen.

„Vielleicht ist es ganz gut, wenn du etwas Abstand gewinnst", überlegte Justus, „ich hoffe, dass du dann zu mir zurückfinden kannst."

„Ich will, dass Sophie zu mir zurückfindet", sagte sie leise.

„Aber das hat doch mit uns beiden nichts zu tun", wandte er ein und war völlig perplex, dass sie begann auf ihn einzuschlagen. Es dauerte einen Moment, bis er sie zu fassen bekam und festhalten konnte. Langsam beruhigte sie sich.

„Marie ist doch bei mir", sagte eine Stimme aus dem Türrahmen. Marianne war durch den lauten Streit wach geworden, „ich hab sie von drüben mitgenommen."

„Sie heißt Sophie! Kapier das endlich!", schrie Verena.

„Es ist egal, wie sie heißen, wenn sie Flügel haben", flüsterte Marianne und begann zu summen.

Justus war überfordert.

„Mutter, gehst du bitte wieder zu Bett. Ich komme gleich."

Die alte Dame drehte sich um und verschwand mit ihrer Melodie.

„Lass mich jetzt packen", sagte Verena, „ich halte es hier nicht mehr aus."

„Gut", sagte er, „aber eine Frage habe ich noch: Von wem ist die Uhr? Du musst es doch wissen. Hast du sie heimlich für Sophie anfertigen lassen und mir nichts davon gesagt?"

„Nein, aber sie ist von jemandem, der Sophie über alles geliebt hat. Was man von dir nicht behaupten kann." Damit ging sie ins Schlafzimmer und knallte die Tür. Justus blieb fassungslos zurück.

Was für ein verworrener Fall, dachte Marga Blume, und was für spezielle, wenn auch interessante Charaktere. Was gab es für eine Verbindung zwischen dem Tod von Friedhelm Görlitz und dem Verschwinden von Sophie? Sie war sich sicher, dass es eine gab. Es kribbelte geradezu in ihr. Was sah sie nicht? Marga saß an ihrem Schreibtisch und hatte sich entschlossen eine Liste zu machen, wer wie oder warum von einem der beiden Umstände oder gar von beiden profitieren könnte. Sie wollte dem Alter nach vorgehen.

Sarah Görlitz: Sie könnte bei ihrem Vater in der Gunst steigen, wenn sie die einzige Tochter war. Bei den Großeltern war das weniger relevant, denn es gab noch mehr Enkel. Also hatte sie nichts von Friedhelms Tod.

Antonia von Bodenstein: Hier fiel ihr nicht wirklich etwas ein, denn Antonia hatte selbst drei Kinder. Falls Sophie von den Großeltern in Bückeburg vorgezogen worden wäre, hätte sie wegen der Behinderung sogar eher Verständnis dafür gehabt, vermutete Marga. Das wäre kein Grund gewesen, sie loswerden zu wollen. Eine Verbindung zu Friedhelm sah sie nicht.

Von Bodensteins: Das Ärzteehepaar schied für sie auch aus. Warum sollten sie eines ihrer Enkelkinder verschwinden lassen? Es sei denn, sie wollten ihrer Tochter das Leben mit einer Behinderten ersparen und hätten Friedhelm als Helfershelfer benötigt, sie aus dem

Weg zu schaffen, überlegte sie, aber das schien ihr zu weit aus der Luft gegriffen zu sein.

Marianne Görlitz: Die alte Dame durfte ihre Enkelin nicht mehr alleine um sich haben. Der Kontakt war von der Mutter untersagt worden. Das wusste sie zwar nicht offiziell, könnte es aber irgendwie mitbekommen haben. Marianne könnte sie deshalb an einen Ort gebracht haben, wo sie uneingeschränkt Umgang mit Sophie hätte haben können. Das wäre durchaus denkbar und trotz Mariannes Geisteszustand machbar. Vielleicht war sie auch weniger durcheinander als sie vorgab. Friedhelm hätte ihr auf die Schliche gekommen sein können. Falls Marianne Sophie in Bückeburg versteckt hielt, könnte er ihr heimlich nachspioniert und Marianne damit konfrontiert haben. Das war eine Möglichkeit, über die sie unbedingt mit Thorsten Büthe sprechen musste. Vielleicht war die Uhr auch von Marianne und sie hatte Verena oder Justus die Jahrmarktsgeschichte erzählt. Schlüssig und gar nicht so abwegig, dachte Marga bei sich.

Friedhelm Görlitz: Der Großvater von Sophie erschien Marga wie eine undurchsichtige Figur. Er hatte sich rührend um das behinderte Mädchen gekümmert. Aber vielleicht zu rührend und zu intensiv? In Marga stieg der alte Groll gegen Pädophile hoch. War die Liebe zu dem benachteiligten Mädchen in eine falsche Richtung gegangen? Hatte er ihr die Uhr gekauft wie Schmuck für eine Geliebte? Marga schüttelte sich innerlich. Falls ja, hatte das jemand aus der Familie durchschaut? Justus? Marianne? Verena? Hätte Sophie sich einem von dreien öffnen können und von ihren Erlebnissen mit dem Opa berichtet? Hatte ihn deshalb jemand nach Bückeburg gelockt, um den pädophilen Inzest ein für alle Mal zu beenden?

Magnus und Sabine Görlitz, Bruder und Schwägerin von Justus mit den Kindern Elsa und Enno, schieden für sie aus. Ebenso Verenas und Antonias Bruder Maximilian von Bodenstein. Sie hatten schlüssig darlegen können, dass sie zur Zeit von Sophies Verschwinden überhaupt nicht in Hannover waren. Damit kamen sie für Marga nicht infrage. Für die Psychologin gab es den einen Fall nicht ohne den anderen. Ob sie dennoch etwas mit Friedhelms Tod zu tun hatten, mussten Thorsten Büthe und sein Team klären. Die Befragungen liefen noch.

Marga nahm sich aber etwas anderes vor. Kunst war oft der Spiegel der Seele. Sie wollte sich parallel zur Arbeit der Spurensicherung noch einmal die Bilder und Skulpturen von Marianne ansehen. Vielleicht verrieten sie etwas, was ihnen bisher entgangen war.

Nadja hatte inzwischen DNA-Proben von Friedhelm ins Labor gegeben und Mimi und Seppi von der SpuSi hatten sich sein Fahrzeug vorgenommen, das Detlef nach Stadthagen gebracht hatte. Nicht ganz uneigennützig, denn er hatte etwas vor.

Er schmunzelte noch ein wenig, wenn er an den Morgen dachte mit Peter im Dienstzimmer, nachdem Wolf in sein Büro gegangen war. Seit Kurzem war der Kollege außerordentlich freundlich zu ihm, fast ein bisschen zu sehr. Eigentlich hatte Detlef gedacht, irgendwie mitbekommen zu haben, dass Peter etwas mit der Rechtsmedizinerin hatte, aber er war sich nicht mehr ganz sicher gewesen. Und als Peter ihm zu Dienstbeginn auf die Schulter geklopft und ihm nochmals gesagt hatte, was für ein Pfundskollege er sei und wie tolle Ideen er doch gehabt hätte, da war es ihm etwas seltsam vorgekommen.

„Du Peter", hatte er gesagt, „nichts für ungut. Ich freue mich wirklich, dass du deine arrogante Haltung mir gegenüber aufgegeben hast, aber ich bin nicht am männlichen Geschlecht interessiert. Leider. Ich stehe auf Frauen, auch wenn du bestimmt ein attraktiver Mann bist. Ich hoffe, dass wir trotzdem gute Kollegen bleiben können."

Peter guckte zuerst vollkommen verdutzt wie eine Kuh mit großen Augen. Ihm war quasi der Mund offen stehen geblieben. Dann aber brüllte er vor Lachen und kriegte sich gar nicht wieder ein. Mit Tränen in den Augen und noch immer glucksend fragte er: „Wie, du bist gar nicht vom anderen Ufer?"

„Nee, tut mir leid!“

„Mir aber nicht, Alter, das ist schon in Ordnung!“

Jetzt guckte Detlef wie ein Fragezeichen, und Peter erklärte ihm die ganze Geschichte. Dann lachten beide.

„Also, ich habe nichts gegen Schwule“, sagte Detlef mit einem Grinsen.

„Wenigstens nix Wirksames, wie?“

„Höre ich da eine gewisse Intoleranz aus deinen Worten?“

„Nee, das war ein Witz. Ich habe mir in den letzten Tagen viele Gedanken darüber gemacht, weil ich ja dachte, dass du schwul bist.“

„Leben und leben lassen“, sagte Detlef, „es will sich doch keiner vorschreiben lassen, mit wem er wann und wie vögelt.“

„Klare Worte, aber es ist was dran. Hattest du denn nicht mitgekriegt, dass ich mit Nadja zusammen bin?“

„Ich war mir nicht mehr sicher, aber sag mal, jetzt eine andere Frage: Diese Mimi, hat die einen Freund?“

„Unsere kleine Wuchtbrumme von der SpuSi? Nee, ich glaub nicht. An die traut sich keiner ran. Mimi steckt jeden Kerl in die Tasche.“

„Interessant“, sagte Detlef, in dem das Jagdfieber bereits entbrannt war, „na, dann will ich Friedhelm Görlitz' Wagen nachher mal nach Stadthagen bringen, aber erst geht es zu den von Bodensteins.“

„Was für ein glücklicher Zufall“, gab Peter zurück. „Ich fahre dann jetzt zu Antonia von Bodenstein.“

Bei Nadja im Institut war inzwischen die DNA-Bestimmung von Sophie eingetroffen, die bereits nach ihrem Verschwinden vom LKA Hannover veranlasst worden war sowie eine weitere Probe mit Haaren und dem Schnuller der Kleinen, den sie nachts immer noch brauchte.

Da am Anfang nicht bekannt war, um wen es sich bei dem Toten vom Schützenhaus handelte, hatte Nadja im Labor ebenfalls schon am Tag zuvor die Vermehrung seiner DNA und weitere aus Anhaftungen auf seiner Kleidung in Auftrag gegeben.

Doch es war fraglich, ob es etwas brachte, sagte sich Nadja. Es war doch durchaus üblich, wenn die Enkeltochter mit dem Opa Kontakt hatte. Gut, sie war jetzt fünf Wochen weg. Wenn er viel DNA von ihr an sich trug, dann konnte es sein, dass sie kürzlich erst zusammengekommen waren. Auf einem frischen Hemd wäre das eventuell ein Hinweis. Aber alles zu vage, fand Nadja. Es würde auch noch dauern, bis die Spuren aus den Anhaftungen ausgewertet waren.

Aus rein medizinischem Interesse nahm sie sich Sophies DNA vor. Da sie das Katzenschrei-Syndrom hatte, war es interessant, nach der genetischen Abweichung zu suchen. Tatsächlich fand sie die abgebrochene Stelle am kurzen Arm des fünften Chromosoms. Es war unschlüssig, ob diese Mutation nun bei der letzten Teilung der Eizelle entstanden war, oder ob bereits in einer der vorigen Generationen ein Hinweis auf einen Stückverlust zu finden war. Da sie nun DNA von Großvater und Enkelin vorliegen hatte, konnte sie bei Dr. Friedhelm Görlitz nachschauen, ob auch er schon ein in dieser Weise geschädigtes Chromosom hatte. Was sie fand, war durchaus interessant. Ihm fehlte ebenfalls ein Teilstück des kurzen Arms auf dem fünften Chromosom. Allerdings hatte sich das abgebrochene Stück an ein anderes Chromosom angelagert. Man nannte das eine balancierte Translokation. Die Menge des Erbmaterials veränderte sich dadurch nicht, sie blieb ausgeglichen. Dadurch war Dr. Friedhelm Görlitz gesund. Er hatte kein Katzenschreisyndrom. Aber er vererbte die Behinderung zu fünfzig Prozent weiter.

Soweit Nadja wusste, war aber kein anderer in der Familie an diesem Syndrom erkrankt. Hatte Justus, der Vater von Sophie, ebenfalls eine balancierte Translokation? Das stand zu vermuten, denn an eine zufällige Mutation glaubte sie in diesem Fall nicht. Das wäre noch mal spannend herauszufinden, dachte sie.

Plötzlich kam ihr eine vollkommen verrückte Idee. Sie schmunzelte. Genetik war etwas Tolles. Wenn sich ihre Vermutung bestätigte, wäre es Zeit, in eine ganz andere Richtung zu denken.

Die Spurensicherung hatte bereits in der Nacht begonnen, das Haus von Dr. Friedhelm und Marianne Görlitz genauer unter die Lupe zu nehmen. Man hatte zunächst in Friedhelms Büro angefangen, den Schreibtisch gesichtet und in den frühen Morgenstunden auch den Safe geöffnet. Bisher war außer einer jährlichen Aufreihung von Tagebüchern nichts Interessantes zu finden. Und ob die Aufzeichnungen sie weiterbrachten, würde sich beim Lesen derselben herausstellen. Die Beamten der SpuSi hatten ihren Spaß mit Mariannes künstlerischen Ergüssen. Sie lachten über die Vielzahl der komischen Engel und amüsierten sich über die grellen Bilder, die fast alle in irgendeiner Form mit Wasser zu tun hatten. Mal in Töpfen, mal als See und in Wellen als Meer. Manchmal hatte sie ihre Engelsvisionen auch dort mit hineingezeichnet. Es hatte sich schon herumgesprochen, dass Frau Görlitz nicht ganz richtig im Kopf war. Ihr verwunschener Garten aber war eine Oase. Inmitten von Kräutern und blühenden Pflanzen hing zwischen zwei Bäume gespannt ihre Hängematte. So ein Kleinod mitten in der Stadt vorzufinden, war eine Seltenheit. Ein besonderer Zauber ging auch von dem Brunnen aus, der an der Seite aus Natursteinen gemauert dort wohl schon seit Jahrzehnten stand und immer noch Wasser führte. Man konnte einen Eimer hinunterlassen, eine Pumpe gab es nicht. Die Beamten stöhnten. Da würden sie auch hinuntermüssen, denn das Licht drang nicht bis zur Wasseroberfläche, und was sich darunter verbarg, konnte niemand sehen. Eine alte Pumpe befand sich jedoch etwas weiter hinten auf dem Grundstück, sodass man vermuten konnte, dass es hier einen unterirdischen Bach oder ein ganzes Brunnensystem gab. Im Keller des Jugendstilhauses war eine dritte Wasserstelle, die jedoch nur durch eine schwere Metallklappe zugänglich war. Ob es eine Verbindung zu den anderen gab, musste noch herausgefunden werden. Vielleicht existierten alte Hauspläne, auf denen man nachschauen konnte.

Marga Blume, die Psychologin, war inzwischen auch dagewesen und hatte etliche Fotos von Mariannes Artefakten geschossen und jedes ihrer Bilder abgelichtet. Auffällig war, dass das Wasser meist in der Farbe rot dargestellt war. Was meinte Marianne damit? Hatte es überhaupt einen Sinn? Feuerwasser? Brennendes Wasser? Oder gar blutiges Wasser?

Sie wollte sich Zeit nehmen, die Bilder auf sich wirken zu lassen und dann noch einmal mit Marianne sprechen. Zweifelsohne hatte die alte Dame ein künstlerisches Talent.

Es war nur sehr eingeschränkt auf zwei Richtungen fixiert: Wasser und Engel – manchmal in Kombination. Margas siebter Sinn signalisierte ihr, dass hierin eine Botschaft lag. Auf einer Pinnwand würde sie die ganzen Fotos nebeneinander betrachten können und vielleicht eine Eingebung haben.

Inzwischen hatten die Beamten auch den Dachboden des Hauses unter die Lupe genommen. Dort fand sich noch allerlei Spielzeug. Alte Autos, ein Schaukelpferd, eine Puppenstube und eine kleine Wiege mit Spitzenbettwäsche. Sogar die Babypuppe lag noch darin. An einem rostigen Eisenhaken hingen Pfeil und Bogen. In der Ecke war ein ganzes Schienensystem in großen und kleinen Kreisen aufgebaut, deren Weichen noch per Hand umgelegt werden konnten. Die Lok des großen Zuges funktionierte mechanisch. Sie musste mit einem Schlüssel aufgezogen werden.

Lars Stelloh von der Spurensicherung war fasziniert. Das war ja wie im Museum hier. Er konnte sich nicht zurückhalten, die Bahn in Gang zu setzen. Sie surrte also über die alten Gleise, als Thorsten Büthe den Dachboden betrat.

Stelloh wurde rot, sagte aber nichts.

„Irgendetwas Auffälliges hier?“, fragte Thorsten Büthe und ließ seinen Blick schweifen.

„Bisher nicht“, antwortete Lars Stelloh, „Kinderspielzeug, alte Fotos, Kinderzeichnungen, ein Lederkoffer mit unmodernen Mädchenkleidern und ein paar Kleinmöbel.“

„Gut, welche Räume fehlen euch noch?“

„Auf jeden Fall die Küche, Sabrina ist gerade im Schlafzimmer und den Keller haben wir bisher nur einmal grob gesichtet. Ingo und Torben sind noch im Arbeitszimmer“, erklärte Lars.

„Sabrina soll sich auch die Küche vornehmen. Du gehst dann bitte mit in den Keller, wenn die beiden im Arbeitszimmer fertig sind“, ordnete Thorsten an.

„Okay“, sagte Lars.

„Was ist mit dem Brunnen?“

„Da wollten wir erst mal mit einer Teleskopkamera runter, bevor sich einer abseilt“, gab Lars Auskunft.

„Ja, das ist sinnvoll“, stimmte Thorsten Büthe zu. „Bitte haltet mich auf dem Laufenden.“

Lars Stelloh nickte und war froh, dass der Hauptkommissar kein Wort über seinen Spieltrieb verloren hatte.

Während Thorsten Büthe die Treppe wieder hinabging, fing es in seinem Hirn an zu arbeiten. Etwas auf diesem Dachboden hatte ihn gestört und das war nicht der junge Kollege gewesen, der die Lok hatte fahren lassen. Es war der optische Eindruck. Das Gesamtbild passte nicht. Etwas war hier falsch. Er grübelte. Ihm kam es vor, als habe er ein Gemälde vor sich, in das etwas hineingezeichnet war, das dort nicht hingehörte, aber er wusste noch nicht, was es war.

Detlefs Besuch im Bückeburger Krankenhaus war vor allem durch Warten bestimmt gewesen. Wenn er auch bei Frau Dr. von Bodenstein noch zügig vorankam, dauerte es bei ihrem Mann umso länger. Ein Kaiserschnitt ließ sich nicht einfach abbrechen.

Detlef nutzte die Verschnaufpause, um sich von dem Gespräch mit Charlotte von Bodenstein zu erholen. Sie gehörte zu den Frauen, die er am liebsten nur mit der Kneifzange anfasste. Er nannte sie auch Haferziegen. Das waren diejenigen, bei denen man schon Zöpfe aus den Haaren flechten konnte, die ihnen auf den Zähnen wuchsen. So eine unangenehme und arrogante Frau. Seine Fragen hatte sie als Angriff auf ihre Person empfunden.

Wo sie denn wohl morgens um halb acht gewesen sein sollte, hatte sie ihn gefragt. Doch ihre Überheblichkeit prallte an Detlefs stoischer Ruhe ab. Er wiederholte seine Frage und erfuhr schließlich, dass sie um diese Uhrzeit im Keller ihre Schuhe angezogen und anschließend mit ihrem Mann in Richtung Krankenhaus gegangen war. Als er nach ihrer Beziehung zu Sophie fragte, zuckte sie nur mit den Schultern. Was ihn das denn anginge, hatte sie wissen wollen und weil er nicht darauf antwortete, hatte sie ihm widerwillig erklärt, dass sich nie wirklich eine hatte entwickeln können, weil Sophie so sehr auf ihre Mutter fixiert gewesen sei.

Mit einem freundlichen und zuvorkommenden Lächeln hatte sich Detlef daraufhin für die gute Zusammenarbeit bedankt und die vor Wut schäumende Ärztin auf ihrer Station zurückgelassen. Sie war nicht dumm und wusste genau, wie der Beamte das gemeint hatte.

Danach saß er auf der Gynäkologie und wartete. Erst nach einer Dreiviertelstunde kam Dr. Clemens von Bodenstein schließlich verschwitzt den Gang hinunter und bat Detlef in sein Arztzimmer.

„Bitte fassen Sie sich kurz", bat er, „ich muss gleich wieder in den Kreißsaal."

„Gerne", sagte Detlef, „ich möchte nur wissen, wo Sie an dem Morgen des Tages, als Dr. Friedhelm Görlitz tot aufgefunden wurde, so gegen halb acht waren."

„Sie verdächtigen mich?", fragte er empört. „Das geht ja wohl zu weit."

„Bitte beantworten Sie einfach meine Frage."

„Muss ich das wirklich? Ich bin ein renommierter Mann! Ich habe einen guten Leumund."

„Ja, Sie müssen. Ich dachte, Sie hätten es eilig, aber wenn wir für eine einfache Frage schon so lange brauchen, dann wird jemand anders die nächste Geburt übernehmen müssen. Ich habe Zeit."

Dr. von Bodenstein seufzte. „Na, wo soll ich schon gewesen sein. Um diese Uhrzeit bin ich meist mit meiner Frau auf dem Weg ins Krankenhaus. Wir gehen immer zu Fuß."

„Auch an diesem Tag?"

„Ja, auch an diesem Tag und jetzt entschuldigen Sie mich bitte."

„Eine Frage noch ..."

Von Bodenstein hatte sich bereits erhoben. „Was denn noch?"

„Es geht um die kleine Sophie. Hatten Sie oder Ihre Frau eine besondere Beziehung zu ihr?"

„Nein, das kann man nicht sagen. Traurig, das Ganze. Ein behindertes Kind zu haben, ist immer schwierig. Wir hatten wenig Kontakt. Wir arbeiten sehr viel. Sophie war am liebsten bei ihrer Mutter. Allein blieb sie nicht gerne bei uns. War es das jetzt?"

„Ja, vielen Dank. Wenn wir noch weitere Fragen haben, kommen wir wieder auf Sie zu", sagte Detlef und sah gerade noch den Zipfel des weißen Kittels durch den Türspalt wehen. Er war sich nicht sicher, ob der Arzt seine letzten Worte überhaupt noch gehört hatte. Puh, dachte er bei sich, was für schwierige Menschen, alle beide. Da konnte es doch zu Hause ständig nur Theater geben. Die Vorstellung, dass man sich ein Leben lang aus dem Weg gehen konnte, war ihm fremd.

Peter war zu Antonia von Bodenstein gefahren. Sie war die deutlich angenehmere Gesprächspartnerin, wenn sie auch in Hektik war. Das sah man ihr an. Zwei kleine Pudel sprangen an ihm hoch.

„Bitte kommen Sie doch rein", sagte sie, „ihr geht in euer Körbchen", befahl sie den Hunden.

„Ja, vielen Dank, ich habe nur ein paar Fragen", erklärte Peter, „dann bin ich auch schon wieder weg."

„Kann ich dabei weiter aufräumen?", fragte Toni, „oder stört Sie das?"

„Nein, machen Sie das ruhig. Wir können uns dabei unterhalten."

„Möchten Sie einen Kaffee und ein Stück Kuchen?"

„Och, nur wenn es keine Umstände macht. Sie scheinen es eilig zu haben."

Peters Magen meldete sich spontan mit einem akuten Hungergefühl bei diesen Aussichten und rebellierte. Er konnte gar nichts dafür.

„Der Kaffee macht sich von selbst und den Kuchen muss ich nur anschneiden. Setzen Sie sich doch bitte mit in die Küche. Meine Schwester kommt heute zu Besuch und die ist immer so etepetete. Da will ich noch ein bisschen Ordnung machen."

„Sophies Mutter?", fragte Peter.

„Ja", antwortete Toni überrascht und stellte ihm einen Teller hin, „Sie kennen Sophie?"

„Nein, nicht direkt", antwortete Peter und schielte auf den Frankfurter Kranz vor seiner Nase, „ich weiß nur von dem Fall."

„Ach so, der Kaffee ist gleich so weit. Mit Milch und Zucker?"

„Mit allem. Sagen Sie, weswegen ich hier bin ... Wissen Sie noch, was Sie an dem Morgen gemacht haben, als der Schwiegervater Ihrer Schwester hier in Bückeburg tot aufgefunden worden ist?"

„Na, den üblichen Wahnsinn", lachte sie, „um wie viel Uhr genau?"

„So gegen halb acht."

„Da habe ich drei Kinder weggebracht. Zwei zur Schule und eins in den Kindergarten, und ich habe noch ein bisschen mit anderen Müttern geredet. Danach mussten die Hunde ausgeführt werden."

„Wachsen die noch?", fragte Peter mit Blick auf die Winzlinge, während er ein Stück Kuchen in seinen Mund schob.

„Nein, die bleiben so, das sind Toypudel", gab Toni bereitwillig Auskunft.

„Mir wären die zu klein. Sie sind ja nicht mal so groß wie meine Füße. Da hätte ich ständig Angst, einen zu ertreten." Sein Magen verlangte Nachschub. So ein Ministück Kuchen war nur dazu geeignet, noch mehr Appetit zu erzeugen. „Lecker, Ihr Frankfurter Kranz!"

„Danke", sagte sie, ohne ein weiteres Wort hinzuzufügen und zerstörte damit seine Hoffnung auf ein zweites Stück.

„Na, dann will ich mal wieder", seufzte er und stand auf. „Wie kamen Sie eigentlich mit Sophie klar?", wollte er noch wissen.

„Ganz gut. Sie war zwar ein richtiges Mamakind. Bei uns war sie trotzdem recht gerne. Das lag natürlich auch an den Kindern und den Hunden. So etwas hatte sie zu Hause nicht."

Peter nickte und trank seinen Kaffee aus. „Na, dann will ich Sie mal nicht länger aufhalten", sagte er, verabschiedete sich und fuhr wieder ins Büro. Allerdings nicht, ohne noch beim Bäcker Achter vorbeizufahren und zehn Stückchen Kuchen zu kaufen. Für die würde sich immer ein Abnehmer finden. Zwei davon hatte er bereits intus, als Detlef endlich kam und sich in seinen Stuhl fallen ließ.

„Mein Gott, was für ein unangenehmes Ehepaar, diese Ärzte von Bodenstein. Denen würde ich ja viel zutrauen, aber leider haben sie ein Alibi. Dafür gibt es genug Zeugen. Sie waren früh in der Klinik", sagte Detlef.

„Hmm", murmelte Peter, „willst du Kuchen? Bedien' dich einfach! Bei der Tochter war es ganz angenehm, aber sie hat auch etliche Mütter als Zeugen, die sie gesehen haben, als sie ihre Kinder zur Schule und zum Kindergarten gebracht hat. Da kommen wir also nicht weiter."

„Was für eine andere Bindung könnte es geben, die Dr. Friedhelm Görlitz nach Bückeburg hatte?", überlegte Detlef laut.

„Vielleicht eine Geliebte?", sagte Peter.

„Ist das nicht ein bisschen zu weit hergeholt? Das ist ein alter Mann", wandte Detlef ein.

„Ja und?"

„Nee, das glaube ich nicht", sagte Detlef.

In diesem Moment kam Wolf ins Zimmer und grinste bis über beide Ohren.

„Gibt es bei euch was Neues?", fragte er.

„Wir kommen auch nach dieser Zeugenbefragung erst mal nicht weiter", sagte Peter bedauernd, „alle haben ein Alibi für die Tatzeit, wenn es denn überhaupt ein Mord war. Was grinst du eigentlich so?"

„Ich habe gerade einen höchst interessanten Anruf erhalten und wollte euch jetzt mithören lassen, wenn ich Thorsten Büthe davon in Kenntnis setze. Dann brauche ich es nicht zweimal zu erzählen", erklärte Wolf.

„Du machst es aber spannend", sagte Detlef, während Wolf die Nummer vom LKA wählte.

Marianne saß auf dem Bett im Gästezimmer ihres Sohnes und hielt ihren Engel im Arm. Sie summte vor sich hin, als wollte sie ihm ein Einschlaflied singen. Dann begann sie zu sprechen:

„Ja, so ist es, Marie. Wir haben jetzt kein richtiges Zuhause mehr. Justus hat gesagt, wir können nicht zurück und hierbleiben können wir auch nicht. Verena will das nicht. Sie mag uns nicht.“ Sie summte wieder. „Ich könnte auch wegfliegen, aber ich bin zu schwer. Ich hab es mal von den unteren Stufen der Treppe versucht, aber dabei habe ich mir nur den Knöchel verstaucht.“

In diesem Moment klopfte es an die Zimmertür.

„Herein“, sagte Marianne.

„Frau Görlitz, ich bin es, Marga Blume. Wir haben uns schon kennengelernt. Sie malen wunderschöne Bilder. Darf ich Ihnen dazu ein paar Fragen stellen und das Gespräch aufzeichnen?“

„Ja, gerne“, antwortete Marianne und legte ihren Engel zur Seite.

„Ich habe mir alle Bilder ganz genau angesehen, Frau Görlitz, und mir ist etwas aufgefallen. Sie handeln alle vom Wasser. Ist das richtig?“

„Von Luft und Wasser. Von Luft ohne Wasser und Wasser ohne Luft.“

„Ah, interessant. Aber warum ist das Wasser in Ihren Bildern meistens rot oder orange? Wasser ist doch eher blau oder grün?“

„Nur kaltes Wasser ist blau oder grün. Mein Wasser ist warm und heiß.“

„Ich verstehe, die Farbe zeigt die Temperatur an. Und was haben die Engel damit zu tun? Auf manchen Bildern sind sie auch zu finden. Können Ihre Engel schwimmen?"

„Nein, sie schlafen in heißem Wasser ein. Wenn es wieder kalt wird, fliegen sie."

„Schlafen sie jeden Abend im heißen Wasser ein?", fragte Marga.

„Nein, nur einmal, danach fliegen sie für immer", erklärte Marianne.

„Ist das bei jedem Engel so?"

„Das weiß ich nicht, bei meinen schon", sagte sie und summte wieder.

„Ein schönes Lied, das Sie da summen!"

„Mendelssohn-Bartholdy. Es heißt ‚Denn er hat seinen Engeln befohlen über dir'".

„Wirklich wunderschön. Sagen Sie, die Engel, wie sind sie entstanden? Manche haben Köpfe aus Holz, manche aus Ton, Fimo oder Pappmachee, aber alle sehen so wie Sophie aus."

„Ich habe immer wieder ein Stück von ihr zum Engel gemacht. Sie lebt in all meinen Engeln weiter, meine Kleine."

„Sophie oder Marie?", fragte Marga provokant.

„Alles ist eins, wenn sie fliegen", sagte Marianne verklärt.

„Heißt Friedhelm jetzt auch Marie?"

„Bestimmt, wenn er ein Engel geworden ist."

Hier kam Marga nicht weiter. Aber sie hatte das Gefühl, dass etwas Verborgenes in Mariannes Worten gewesen war. Sie hatte ihr etwas mitgeteilt, was sie noch nicht ganz verstand. Aber sie hatte die Aufzeichnung. Sie würde sie wieder und wieder hören, dabei die Bilder betrachten und vielleicht würde sie irgendwann eine Eingebung haben.

„Darf ich Ihren Engel einmal sehen?", fragte Marga.

„Bitte schön, aber seien Sie vorsichtig mit Marie. Sie ist hier noch fremd."

Marga nahm die Puppe, die nur aus Kopf und Federn bestand, in die Hände. Dazu musste sie sie am Hinterkopf festhalten. Der war ganz schön schwer. Nachdenklich betrachtete sie das Antlitz des Engels.

„Sie sind ein echtes Genie, Frau Görlitz. Es ist so, als blicke man direkt in Sophies Gesicht."

„Das ist doch leicht. Einfach hautfarbene Knetmasse drum herum und ein bisschen formen. Die Haare habe ich von mir genommen und gefärbt. Auch die Augen sind selbst gemacht."

Marga schauderte es ein bisschen, als sie den Kopf mit dem schief geschnittenen Pony zurückgab, an dem ein Fetzen hauchdünner Stoff mit vielen Federn hing. Sie verabschiedete sich und steckte ihr Tonbandgerät ein.

Mittlerweile hatten die Beamten der Spurensicherung und des Kriminaldauerdienstes einige Dinge aus dem Haus der Görlitzens gesichtet. Auffällig war, dass bei den Tagebüchern eine Reihe von Jahren fehlte. Sie waren bis 1960 vollzählig. Das nächste begann in 1967. Sieben Jahre waren unauffindbar. Es war nicht anzunehmen, dass Dr. Friedhelm Görlitz, der augenscheinlich so akribisch Tagebuch geführt hatte, in den sechziger Jahren plötzlich einfach eine Zeit lang ausgesetzt hatte.

Vielleicht würden sie die fehlenden Bücher noch irgendwo finden. Thorsten Büthe hatte das aktuelle Tagebuch mitgenommen.

Er hoffte, aus den letzten Wochen von Friedhelm Görlitz Näheres über Ereignisse und Empfindungen zur Zeit von Sophies Verschwinden zu erhalten, und auch, was ihn an den Tagen vor seinem Ableben beschäftigt hatte.

Während er die handgeschriebenen Seiten des Arztes las, bekam er einen Anruf der Spurensicherung. Es war sein langjähriger Weggefährte Ingo Freund.

„Hallo Thorsten, wir haben ein Geheimfach im Safe gefunden. Es war voller Fotos von der kleinen Sophie, die ihr vermisst. Er hatte sowohl Portraitaufnahmen, aber auch etliche aus der Ferne aufgenommen. Ich nehme mal an, die Bilder sind aus einem Fenster des Hauses mit einem Teleobjektiv gemacht worden. Sophie auf der Schaukel, beim Bad im Planschbecken, im Sandkasten und so weiter."

„Interessant", sagte Thorsten Büthe, „also kann man mit Sicherheit sagen, dass er eine besondere Beziehung zu dem Kind hatte, welcher Art auch immer sie war."

„Das würde ich auch so sehen. Ein paar selbst gemalte Kinderzeichnungen lagen auch noch im Safe. Ich frage mich, warum er die dort untergebracht hat. Er konnte doch Bilder seiner Enkelin durchaus ganz legal im Zimmer liegen lassen oder an die Wand hängen."

„Es sei denn", wandte Thorsten ein, „seine Beziehung zu ihr war von unschicklicher Art. Diese Vermutung stand schon im Raum."

„Gut, wir machen erst mal weiter. Ich nehme mir jetzt den Keller vor", sagte Ingo. „Mal sehen, wie weit wir heute kommen." Er legte auf.

So viele Kinderbilder von Sophie, dachte Thorsten bei sich. Was für ein übersteigertes Interesse an dem Mädchen. Bei dem Wort Mädchen kamen ihm die Bilder aus dem Dachboden wieder in den Sinn. Das Ehepaar Görlitz hatte zwei Jungen. Dort oben war aber eindeutig Mädchenspielzeug eingelagert gewesen, das nicht so aussah, als habe es Sophie gehört. Das war es, was ihm so merkwürdig vorgekommen war. Er entschloss sich, Justus anzurufen. Vielleicht hatte der eine Erklärung.

„Görlitz!"

„Hallo Justus, ich bin's, Thorsten. Sag mal, auf eurem Boden steht altes Mädchenspielzeug. Damit werdet ihr euch doch nicht beschäftigt haben, dein Bruder und du, oder? Und Sophie wird es doch auch nicht gehört haben."

„Stimmt, das ist noch alter Kram von meiner Mutter. Sie hatten es heruntergeholt, damit Sophie etwas zum

Spielen hatte, wenn sie drüben bei den Großeltern war. Nach ihrem Verschwinden hat mein Vater es wieder auf den Dachboden gebracht. Er konnte den Anblick einfach nicht ertragen."

„Vielleicht weil er wusste, dass sie nie mehr wiederkommen würde?"

„Das ist absurd!", sagte Justus vehement. „Mein Vater liebte Sophie abgöttisch!"

„Möglicherweise zu sehr?", fragte Thorsten.

„Du bist geschmacklos", gab Justus zurück.

„Ich muss das fragen. Habt ihr irgendwann eine Veränderung an Sophie bemerkt? Ist sie stiller geworden, in sich gekehrter? Hatte sie Geheimnisse vor euch? Ging sie nicht mehr gerne zu deinen Eltern?"

„Tut mir leid, Thorsten, ich möchte das Gespräch jetzt beenden. Ich hoffe, du verstehst mich. Erst ist mein Kind weg, dann wird mein Vater ermordet und jetzt soll er auch noch seine eigene Enkelin missbraucht haben, oder was willst du mir mit deinen penetranten Fragen sagen?"

„Kein Mensch weiß, ob dein Vater ermordet worden, oder einem Unfall zum Opfer gefallen ist und alles andere sind nur Möglichkeiten, denen wir nachgehen müssen. Ich weiß, dass dich das verletzt. Wäre es dir lieber, mit jemandem darüber zu sprechen, den du nicht kennst?"

„Nein", sagte Justus resigniert.

„Na also. Denk einfach mal über meine Fragen nach, ganz in Ruhe. Etwas anderes beschäftigt mich noch. Dein Vater hat Tagebuch geführt. Es fehlen aber etwas mehr als sechs Jahre. Weißt du, wo die fehlenden Bücher sein könnten?"

„Nein, wirklich nicht. Stand denn da auch was über die letzten Wochen?"

„Das sichte ich gerade", erklärte Thorsten, „aber hab bitte Verständnis dafür, dass ich dir dazu ohnehin nichts sagen kann."

„Ich verstehe", sagte Justus und verstand überhaupt nichts mehr. „Bitte lass mich jetzt nachdenken. Wir hören uns."

„In Ordnung", antwortete Thorsten und legte auf.

Er kam sich schlecht vor und überlegte, den Fall abzugeben. Dann aber schimpfte er mit sich selbst, weil er den einfacheren Weg gehen wollte.

Also vertiefte er sich wieder in das Tagebuch und las, dass Dr. Friedhelm Görlitz sehr darunter gelitten hatte, dass Sophie spurlos verschwunden war. Das zeigte sich in jeder der täglichen Eintragungen. Auch hatte er viel Mitgefühl mit Verena gehabt. Er beschrieb die Verschlechterung ihres Zustandes, machte dafür die Psychopharmaka verantwortlich und musste doch tatenlos zusehen, wie sie mehr und mehr in ein Trauma verfiel.

Seinem Sohn sprach er wenig Trost zu, erwähnte ihn nur am Rande und fand ihn untätig und hilflos in der Beziehung zu Verena. Marianne schien für ihn überhaupt kein Thema zu sein, als ob sie für ihn gar nicht existierte.

Dann auf einer der letzten Seiten las Thorsten von Friedhelms Vermutung. Eine Idee, die ihn beschäftigt hatte und der er nachgehen wollte. Sie schien ihm selbst zu abwegig zu sein und doch war sie ihm immer wieder in den Sinn gekommen.

Das warf nun wieder ein anderes Bild auf Sophies Großvater, fand Thorsten, oder es waren geschickt formulierte Einträge, die den Leser in eine falsche Richtung führen sollten.

In diese Grübeleien klingelte sein Telefon und zeigte Wolfs Nummer an.

Mit gemischten Gefühlen fuhr Verena nach Bückeburg. Sie liebte ihre Schwester, obwohl sie beide so grundverschieden waren. Es war ihr jetzt als einziger Zufluchtsort erschienen, um für einige Zeit aus dem Alltag abzutauchen und etwas abgelenkt zu werden. In ihrem Leben lief alles schief, seitdem sie sich entschlossen hatte, Mutter werden zu wollen, dachte sie bei sich. Dabei war das doch ein ganz normaler Wunsch für eine Frau. Warum war es bei ihr so kompliziert gewesen? Dann der Lichtblick, als es endlich geklappt hatte. Das war ein Aufatmen gewesen, so als erlebe sie ein Wunder. Und das war es ja auch, wenn ein Kind im eigenen Leib heranwuchs. Wer das niemals erlebt hatte, konnte dieses Gefühl nicht begreifen. Diese ersten zarten Empfindungen, wenn sich das Kind plötzlich in einem bewegte. Die Zwiesprache, die sie mit Sophie gehalten hatte, das Streicheln des Babys durch die Bauchhaut. Sie erinnerte sich noch gut, wie sie darauf geachtet hatte, ruhige Musik zu hören, meist klassische, damit das Kind schon im Mutterleib Geborgenheit und Ruhe erfuhr. Auch auf die Ernährung hatte sie noch mehr geachtet als sonst und nur vollwertige, biologische Nahrung zu sich genommen. Alles schien perfekt, selbst die Geburt ließ sich gut ertragen. Dass das Baby komisch schrie, hatte sie anfangs nicht verwundert. Sie hatte keine Erfahrung mit Neugeborenen. Es war ihr Schwiegervater gewesen, der zuerst sorgenvoll einige Bemerkungen gemacht hatte und dann später seinen Sohn, der ebenfalls Arzt war, ins Vertrauen gezogen hatte. Ohne Verenas Wissen war damals ein genetischer Test veranlasst worden. Nachdem das Ergebnis vorlag, hatte er nicht gewusst, wie er es ihr erklären sollte. Das langersehnte Kind war behindert.

Bis heute konnte sie Justus nicht verzeihen, dass er es ihr nicht sofort gesagt hatte. Sie war in dem Glauben geblieben, ein normales Kind zu haben. Erst als sich die verzögerte Entwicklung nicht mehr erklären ließ, hatte er ihr die Wahrheit gesagt. Danach war nichts mehr wie zuvor gewesen. Sie hatte sich zurückgezogen, auch von Justus, um dem benachteiligten Wesen, für dessen Entstehung sie das Menschenmögliche getan hatte, all ihre Liebe zu schenken.

Die mitleidigen Blicke der Familienangehörigen waren schwer zu ertragen gewesen. Niemand verstand augenscheinlich, dass sie selbst Sophies Behinderung einfach als eine Variante des Lebens empfand.

Bisher hatte sie zu wenig Kraft gehabt, um wirklich um Friedhelm trauern zu können. Der Wahnsinn war in einer Welle über ihr zusammengeschlagen. Kind weg, Ehe kaputt, Schwiegervater tot und dann noch der Aufenthalt von Marianne im eigenen Haus. Das war alles in allem zu viel gewesen. Auch die Medikamente konnten ihr nicht wirklich helfen. Sie machten dumpf, doch die Realität war trotzdem noch da. Vielleicht gelang es ihr, bei ihrer Schwester etwas Ruhe zu finden. Sie hoffte auch auf gute Gespräche mit Toni, die ihr weiterhelfen würden.

Thorsten Büthe, der sofort gesehen hatte, dass sein Freund und Kollege Wolf Hetzer ihn anrief, streckte sich und drückte die grüne Taste auf seinem Handy.

„Na, Wolf, grüß dich, gibt's was Neues?"

„Das kann man wohl sagen. Ich habe etwas sehr Interessantes für dich, das den ganzen Fall Dr. Friedhelm Görlitz und vielleicht auch das Verschwinden von Sophie in einem völlig neuen Licht erscheinen lässt."

„Eine Tatsache oder eine Vermutung?"

„Nein, eine Tatsache. Unsere Rechtsmedizinerin hat etwas Entscheidendes herausgefunden. Eigentlich mehr durch Zufall und auf ihre eigene Eingebung hin. Justus ist nicht Sophies Vater."

Stille.

„Bist du noch dran?", fragte Wolf.

„Ja, aber ich musste jetzt erst mal Luftholen. Du weißt, dass ich mit Justus befreundet bin."

„Ja, weiß ich. Das macht für dich sicher alles nicht leichter, Thorsten."

„Kann sie denn sagen, wer der wirkliche Vater von Sophie ist?"

„Kann sie. Es ist ein bisschen pikant, denn es ist Friedhelm."

„Ich fasse es nicht. Das ändert in der Tat die Sachlage. Wir müssen in vielen Punkten um- oder weiterdenken. Danke, Wolf. Wie ist sie denn überhaupt auf die Idee gekommen, das zu untersuchen?"

„Es ging doch darum, zu überprüfen, ob es DNA-Anhaftungen von Sophie auf Friedhelms Kleidung gab. Sie hat sich die DNA von Sophie aus Hannover schicken lassen. Bei der Untersuchung der erblichen Bausteine von Friedhelm ist ihr aufgefallen, dass er einen Gendefekt hat. So ganz genau kann ich dir das nicht erklären. Irgendein Teil eines Chromosoms ist abgebrochen und hat woanders angedockt. Darum ist er wohl gesund, kann aber diese Behinderung, die Sophie hat, weitervererben. Das kam ihr komisch vor. Daraufhin hat sie aus einer inneren Eingebung heraus einen Vaterschaftstest gemacht und siehe da: Friedhelm Görlitz ist nicht der Opa, sondern der Vater."

„Ich frage mich", sagte Thorsten, „ob Justus das gewusst hat."

„Oder Friedhelms Frau!"

„Ich muss jetzt erst mal nachdenken, Wolf. Können wir später telefonieren? Ich muss auch das Ermittlerteam informieren."

„Das verstehe ich. Wir sprechen uns wieder."

„Vielen Dank. Bitte grüß deine Rechtsmedizinerin von mir. Scheint ein echtes Ass zu sein und auch über den Horizont hinauszudenken. Wie hieß sie gleich noch? Ich habe sie ja mal auf deiner Geburtstagsfeier kennengelernt."

„Dr. Nadja Serafin. Ich grüße sie gerne. Wir hören uns in Kürze wieder, denke ich."

„Ganz bestimmt schon bald."

Thorsten Büthe legte auf und steckte das Handy ein. In seinem Kopf explodierten die Gedanken wie Feuerwerke. Es war noch gar nicht abzusehen, welche Schlussfolgerungen sich aus dieser neuen Erkenntnis ergeben konnten.

Marianne saß auf ihrem Bett und sprach ganz leise mit ihrer Engelspuppe, als Justus eintrat. Er beobachtete sie. Sie schien ihn überhaupt nicht zu bemerken. Für sie war er nicht da. Justus hatte ein echtes Problem. Er konnte nicht einschätzen, ob er seine Mutter allein lassen konnte. Um dies herauszufinden, hatte er sich ein paar Tage freigenommen.

Auch wenn seine Eltern nebenan gewohnt hatten, hatte es doch sehr wenig Berührungspunkte gegeben. Wenn er ehrlich zu sich selbst war, musste er zugeben, dass er daran nicht ganz unschuldig war. Seinen Vater hatte er lieber zu sich eingeladen. Das elterliche Haus mied er, weil er seine Mutter so anstrengend fand. Auch wenn sie lieb war, war ihre verrückte Art schwer zu ertragen. Darum ging er ihr lieber aus dem Weg, wenn es möglich war. Das ganze Engelsgeschwafel ging ihm auf die Nerven und die grellen Bilder erdrückten ihn. Seitdem sie nun auch noch diese Engelspuppen fertigte, fiel es ihm noch schwerer, das Haus zu betreten, weil sie alle so aussahen wie Sophie.

Justus beobachtete seine Mutter, die so ganz entrückt mit diesem Kopf sprach, an dem nur ein Fetzen Stoff und ein paar Federn hingen, und versuchte zu verstehen, was sie sagte, aber es war unmöglich.

„Mutter“, sagte er sanft, „wir müssen uns unterhalten.“

„Moment!“, antwortete sie. „Ich muss erst Marie zu Bett bringen.“

Liebevoll deckte sie Stoff und Federn zu und summte ein Lied, das ihm bekannt vorkam.

„So, mein Junge, was ist denn?“, fragte sie leise und machte „Psst! Wir müssen flüstern, sonst wacht sie wieder auf.“

Justus wusste, dass es keinen Zweck hatte, etwas dagegen zu sagen.

„Mutter, wir müssen uns überlegen, wo du in Zukunft leben wirst, jetzt, wo Vater tot ist.“

„Wieso? Ich habe doch ein Zuhause.“

„Da kannst du doch nicht bleiben, so ganz allein.“

„Ich bin nicht allein. Marie ist überall.“

Justus stöhnte innerlich.

„Dann nimmst du sie mit.“

„Wohin denn?“

„Vielleicht in eine kleine Wohnung?“ Er stellte sich betreutes Wohnen vor. Dann konnte sie in gewisser Weise noch zum Teil selbstständig bleiben.

„Das geht nicht.“

„Warum nicht?“

„Ich bin noch nicht fertig mit Marie.“

„Was soll das heißen?“

Aber er bekam keine Antwort. Seine Mutter hatte wieder zu summen begonnen.

„Wann kann ich zu ihr zurück?“, flüsterte Marianne leise. „Sie ist doch einsam ohne mich im Haus.“

„Ich denke, sie ist hier? Du hast sie doch gerade zu Bett gebracht.“

„Auch, aber die anderen alle ... wann kann ich zu ihr zurück?“

„Bald“, sagte Justus, der keine Lust mehr auf dieses sinnlose Gespräch hatte. Er entschloss sich, für seine Mutter eine Pflegekraft anzustellen. Die konnte anschließend auch mit in ihr eigenes Haus übersiedeln.

Das wäre erst einmal eine gute Übergangslösung. Ihm blieb überdies die Nähe seiner Mutter erspart.

Als Verena nach Bückeburg hineinfuhr sah sie, dass sich doch schon wieder einiges verändert hatte. Wenn man so selten in die Heimat kam, war man jedes Mal erstaunt. Sie war von der A2 abgefahren und über die Steinberger Straße in die Stadt gekommen. Ein wehmütiges Gefühl überkam sie und mit ihm der Gedanke an ihre Kindheit. Es gab ihn noch, den Blumenladen an der Schulstraße und auch die Buchhandlung Scheck. Dann rechts die Boutique Medea, in der sie immer etwas Außergewöhnliches fand, wenn sie einmal hier war. Sogar Eisen-Brandt existierte noch. Ein echtes Unikum. Das beruhigte sie irgendwie, denn dort war sie schon als kleines Kind mit ihrer Großmutter zum Einkaufen gegangen. Hier bekam man auch einzelne Schrauben und alles für den Haushalt oder die Modelleisenbahn. Noch heute sah der Laden aus, als ob man das Jahr 1930 schrieb. Die Zeit war hier stehen geblieben. Geheizt wurde mit einem alten Ofen, auf dem ein Wasserkessel stand. Sie sah sich selbst dort stehen an der Hand ihrer Großmutter. Klein, noch unschuldig und ohne Ahnung, was das Leben mit ihr vorhaben würde.

Energisch wischte sie die Gedanken beiseite und fuhr an der „Quickteria“ rechts ab in die Ulmenallee. In wenigen Minuten würde sie da sein.

Toni öffnete mit einem Grinsen.

„Na, Schwesterherz, alles klar?“

„Geht so“, antwortete Verena. „War schon mal besser.“

Da kamen auch schon die Zwillinge angelaufen mit Jane im Schlepptau.

„Hallo Tante", riefen sie. Jane kletterte auf ihren Schoß.

„Willst du einen Kaffee?", fragte Toni. „Frankfurter Kranz habe ich auch."

„Lecker", rief Jane, „kann ich auch einen?"

„Ihr kriegt alle einen, das ist doch wohl klar. Auch wenn der dicke, große Kommissar heute schon zugeschlagen hat. Der hätte bestimmt gerne noch ein weiteres Stück gegessen, aber ich hab ihm keins angeboten!", sagte Toni schmunzelnd.

„Du hattest Besuch von einem Kommissar?"

„Ja, wegen deines Schwiegervaters."

„Was hast du denn mit ihm zu tun?"

„Weiß ich auch nicht, aber der Kommissar, Kruse hieß er, glaube ich, wollte wissen, was ich an dem Morgen gemacht habe, als er starb."

„Das ist ja bekloppt. Sie verdächtigen dich? Die wissen wohl nicht weiter, wie?"

„Kann sein, bei unseren Eltern waren sie auch schon."

Verena schüttelte den Kopf. „Unglaublich."

„Wer hat was gemacht?", fragte Liv, die nur mit einem Ohr zugehört hatte.

„Ach, nichts", sagte Toni, „nun nehmt euch euer Stück Kuchen mit aufs Zimmer. Ich möchte mich in Ruhe mit eurer Tante unterhalten."

„Menno", maulte Grit und nahm sich einen Kuchen.

„Ich bin doch noch ein bisschen länger da", versprach Verena. „Schaut mal in meine blaue Tasche. Da ist was für euch drin. Die Namen stehen drauf."

„Super, Geschenke", kreischte Jane und war die Erste im Flur.

„Was für eine Rasselbande", stöhnte Toni.

„Sei froh, dass du sie hast", sagte Verena mit Wehmut in der Stimme und dachte an Sophie. Eine Träne löste sich aus ihrem rechten Auge.

„Sie wird bestimmt bald wieder da sein, du wirst sehen!", beruhigte Toni ihre Schwester, setzte sich neben sie und nahm sie in den Arm.

„Aber ihr Vater nicht", schluchzte Verena, „der einzige Mensch außer mir, der sie wirklich richtig liebte."

„Du kannst doch zu ihm zurückgehen, wenn du Sehnsucht nach Justus hast, aber hattest du nicht gerade ihm vorgeworfen, dass es ihm an Zuneigung fehlte?" Toni war verdutzt.

Verena winkte ab. „Ich gehe nicht zu Justus zurück und er ist auch nicht Sophies Vater."

Toni war für einen Moment sprachlos. „Wie, er ist nicht ihr Vater? Wer denn sonst?"

„Friedhelm!"

„Dein Schwiegervater?"

„Ja!", sagte Verena leise.

„Das ist ja ein Ding!", staunte Toni.

„Ich konnte nicht schwanger werden von Justus. Friedhelm wusste das, weil sein Sohn sich bei ihm ausgeheult hat und da hat er mir angeboten, dass wir es probieren sollen, bis es geklappt hat. Es war ein rein mechanischer Vorgang für mich. Ein Akt der Befruchtung. Ich liebte Justus und wollte ihn zum Vater machen."

„Echt krass!", sagte Toni. „So etwas Abgefahrenes hätte ich dir gar nicht zugetraut."

Ein leichtes Lächeln zeigte sich in Verenas Augenwinkeln. „Ich war so gerne schwanger", erklärte sie, „das war meine schönste Zeit. Aber dann, kurz nach Sophies Geburt, fiel Friedhelm auf, dass etwas mit ihr nicht stimmte. Er sprach aber nur mit Justus darüber, nicht mit mir."

„Und dann?"

„Justus machte einen Gentest und stellte fest, dass Sophie das Katzenschrei-Syndrom hat. Aber er sagte es mir eine Zeit lang nicht. Ich spürte nur, dass sein Verhalten sich veränderte. Er kümmerte sich kaum noch um sie. Das tat mir weh. Ich verstand es erst, als er mit der Wahrheit herausrückte. Danach war alles anders. Ich hatte eine behinderte Tochter und einen Mann, der sie nicht wollte."

„Was hat Friedhelm dazu gesagt?"

„Es hat ihm unendlich leidgetan. Er liebte Sophie trotzdem. Er liebte sie, wie sie war."

„Und Justus? Hat er was gemerkt?"

„Nein, du bist die Erste, der ich das erzählt habe. Es wussten nur Friedhelm und ich. Aber jetzt ist es sowieso egal. Er ist tot. Von Justus werde ich mich trennen. Es hat keinen Sinn mehr, diese Ehe weiterzuführen. Ich überlege, mir hier in Bückeburg eine Wohnung zu nehmen. Auch darum bin ich hier. Ich gehe jetzt auf mein Zimmer. Entschuldige mich bitte."

Toni nickte. Ihre Schwester tat ihr leid. Was für eine Geschichte! Im Nachhinein musste sie ihrem Frauenarzt recht geben, der einmal gesagt hatte, dass Frauen alles tun würden, um entweder schwanger zu werden, aber auch alles, um eine ungewollte Schwangerschaft zu verhindern. Jetzt hatte sie das lebendige Beispiel in ihrer Schwester vor Augen. Sie hatte sich vom eigenen Schwiegervater ein Kuckuckskind machen lassen.

Wer wusste von Friedhelms Vaterschaft? Das fragten sich die ermittelnden Kommissare, die nun auch davon ausgehen mussten, dass dies ein mögliches Motiv für das Ableben von Friedhelm Görlitz gewesen sein könnte, falls jemand davon Kenntnis gehabt hatte.

In Bückeburg saßen Wolf, Peter und Detlef zusammen und grübelten.

„Mal gesetzt den Fall, es hat einer gewusst, ist doch trotzdem nicht klar, wie oder warum Dr. Friedhelm Görlitz zu Tode gekommen ist", sagte Peter.

„Die Frage, ob Mord, Totschlag oder Unfall wird sich vielleicht erst klären, wenn wir denjenigen befragen können, der dabei oder in der Nähe war, als Görlitz fiel. Ich sage das bewusst so vorsichtig", ergänzte Detlef.

„Ja, es hilft uns hier im Moment nicht weiter. Wir können höchstens noch einmal die Angehörigen befragen, ob sie wussten, dass Friedhelm Görlitz Sophies Vater ist", schlug Wolf vor, „aber ich möchte mich vorher erst mit Thorsten Büthe besprechen, ob wir diese Katze schon aus dem Sack lassen sollten."

„Du glaubst doch nicht im Ernst, dass einer das überhaupt zugeben würde?", fragte Peter.

„Nicht wirklich", antwortete Wolf.

„Nur ein Blödmann", fügte Detlef hinzu.

„Dann können wir das auch erst mal lassen", entschied Wolf. „Hat diese Tatsache eventuell auch Einfluss auf das Verschwinden des kleinen Mädchens gehabt?"

„Der falsche Vater, dieser Justus, könnte sie aus dem Weg geschafft haben, falls er festgestellt hat, dass sie nicht seine Tochter war, oder weil sie ihm als behindertes Kind ohnehin lästig fiel."

Peter führte den Gedanken weiter. „Genau, und unser Toter, dieser Friedhelm, hat davon Wind bekommen, was sein Sohn gemacht hat und hat ihn zur Rede gestellt. Dabei kann er absichtlich oder unabsichtlich ums Leben gekommen sein."

„An sich kein schlechter Gedanke", bestätigte Wolf, „aber warum ist er dann in Bückeburg umgekommen, wenn beide in Hannover wohnten. Das ist doch unlogisch."

„Verschleierungsgründe?", warf Detlef in den Raum.

„Eher unwahrscheinlich", wandte Wolf ein. „Ich schlage vor, jeder macht sich jetzt ein paar Gedanken und schreibt Stichpunkte auf. Thorsten wird inzwischen sicher Justus Görlitz befragen und uns anschließend informieren. Dann tragen wir alles zusammen und besprechen uns erneut."

In Hannover saß Thorsten Büthe mit Marga Blume zusammen. Thorsten hatte sie gebeten, sich des letzten Tagebuches von Friedhelm zu widmen. Er selbst kam nicht dazu. Die neuesten Erkenntnisse warfen ihren Schatten auf beide Fälle. Marga war erstaunt gewesen, als sie von den aktuellen Ermittlungsergebnissen erfuhr.

„Das gibt es öfter als man denkt, dass ein Vater nicht der biologische Vorfahre eines Kindes ist. Die Not der Mütter, Nachwuchs produzieren zu müssen oder zu wollen, zieht sich durch alle Jahrhunderte. So manch ein Kurschatten ist dadurch schon unbewusst zum Erzeuger geworden. Früher, im neunzehnten Jahrhundert zum Beispiel, sind junge Frauen aus wohlhabenden Verhältnissen sogar absichtlich zur Kur geschickt worden, wenn sie nicht schwanger wurden", erklärte Marga. „Eigentlich eine familienfreundliche Idee, solange niemand dahinter kommt, denn alle sind zufrieden."

„Ja, aber wenn doch, kann es zur Katastrophe kommen. War das auch hier der Fall?", überlegte Thorsten.

„Es könnte sein. Wir müssen es herausfinden. Sollte Justus Görlitz mit der Tatsache konfrontiert werden, dass er nicht Sophies Vater ist?", fragte Marga. „Seine erste Reaktion wird uns Aufschluss geben, ob es für ihn neu ist."

„Das wird ein ganz entscheidender Moment in der Ermittlung sein. Ich möchte dich dabeihaben. Du musst ihn ganz genau beobachten, wenn ich ihn befrage."

Sie nickte. „Überleg mal, was das für Auswirkungen auf die Beziehung zu seinem Vater oder seiner Frau gehabt haben kann, wenn er davon wusste."

„Ich denke, der Zeitpunkt könnte auch wichtig gewesen sein, an dem er dies erfahren hat. Schon in der Schwangerschaft, oder erst nach der Geburt oder erst kürzlich?", gab Thorsten zu bedenken.

„Ist dies nun die Verbindung zwischen Sophies Verschwinden und Friedhelms Tod, die wir gesucht haben?"

„Möglich, aber vielleicht war er gänzlich ahnungslos. Wir müssen jetzt als Nächstes dringend Justus und Verena befragen. Ich bestelle sie ein."

Doch dazu kam er erst einmal nicht, weil sein Telefon klingelte. Ingo Freund von der Spurensicherung hatte etwas höchst Interessantes entdeckt.

Die ganze Nacht über hatte Justus nachgedacht. Egal ob Sophie zurückkehrte oder nicht, seine Ehe war zerrüttet. Jetzt, als Verena fort war, fühlte er eigentlich nur Erleichterung. Die vergangenen Wochen waren sehr schwierig gewesen. Es hatte sich gezeigt, dass das Leid sie nicht intensiver zusammengeschweißt, sondern immer weiter voneinander entfernt hatte. Sie verstanden sich auf keiner Ebene mehr. Egal was der eine oder andere tat, kam beim Gegenüber falsch an. Vielleicht, weil es so aufgefasst werden wollte. Es war, als redeten sie in unterschiedlichen Sprachen miteinander. Er glaubte nicht daran, dass dieser Prozess umkehrbar war.

Nun war sie fortgegangen. Erst einmal zu ihrer Schwester nach Bückeburg, aber irgendwie wusste er genau, dass sie niemals zurückkehren würde zu ihm und wenn er ehrlich war, wollte er es auch nicht mehr. Das war vor Kurzem noch anders gewesen, aber die letzten, sehr verletzenden Aussagen von Verena hatten etwas in ihm unwiederbringlich zerstört. Es war so, als habe sie am Seil der Guillotine gezogen. Mit Worten hatte sie ihn enthauptet und damit die Seele seiner Liebe getötet.

Jetzt gab es mehrere Möglichkeiten, überlegte er. Wenn sie weiterhin in Hannover leben wollte, konnte er ihr das Haus überlassen und in das seiner Eltern nach nebenan ziehen. Ob das geschickt war, wenn man sich gelegentlich sah, darüber musste er erst noch nachdenken. Das Elternhaus wollte er so umbauen, dass er und seine Mutter eine abgeschlossene Wohnung hatten. Für sie würde er, wie schon beschlossen, eine Pflegekraft organisieren, die sie rund um die Uhr betreute. Kam Verena nicht nach Hannover zurück, würde er schweren Herzens das Haus verkaufen und sie auszahlen.

Er hoffte, dass die Beamten bald drüben mit ihren Untersuchungen fertig sein würden, damit er mit dem Umbau beginnen konnte. Es war auch eine Flucht aus dem eigenen Haus, in dem zu viele Erinnerungen wohnten, die er nicht länger haben wollte.

Ingo Freund liebte diese alten Jugendstilvillen. Er freute sich, dass er endlich einmal in so einem alten Gebäude ermitteln konnte. Besonders interessant waren für ihn schon immer die Dachböden und Keller solcher Häuser gewesen. Da fanden sich Dinge aus mehreren Generationen, zum Teil wirklich Historisches und manche wirklich wertvolle Antiquität, aber auch Ramsch, der, weil er alt war, ebenfalls einen besonderen Charme hatte. Schon die Treppe zum Keller war im Hause der Familie Görlitz etwas Besonderes, da sie augenscheinlich niemals renoviert worden war. Thorsten Büthe hatte ihm erzählt, dass das Haus in der Gretchenstraße schon seit Generationen im Familienbesitz gewesen war.

Die Holzstiege, die er jetzt hinunterging, war in der Mitte bereits ziemlich ausgetreten. An der Wand hingen rostige Metallgegenstände, unter anderem ein Hufeisen, das einem Kaltblüter gehört haben musste, und eine alte Fuchsfalle. Sogar Großvaters Reitstiefel hingen dort. Sie waren staubig und faltig vom langen Gebrauch, sahen aber so aus, als ob sie die Zeit unbeschadet überstanden hatten. Das Leder war in Ordnung.

Der Boden des Kellers bestand aus roten Ziegeln oder gestampften Lehmböden. Gewölbeartig war die Decke angelegt worden, die ihm selbst ziemlich niedrig erschien. In der Ecke unter der Treppe befand sich ein riesengroßes Regenrückhaltebecken, das aber wohl mittlerweile undicht geworden war. Auf jeden Fall stand kein Wasser darin, obwohl es vor Kurzem noch heftig geregnet hatte. Er vermutete, dass die Dachrinnen dorthinein abgeleitet wurden und nicht in die öffentliche Kanalisation. Die Größe des Beckens betrug nach seinen Messungen drei mal vier Meter mit einer Höhe von ein Meter fünfzig. Achtzehn Kubikmeter Wasser fasste das Becken also. Damit konnte man schon etwas anfangen, fand Ingo. Er fragte sich allerdings auch, ob der Keller dadurch, wenn das Wasser hier stand, auch feuchter wurde. Vielleicht hatte man sich deswegen in jüngerer Zeit entschlossen, alles einfach abfließen zu lassen. Von dem Becken aus floss es wohl in das unterirdische Brunnensystem, in das man über einen Zugang in der Mitte des Raums gelangte, denn dort war eine große Eisenklappe, die hinunterführte. Ingo hob sie an und leuchtete mit seiner Taschenlampe ins Schwarze. Gemauerte Wände und eine Rinne, in der etwas Wasser stand. Irgendwo plätscherte es leicht und er meinte, etwas entfernt das Quieken von Ratten gehört zu haben. Aber vielleicht hatte er sich auch verhört. Hier würden sie später auch noch hinuntermüssen.

Ingo schloss die Klappe und schnupperte in die Luft. Es roch trotzdem leicht modrig hier unten, wenn auch nicht schimmelig oder muffig. Dafür waren möglicherweise das Brunnensystem und die alten Sandsteinwände verantwortlich, in denen das Wasser gespeichert wurde.

Aber die alten, undichten Fenster sorgten dafür, dass trotzdem genug Belüftung vorhanden war. Sonst hätte es hier unten massive Schimmelprobleme gegeben, vermutete Ingo. Er ging in den ersten Raum, der wohl früher für die Lagerung von Marmeladen und Eingemachtem gedient hatte. Auf den Regalböden standen immer noch zum Teil gefüllte Gläser mit eingelegten Gurken oder Kirschen, die in ihrer Flüssigkeit schon braun geworden waren. Weiter hinten fand er dunkelrote Marmelade. Sie war mittig eingetrocknet. Es war nicht mehr zu sagen, aus welcher Frucht sie einmal hergestellt worden war. Nach dem Kohlenkeller kam er in den Kartoffelkeller. Die Holzkästen waren noch vorhanden, wenn auch ungefüllt. Es roch nach Erde. Ingo fühlte sich in seine Kindheit versetzt. Auch Gerüche waren Erinnerung. Er selbst war früher für seine Großmutter in den Keller gegangen, um Kartoffeln hochzuholen. Der Duft von Holz und Erde erinnerte ihn an damals. Heutzutage kauften die Menschen ihre Kartoffeln frisch, dachte er bei sich, und so gingen den nachfolgenden Generationen auch Gerüche verloren, genauso wie Lieder oder Worte, die nicht mehr gebraucht wurden.

In der Waschküche fand er moderne Geräte vor, aber auch eine Leine mit historischen Holzklammern und eine Wäscheschleuder aus den sechziger Jahren. Mitten im Raum war ein Abfluss.

Bisher alles ziemlich unspektakulär, fand Ingo und ging weiter in den Werkzeugkeller, der ihn ganz besonders faszinierte, da hier seit Generationen immer neue Schraubenzieher, Spachtel, Zangen etc. hinzugekommen waren. Bei einigen Werkzeugen war das Holz so abgegriffen, dass man vermuten konnte, sie seien aus der Zeit von 1890, als das Haus erbaut worden war.

Hier hielt sich Ingo etwas länger auf und bewunderte auch die alte Werkbank und den Schrank, dessen Schubladenteile noch durch verzahnte Bretter zusammengefügt worden waren. Haltbar für die Ewigkeit, dachte Ingo, nicht so ein billiger Schrott, der keine zwei Umzüge aushielt.

Die Vorfahren der Görlitzens waren nicht umgezogen. Es fanden sich Spuren ihrer Vergangenheit in allen Ecken des Kellers.

Im Heizungskeller hatte die Moderne mit einem Gaskessel neuerer Art Einzug gehalten. Der Raum war klein und fensterlos. Als Ingo um die nächste Ecke kam, stutzte er. Hier stimmte etwas nicht. Er holte sich die alten Hauspläne, die er im Safe gefunden hatte. Die Hausgrundfläche bestand aus einem Quadrat. Im Keller schien jedoch ein Bereich zu fehlen. Es kam ihm so vor, als ob ein Raum gänzlich ausgespart war und zwar zwischen Heizungs- und Vorratskeller. Er zeichnete die Kellerräume auf ein Stück Papier und fand seine Vermutung bestätigt. Ein Raum musste zugemauert worden sein, aber warum?

Ingo ging die Kellerstufen hoch und um das Haus herum bis zu der Stelle, wo er den verborgenen Teil vermutete. Tatsächlich war dort unter der Veranda noch ein Fenster, das er von innen nicht gesehen hatte. Es war vollkommen von Spinnweben überzogen und gewährte ihm deshalb keinen Einblick. In Ingo Freund kribbelte es. Er rief Thorsten Büthe an. Sie mussten wissen, was hinter der Mauer im Heizungskeller war.

Nach kurzer Rücksprache mit der Staatsanwaltschaft erhielt er die Erlaubnis zum Durchbrechen der Wand.

Als Thorsten Büthe Justus ins Präsidium einbestellen wollte, bat sein Freund ihn, doch zu ihm nach Hause zu kommen. Er hatte noch keine Betreuung für seine Mutter und wollte sie nicht allein lassen. Bei diesem Gepräch erfuhr er ebenfalls, dass Verena nun tatsächlich Hannover verlassen hatte und zu ihrer Schwester nach Bückeburg gereist sei. Das war gegen die Abmachung gewesen, denn er hatte sie gebeten, sich hier vor Ort zur Verfügung zu halten, wenn es etwas Neues wegen Sophie gab. Wahrscheinlich glaubte sie nicht mehr daran, dass ihre Tochter zurückkam. Aber gaben Eltern jemals die Hoffnung auf?

Er würde Wolf bitten müssen, Verena wegen der Vaterschaft zu befragen, oder selbst nach Bückeburg fahren. Bei genauerer Überlegung entschloss er sich zu Ersterem, weil er sicher sein wollte, dass Verena und Justus sich nicht heimlich besprechen konnten. Er hob den Hörer ab.

„Hallo Marga, hier ist Thorsten, ich brauche dich heute noch zur Befragung von Justus. Er hat aber darum gebeten, dass wir zu ihm kommen. Ist das möglich?"

„Ja, das kann ich einrichten. Holst du mich ab?", bat Marga.

„Kein Problem, sagen wir so in einer halben Stunde?"

„Gut, dann richte ich mir das ein. Bis gleich, Thorsten."

„Ja, tschüss, ich bin in knapp dreißig Minuten bei dir."

Er legte auf. Dann wählte er Wolfs Handynummer, erklärte ihm kurz die Situation und bat ihn, mit Verena zu sprechen.

Justus stand schon an der Tür, als Marga und Thorsten eintrafen. Er goss gerade die Buchsbaumkugeln, die rechts und links des Eingangsportals standen.

„Tja, wenn die Frau nicht mehr da ist, muss man alles selbst machen", sagte er.

„Es hört sich so an, als rechnetest du nicht damit, dass sie wiederkommt", merkte Thorsten an.

„Tue ich auch nicht, aber ich will es auch nicht."

„Wieso?"

„Wir sprechen nicht mehr dieselbe Sprache. So einfach ist das, aber nun kommt erst mal rein", bat Justus Görlitz.

„Wer ist da, mein Junge?", rief seine Mutter Marianne von hinten.

„Nur der Kommissar mit Begleitung", antwortete Justus.

„Die nette Dame von neulich?", wollte Marianne wissen.

„Ja, genau die, aber sie wollen heute mit mir sprechen, Mutter. Bleib du bitte auf deinem Zimmer."

„Ich möchte aber in den Garten gehen. Marie braucht frische Luft."

„Dann mach das, Mutter, ich bringe dir später eine Tasse Kaffee raus", sagte Justus.

„Möchten Sie auch welchen?", fragte er Marga, „und du auch?", sagte er an Justus gewandt.

„Ja, vielen Dank", antwortete die Psychologin und Thorsten nickte ebenfalls.

„Gehen wir doch ins Esszimmer", bat Justus, „da sind wir für uns und ich habe meine Mutter gut im Blick."

Marga und Thorsten nahmen am Tisch Platz und beobachteten Marianne, während Justus noch in der Küche beschäftigt war.

Die alte Dame hielt ihre Engelspuppe im Arm und schlenderte durch den Garten. Es sah so aus, als ob sie summte oder sang. Marga erhob sich, um sie besser im Auge behalten zu können. Marianne schien ihr Garten zu fehlen, denn es zog sie an die Grenze zu ihrem eigenen Grundstück. Dort blieb sie stehen und rührte sich nicht.

Justus nickte, als er zurückkam.

„Dort steht sie oft und schaut zu sich hinüber. Sie hat eine starke Bindung an ihr Zuhause", sagte er.

„Das haben viele Menschen. Sie nicht?", fragte Marga Blume.

„Ach, ich weiß nicht. Ich glaube eher, dass das bei mir nicht so stark ausgeprägt ist. Da hänge ich schon eher auch am Haus meiner Eltern, weil ich dort aufgewachsen bin. Wir haben das Nachbarhaus damals gekauft, als meine Eltern davon erfuhren, dass es veräußert werden sollte. Zu diesem Zeitpunkt waren wir schon ein paar Monate auf der Suche gewesen. Es passte einfach. Das Haus ist schön, die Nähe zur Familie praktisch", erklärte Justus.

„Manch einer ist eher froh, wenn er möglichst weit weg ist", sagte Thorsten. „Nähe kann auch belastend sein. Hast du dich immer gut mit deinen Eltern verstanden?"

„Ja, das kann man so sagen. Gut, meine Mutter ist etwas wunderlich, aber das war damals nicht so schlimm wie heute. Außerdem war sie immer sehr liebenswert zu mir und meinem Bruder. Wir hatten in unserer Kindheit und Jugendzeit nichts auszustehen.

Vater hat sich trotz seines anstrengenden Berufes auch um vieles gekümmert."

„Man kann also sagen, dass Sie ein gutes Verhältnis zu Ihrem Vater hatten?", fragte Marga.

„Absolut. Wir waren wie Freunde, die sich achteten und respektierten. Er fehlt mir sehr."

„Und es gab niemals Probleme zwischen euch?", fragte Thorsten.

„Nein, nie!"

„Hast du gewusst, dass er der Vater von Sophie war?", fragte Thorsten und Marga beobachtete ihn in diesem Moment genau. Justus verschluckte sich und begann zu husten.

„Ja", gab er zu und wurde rot.

„Seit wann weißt du das?", wollte Thorsten wissen.

„Mein Vater hatte nach ihrer Geburt sehr schnell erkannt, dass Sophie nicht gesund war. Keine Ahnung, warum. Sie schrie zwar etwas schrill, aber ich hätte trotzdem nichts vermutet. Doch mein Vater fing immer wieder davon an, dass etwas nicht in Ordnung sein könnte. Er ließ einfach nicht locker. Daraufhin habe ich ihr Erbgut untersuchen lassen. Es hat sich tatsächlich herausgestellt, dass sie behindert ist."

„Du hast meine Frage nicht beantwortet. Seit wann weißt du, dass Friedhelm Sophies Vater ist?"

„Er hat es mir gesagt, nachdem das Untersuchungsergebnis vorlag, weil er sich dafür verantwortlich fühlte, dass wir ein krankes Kind hatten."

„Handelt es sich denn um eine Erbkrankheit?", fragte Marga und tat unwissend. Thorsten und sie hatten längst Nadjas Bericht gelesen. „Sie und Ihr Bruder sind doch gesund."

„Ich habe damals viel darüber gelesen", erklärte Justus, „dieser Defekt tritt zu ungefähr neunzig Prozent spontan auf. Nur bei zehn Prozent aller Fälle liegt bei einem Elternteil schon eine genetische Disposition vor, quasi eine Vorschädigung des fünften Chromosoms. Mädchen sind übrigens viel häufiger betroffen als Jungen."

„Ich nehme mal an", sagte Thorsten, „dass du sehr sauer auf deinen Vater warst. Und auf Verena natürlich."

Marga beobachtete ihn weiterhin sehr genau.

„Nein, überhaupt nicht", protestierte Justus, „ich konnte es doch verstehen. Von mir wurde sie nicht schwanger, und sie hat sich so sehr ein Kind gewünscht."

„Es hätte doch auch andere Möglichkeiten gegeben", wandte Marga ein, „eine Adoption zum Beispiel oder eine Insemination mit einem Spendersamen, den sie gemeinsam ausgesucht hätten. Wussten Sie, dass Ihre Frau vorhatte fremdzugehen, um schwanger zu werden?" Sie stellte die Frage absichtlich so brutal und sah ihn fast unmerklich zusammenzucken.

„Nein, ich wusste es nicht, aber Verena ist nicht fremdgegangen. Ich vermute, sie wollte mich zum Vater und uns alle zu einer Familie machen. Da hatte nichts Fremdes Platz. Verstehen Sie?"

„Ehrlich gesagt nicht", gab Marga zu, „sie hätte es vorher mit Ihnen besprechen müssen. So hat sie Sie hintergangen und betrogen. Und Ihr Vater ebenfalls. Ich wäre richtig wütend geworden. Das hätte Konsequenzen für meine Ehe gehabt. Meinen Vater hätte ich nicht mehr ertragen können."

„Ich denke, du hast die Not deiner Frau erkannt", beruhigte Thorsten seinen Freund. Es war unübersehbar, dass Justus' Blutdruck gestiegen war. In ihm schien es zu brodeln.

„So ist es", bestätigte er. „Wer nicht in dieser Situation war, kann nicht einschätzen, wie zerstörerisch es ist, wenn eine Ehe kinderlos bleibt, obwohl sich das Paar dringlich Nachwuchs wünscht. Verena hat es gut gemeint. Sie wollte mich in dem Glauben lassen, das Kind selbst gezeugt zu haben."

„Sie reden sich das selbst schön, Herr Görlitz", bohrte Marga weiter, „wie sollen sie denn beide auf die Idee gekommen sein?"

„Mein Vater wusste um meine verzweifelte Lage. Ich hatte mit ihm gesprochen."

„Dann hat er es deiner Frau angeboten, deine Gene durch seine zu ersetzen, damit es in der Familie blieb?", fragte Justus.

„Das ist möglich", stimmte Justus zu.

„Sie werden sich aber trotzdem ausgezogen haben müssen und werden zum Vögeln ins Bett gestiegen sein. Und ich wette, bestimmt mehr als einmal", hielt Marga dagegen. „Vielleicht hat es ihnen sogar Spaß gemacht!"

Justus sog die Luft ein, er verschränkte die Arme.

„Was erlauben Sie sich?"

„Könnte es denn sein", fragte Thorsten vorsichtig, „dass die beiden ein richtiges Verhältnis hatten?"

„Auf keinen Fall!", protestierte Justus. „Sie mochten sich, aber mehr auch nicht. Verena liebte mich!"

„Ist das jetzt nicht mehr so? Sie sprechen in der Vergangenheitsform?", fragte Marga.

„Was geht Sie das an?"

„Oh, es geht uns schon etwas an", erklärte Thorsten. „Wie steht es um eure Ehe seitdem?"

„Es hat sich dadurch nichts verändert, wenn du das meinst. Wir haben erst seit Kurzem Probleme. Eigentlich erst, seit Sophie weg ist."

„Vielleicht kamen sie da erst ans Tageslicht?“, vermutete Marga. „Hat sich Ihre Beziehung zu Ihrer Tochter verändert, als Sie wussten, dass es Ihre Schwester ist und nicht Ihr Kind?“

„Überhaupt nicht. Wie kommen Sie darauf?“

„Das wäre doch verständlich“, sagte Marga. „Ich stelle es mir schon schwierig vor, mit der Tatsache leben zu müssen, ein behindertes Kind zu haben, und wenn ich dann noch erfahre, dass jemand anderes dafür verantwortlich ist ... Das würde alles in meinem Leben verändern.“

Justus schwieg. Dann lächelte er. Er schien sich wieder gefangen zu haben.

„Sie kennen mich eben nicht. Ich bin nicht so“, erklärte er, „ich habe Verständnis für die Nöte anderer Menschen. Das bringt schon mein Beruf mit sich. Fragen Sie meinen Freund Thorsten. Er wird es Ihnen bestätigen.“

„Justus, damit eins klar ist, ich bin als Vermittler hier. Wir müssen unsere Freundschaft hierbei außer Acht lassen. Es zählen nur die Tatsachen. Sonst müsste ich den Fall abgeben.“

„Ja, schon gut“, stimmte Justus zu.

„Ich könnte es verstehen, wenn Sie Ihren Vater umgebracht hätten. Vielleicht haben Sie es ja doch erst jetzt erfahren, dass Sophie nicht Ihr Kind ist?“, provozierte Marga.

„Da muss ich Sie enttäuschen“, entgegnete Justus, „Ihre Kollegen haben mich schon überprüft. Ich war an dem Tag, als mein Vater umkam, hier in Hannover in der Klinik und habe gearbeitet.“

„Ja, das stimmt“, sagte Thorsten, „bitte halte dich zur Verfügung, falls wir in den nächsten Tagen noch weitere Fragen haben.“

„Eine hätte ich jetzt noch", warf Marga ein, „Sie wissen nicht zufällig doch, wo Ihre Tochter ist? Oder soll ich Halbschwester sagen?"

Er warf ihr einen bösen Blick zu.

„Hierauf habe ich schon mehrfach eine Antwort gegeben", sagte Justus ärgerlich. „Nein, ich weiß es nicht, denn wenn ich es wüsste, hätte ich sie schon längst wieder bei mir."

„Obwohl sie ein Kuckuckskind ist?", bohrte Marga.

„Ja, denn ich liebe sie wie mein eigenes, auch wenn Sie das nicht verstehen können und selbst meine Frau das anzweifelt."

Diesen letzten Zusatz nahmen Thorsten Büthe und Marga Blume in Gedanken mit, als sie sich verabschiedeten. Der Fallanalytiker hatte Wolf Hetzer gebeten, Verena zu befragen. Er war gespannt, was für Informationen von dieser Seite kommen würden.

Als Thorsten das Haus der Familie Görlitz verließ, saßen Wolf und Peter gerade im Wohnzimmer von Antonia von Bodenstein.

„Meine Schwester wird gleich hier sein“, erklärte Toni, „die Kinder und ich werden mit den Hunden einen Spaziergang machen, damit Sie ungestört sind.“

„Vielen Dank, Frau von Bodenstein“, sagte Wolf und streichelte die Toypudel, die an seiner Hose schnüffelten.

„Haben Sie auch Hunde?“, fragte Toni. „Normalerweise sind die zwei nicht so aufdringlich.“

„Ich habe eine altdeutsche Schäferhündin. Wachsen die noch?“

„Nein, das sind echte Zwergpudel. Die bleiben so klein. Für die Kinder ist das genau das Richtige. Bei einem großen Hund hätte ich da Bedenken. Hier geht es schon ganz schön turbulent zu.“

Wolf nickte und erhob sich, als Verena Görlitz eintrat. Sie wirkte schmal, aber entschlossen.

„Ich bin gespannt, was Sie von mir wollen, Herr ...?“

„Hauptkommissar Hetzer mein Name, das ist mein Kollege Oberkommissar Kruse. Während der Ermittlungen rund um den Tod Ihres Schwiegervaters haben sich Fragen ergeben. Wir hoffen, dass Sie Antworten für uns haben.“

„Fragen Sie!“, sagte Verena und setzte sich.

„Wer ist Sophies Vater?“ Wolf konfrontierte sie ganz direkt.

„Mein Mann natürlich, Justus Görlitz, wer sonst?“, sagte sie ein wenig zu vehement.

„Das stimmt nicht. Bitte bleiben Sie bei der Wahrheit!“, bat Wolf. „Sie wollen doch, dass wir Ihnen auch in Zukunft glauben können.“

„Wenn Sie es sowieso schon wissen, warum fragen Sie mich dann. Ja, es ist Friedhelm, mein Schwiegervater. Haben Sie ein Problem damit?“

„Wir nicht“, warf Peter ein, „aber andere vielleicht.“

„Es weiß ja niemand. Außer meiner Schwester, aber der habe ich es gerade erst erzählt.“

„Ihr Mann hatte also keine Kenntnis davon?“, fragte Wolf.

„Nein, das hätte er nicht verkraftet“, erklärte Verena.

„Na, Ihr Schwiegervater wird es aber wohl auch gewusst haben, denn irgendwie wird sein Samen doch in Sie hineingekommen sein, selbst wenn es künstliche Befruchtung war. Wovon ich allerdings nicht ausgehe“, fügte Peter hinzu.

„Bitte ersparen Sie mir Ihre zotigen Gedanken. Sicher hat Friedhelm es gewusst. Er hat seine Tochter geliebt, auch wenn sie anders war.“

„Sie meinen, auch wenn sie behindert war!“, wollte Wolf wissen.

Verena winkte ab.

„Liebte Ihr Mann denn Sophie auch?“, wollte Peter wissen.

„Zuerst schon, aber es ließ nach, als er von ihrem Gendefekt erfuhr“, erklärte Verena.

„Das muss doch zu Spannungen geführt haben“, sagte Wolf.

„Mehr zu einer Art Nebeneinanderherleben“, korrigierte Verena, „ich konzentrierte mich ganz auf die Liebe zu meinem Kind und er auf seine Arbeit. Aber es funktionierte irgendwie. Wir hatten kaum Probleme oder sprachen sie zumindest nicht aus, bis Sophie verschwand. Da kam all das nicht Gesagte an die Oberfläche und zerstörte unsere Ehe. Ich werde mich von Justus trennen."

„Sie vermissen Ihre Tochter?", fragte Peter. „Ist es nicht anstrengend gewesen? Sie brauchte doch bestimmt besondere Zuwendung und Pflege. Das kann einem auch leicht mal zu viel werden."

„Mir nicht", erwiderte Verena, „Sophie ist ein wunderbarer Mensch. So zartfühlend und liebevoll. Sie ist immer fröhlich und aufgeschlossen und hängt sehr an mir. Mit ihr war alles leicht, auch wenn sie mehr Aufmerksamkeit und Behütung brauchte als andere Kinder. Ich habe sie sehr gefördert. Sprachlich und motorisch, verstehen Sie? Sie fehlt mir sehr. Ich möchte sagen, dass ich erst durch mein Kind erfahren habe, wie es sich anfühlt, wirklich geliebt zu werden."

„Das konnte Ihnen Ihr Mann nicht geben?", wollte Wolf wissen.

„Nein, leider nicht. Wir verstanden uns gut und waren sicherlich anfangs verliebt, aber ich habe mich bei ihm nie geborgen gefühlt", erklärte Verena.

„Und bei Ihrem Schwiegervater?", fragte Peter.

„Das war etwas ganz anderes. Wir schätzten uns, und er hat mir in der Not geholfen. Ein Liebesverhältnis hatten wir nicht. Ich habe damals Temperatur gemessen. Er schlief mit mir, wenn ich einen Eisprung hatte. Mehr nicht."

„Und wie fühlte sich das an?", erkundigte sich Peter.

„Komisch, aber nicht unangenehm", sagte Verena. „Ich habe einfach die Augen zugemacht und an die Zukunft und mein Kind gedacht, das ich in mir fühlen wollte. Vielleicht hat er ja Lust empfunden. Gesagt hat er nichts. Er war immer ziemlich schnell fertig. Ich glaube nicht, dass zwischen ihm und seiner Frau noch viel lief."

„Und als Sie schwanger waren, hörten diese intensiven Kontakte einfach auf?", fragte Wolf.

„Ja, sofort. Ich hätte sowieso niemanden mehr in mich hineingelassen, um das Kind nicht zu gefährden."

„Und Sie sind sich absolut sicher, dass wirklich niemand bis heute etwas von dieser Vaterschaft wusste, außer Friedhelm und Ihnen?" Wolf bohrte nochmals nach.

„Ja, ganz sicher!"

„Haben Sie Ihren Schwiegervater nicht später dafür verantwortlich gemacht, dass er Ihnen ein krankes Kind gemacht hatte?", fragte Peter.

„Sophie war nur anders. Als krank habe ich sie nie empfunden. Warum auch? Und ich liebte sie und war dankbar, dass ich sie hatte."

„Gut", sagte Wolf, „bleiben Sie erst einmal bei Ihrer Schwester, Frau Görlitz? Es könnte sein, dass wir weitere Fragen haben."

„Ja, ich bleibe auch ganz in Bückeburg, denke ich. Ich habe vor, mir hier eine Wohnung zu nehmen. Zu Justus kehre ich nicht zurück. Das hat keinen Sinn mehr. In Hannover bin ich mutterseelenallein. Kein Kind, kein Mann, der zu mir steht, mein Schwiegervater ist tot und meine Schwiegermutter ist nicht ganz richtig im Kopf. Was soll ich dort noch?"

„Dann wünschen wir Ihnen, dass Sie hier gut Fuß fassen können", sagte Wolf.

„Vielen Dank. Vorerst können Sie mich bei meiner Schwester erreichen, Herr Kommissar."

Peter und Wolf verabschiedeten sich und gingen zum Auto.

„Was für eine abgefahrene Geschichte", sagte Peter. „Da lässt die sich von ihrem Schwiegervater ein Kind machen."

„Ich möchte nicht wissen, wie oft so etwas vorkommt", merkte Wolf an. „Viel spannender ist jetzt, was Thorsten herausgefunden hat. Er hat Justus ebenfalls mit unserer Erkenntnis konfrontiert. Was glaubst du, hat der es gewusst, dass er nicht Sophies Papa ist, oder nicht?"

„Eher nicht", meinte Peter, „ich würde das nicht an die große Glocke hängen. Im Normalfall kommt doch keiner auf so was."

„Stimmt, und hier sind sogar die Gene ähnlich, weil der Erzeuger mit dem potentiellen Vater verwandt ist", fügte Wolf hinzu. „Ich glaube auch nicht, dass der Ehemann eine Ahnung hatte. Wenn wir wieder im Büro sind, rufe ich Thorsten an. Dann wissen wir mehr."

Peter nickte und stieg in den Wagen ein.

„Du kannst mich an der ‚Quickteria' rauslassen, dann hole ich uns dreien eine Mantaplatte. Willst du mit Bücke-Burger oder ohne?", fragte Peter.

„Ich will gar nix", antwortete Wolf, „Moni hat mir Brote geschmiert und einen Frischkornbrei gemacht."

„Igitt, du wirst doch noch zum Körnerfresser, Wolf, muss ich mir ernsthaft Sorgen machen? Na, wenigstens ist Detlef normal und den fleischlichen Gelüsten nicht abgeneigt", lachte er.

„Ich dachte, dass du genau damit deine Probleme hättest", schmunzelte Wolf.

„Och nö, gar nicht", sagte Peter und zwinkerte ihm zu.

Justus war erleichtert, als es an der Tür klingelte und er sie öffnete. Endlich traf die Pflegerin ein, die er aus Polen hatte organisieren lassen. Sie sprach gut deutsch, wirkte auf Anhieb sympathisch und sah außerdem so aus, als ob sie auch anpacken konnte.

Man hatte sie bereits darüber informiert, dass Marianne wunderlich war. Justus zeigte ihr ihr Zimmer und stellte sie seiner Mutter vor. Die alte Dame strahlte. Sie freute sich, dass sie jemanden hatte, mit dem sie sprechen konnte. Ihr Sohn war immer so abweisend gewesen, sodass sie sich lieber mit Marie in ihr Zimmer zurückgezogen hatte. Dort konnte sie sich ungestört mit der Kleinen unterhalten. In Justus' Gegenwart durfte sie das nicht. Er verstand sie einfach nicht.

Die junge Frau würde mehr Verständnis haben. Olga hieß sie, hatte sie gesagt. Ein schöner Name. Sie würde ihr von Marie erzählen und ihr die Engel zeigen.

Wolf streckte sich in seinem Büro aus. Peter und Detlef hatten an seinem Schreibtisch bereits Platz genommen. Der Raum war erfüllt vom Duft der Pommes. In ihn mischte sich nicht nur der von Curry und Ketchup, sondern auch der von gebratenen Buletten.

Wolf, der eben in sein Brot gebissen hatte, das, wenn überhaupt, nur nach Salami roch, dachte, dass er sehr gutmütig war und seinen Kollegen zuliebe sogar den Geruch von Fastfood ertrug. Besonders, wenn er selbst nicht mitaß.

„Könnt ihr beim Kauen zuhören?", fragte er, „oder fühlt ihr euch dann in eurer Pause gestört?"

„Nö", sagte Detlef, „wir sind genauso neugierig wie du. Ruf deinen Freund Thorsten ruhig an und stelle auf laut."

Peter nickte, er hatte den Mund voll.

Wolf wählte die Nummer und erwischte Thorsten noch im Auto.

„Grüß dich, Thorsten, wir sind gerade von Verena Görlitz zurück und wollten uns kurz mit dir abstimmen. Ich gebe dir ein kurzes Fazit."

„Wunderbar, Wolf, was habt ihr herausgefunden?"

„Verena Görlitz hat behauptet, dass ihr Mann nichts davon gewusst hat, dass er nicht der Vater ist."

„Das ist ja interessant, denn Justus hat uns erzählt, Friedhelm Görlitz hätte es ihm kurz nach der Geburt von Sophie gestanden, dass er ihr Vater ist. Wohl aus schlechtem Gewissen, weil er seiner Schwiegertochter ein behindertes Kind gemacht hat."

„Da stellt sich mir die Frage, ob einer von beiden lügt", schlussfolgerte Wolf, „und falls ja, wer?"

„Friedhelm Görlitz können wir leider nicht mehr fragen", bedauerte Thorsten.

„Verena Görlitz hat noch betont, dass sie mit der Behinderung ihrer Tochter kein Problem hatte. Im Gegenteil, sie sagte, sie habe sich von keinem anderen Menschen je so geliebt gefühlt", sagte Wolf. „Allerdings habe Justus nach ihren Angaben Probleme gehabt das Kind zu mögen, nachdem er wusste, dass sie nicht gesund ist."

„Das hat er uns gegenüber ganz anders dargestellt. Er hat gesagt, dass er sie trotz ihrer Behinderung wie ein eigenes Kind geliebt hat. Aber er hat auch erwähnt, dass Verena das angezweifelt hat."

Thorsten warf Marga einen Blick zu, bevor er weitersprach. „Ich hatte unsere Psychologin bei dem Gespräch dabei. Sie ist der Meinung, dass Justus bei unserer Unterhaltung sehr unter Druck stand und möglicherweise nicht immer die Wahrheit gesagt hat. Aber das ist nur eine Vermutung."

Wolf grübelte einen kurzen Moment und sagte: „Ich denke aber doch, dass er es eher hätte verschweigen wollen, selbst wenn das stimmt, dass er davon wusste. Als er zugegeben hat, Kenntnis von Friedhelms Vaterschaft zu haben, hat er sich selbst in ein schlechtes Licht gerückt und uns damit auch ein Motiv zugespielt."

„Stimmt", bestätigte Thorsten, „und zwar für beide Fälle. Für den Tod seines Vaters und das Verschwinden von Sophie."

„Aber er ist doch nicht blöd", wandte Wolf ein, „wir haben es mit einem studierten Mann zu tun."

„Vielleicht ist er sich sehr sicher, weil sein Alibi nicht angreifbar ist?", vermutete Thorsten.

„Keine Ahnung", sagte Wolf, „ich verstehe das nicht. Es gab keinen Grund, das zuzugeben."

„Dann lasst uns alle weiter darüber nachdenken. Wir hören uns wieder", beendete Thorsten das Gespräch und Wolf legte auf.

„Ich muss nachdenken", sagte er zu Peter und Detlef, „lasst ihr mich einen Moment allein?"

Als sie den Raum verlassen hatten, lüftete er die Mantaplatte samt Männerschweiß aus seinem Büro hinaus und atmete auf. Der Gestank war unerträglich gewesen. Er stand am Fenster und streckte sich. Wegen des Straßenlärms überhörte er das „Pling" der ankommenden E-Mail.

Thorsten hatte Marga abgesetzt und fuhr direkt zur Villa von Friedhelm und Marianne Görlitz. Die Kollegen begrüßten ihn an der Tür und wiesen ihm den Weg in den Keller. Hier hatten Ingo und sein Team bereits einen Teil der Wand geöffnet. Sie gingen sehr vorsichtig vor, weil sie nicht wussten, was sich dahinter befand. Die Wand selbst sah so aus wie die anderen im Keller. Gemauert und weiß gekalkt.

Ein Raum im Raum, dachte Thorsten, wie ein Safe, aber noch unzugänglicher und für die Ewigkeit vor allen Augen versteckt. Wenn nicht ein pfiffiger Beamter mit wachem Verstand den Umstand entdeckt hätte.

Inzwischen war das Loch so groß, dass sich Ingo hindurchzwängen konnte. Er verschaffte sich einen kurzen Überblick.

„Thorsten kommst du mal, ich möchte dich gerne dabeihaben?" Ingos Stimme klang etwas dumpf. „Gebt ihm einen weißen Overall und Überschuhe!", bat er seine Kollegen.

Etwas widerwillig stieg Thorsten Büthe in die Papierkluft - er fand sie schrecklich - und kroch durch den Spalt in der Mauer.

„Hier findest du alles, was du gesucht hast!", freute sich Ingo, „guck mal hier. Tagebücher von neunzehnhundertsechzig bis siebenundsechzig. Alles feinsäuberlich in Friedhelms Schrift. Aber da ist noch mehr!"

„Mein Gott, wer soll denn das alles lesen?", fragte Thorsten. „Damit sind wir doch Wochen beschäftigt. Ich muss die Tagebücher im Team aufteilen. Was hast du noch?"

„Alte Fotos zum Beispiel. Sieht so aus, als wären sie wieder von diesem Kind. Wie hieß die Kleine noch gleich?"

„Sophie", sagte Thorsten, „aber diese hier sehen viel älter aus, auch das, was das Mädchen anhat. Siehst du, Ingo, das sind doch keine modernen Klamotten."

„Nicht wirklich", bestätigte Ingo. „Vielleicht eine Verwandte?"

„Möglich, aber eher auch so aus den sechziger Jahren, schätze ich."

„Diese Muster auf dem Kleidchen und die Häkeljacke würde man heute keinem Kind mehr antun, außerdem sind die Bilder alle mit weißem Rand und schon etwas vergilbt", sagte Ingo.

„Wer ist das Kind auf dem Foto wohl, und warum sind die Bilder hier versteckt?", überlegte Thorsten laut und fand, dass das Mädchen Sophie ähnlich sah.

„Weil vielleicht jemand dessen Existenz verbergen wollte?", vermutete Ingo.

„Gib mir mal bitte eines von den Bildern. Die Tagebücher können uns bestimmt darüber Aufschluss geben. Es muss doch einen Grund geben, warum auch sie hier unter Verschluss gehalten wurden. Darin muss etwas stehen, was unter keinen Umständen preisgegeben werden sollte", führte Thorsten die Überlegungen weiter.

„Dann müssen sie mit Hochdruck gelesen werden", schlug Ingo vor, „aber vielleicht finde ich noch mehr in diesen Regalen."

Er bückte sich, zog einen weiteren Karton hervor und öffnete ihn.

„Kinderschuhe", staunte Thorsten, „oder genauer gesagt, Mädchenschuhe."

„Die könnten hier vorher schon gelagert worden sein, bevor der Raum zugemauert wurde." Ingo legte den Deckel wieder auf und zog einen Koffer aus dem Regal.

Darin befanden sich Kleidungsstücke, die ebenfalls einem Mädchen gehört haben mussten. Zum Teil erkannten sie etwas wieder, das sie schon auf den Fotos gesehen hatten. Weiter hinten war ein Bastkorb mit Kasperlepuppen, deren Köpfe aufwendig bemalt waren. Es waren zwölf an der Zahl. Ein König, eine Prinzessin, Kasper, Seppel, Gretel und sogar ein Mond und ein Zauberer. Die Kleider der Puppen wirkten handgenäht. Sie hatten sogar Schlenkerbeine.

„So etwas kannst du heute überhaupt nicht mehr kaufen", sagte Ingo bewundernd, „sie müssen damals schon ein Vermögen gekostet haben."

„Ja, aber wer ist dieses Kind? Das Mädchen müsste längst erwachsen sein. Vielleicht können wir mit ihr sprechen", überlegte Thorsten.

„Ich frage mich", überlegte Ingo, „wer die Sachen des Mädchens hier im Verborgenen hat aufheben wollen. Das spricht doch eher dafür, dass etwas nicht stimmt."

Ein Geistesblitz schoss durch Thorsten Büthes Kopf. „Vielleicht ist schon mal ein Kind aus der Familie entführt worden und niemals zurückgekehrt. Man wollte die Sachen nicht wegwerfen, aber sie auch nicht ständig vor Augen haben."

„Das könnte gut sein", bestätigte Ingo.

„Ich werde mich mit meinem Team jetzt erst mal an die Sichtung der Tagebücher machen. Wenn du noch etwas Interessantes findest, melde dich bitte sofort. Parallel werde ich Justus und Marianne Görlitz befragen und ihnen das Foto zeigen."

„Mach das", sagte Ingo, „wir haben hier genug zu tun. Ich halte dich auf dem Laufenden."

Thorsten kroch wieder durch das Loch in der Mauer und legte seinen weißen Overall ab. Dann ließ er sich die Tagebücher durchreichen, die Ingo einzeln in eine Papiertüte gesteckt hatte. Er entschied sich, sich selbst sofort damit zu beschäftigen. Sie waren der Schlüssel zum Verstehen des versteckten Raumes, glaubte er.

Als Toni mit Kindern und Hunden wieder nach Hause kam, waren die Kommissare längst gegangen.

„Macht euch schon mal bettfertig", rief Toni den Kindern nach oben zu. Anschließend fütterte sie die Hunde und begann Brote für alle zu schmieren. Sie war froh, wenn die Mädchen endlich im Bett waren. Dann kehrte etwas Ruhe ein und sie würde Gelegenheit haben, mit ihrer Schwester sprechen zu können, ohne dass weitere Ohren zuhörten.

„Verena", sagte sie später, „ich habe mir etwas überlegt. Wir haben hier doch genug Platz, seitdem der Dachboden ausgebaut ist. Liv und Grit schlafen ganz oben, Jane hat ein eigenes Zimmer, ich ein Schlafzimmer, und das Gästezimmer ist im Prinzip ungenutzt. Du könntest auch ganz bei uns einziehen."

„Meinst du, dass das gut ist?", fragte Verena. „Wenn man so dicht miteinander lebt, ergeben sich leicht Spannungen. Ich glaube, es ist besser, wenn ich meine eigene Wohnung habe und wir uns sehen, wann wir wollen."

„Ich möchte dich zur Zeit ungern allein lassen", sagte Toni, „wenigstens für eine Übergangszeit solltest du mein Angebot annehmen."

„Mal sehen, ich bin momentan kein angenehmer Gesprächspartner. Ich möchte nicht lästig fallen", wandte Verena ein.

„Hör mal, du bist meine Schwester!", schimpfte Toni. „Vergiss das nicht. Du hast mir schon immer sehr am Herzen gelegen. So sehr, dass ich dich manchmal vor dir selbst schützen möchte. Meinst du, du könntest die Psychopharmaka langsam absetzen?"

„Jetzt noch nicht, ich bin zu sehr unter Strom", erklärte Verena. „Es ist alles zu viel für mich."

„Die Mittel betäuben dich aber nur", erklärte Toni, „du wirst später trotzdem alles verarbeiten müssen. Ein Lichtblick könnte dir helfen."

„Wo sollte denn der herkommen?", fragte Verena.

„Ich habe da so eine Idee", sagte Toni und schmunzelte, „aber ich würde dich gerne erst später einweihen."

„Du machst es sehr spannend", sagte Verena.

„Lass dich überraschen! Und nun ab ins Bett. Mein Wecker klingelt um sechs. Da ist die Nacht zu Ende."

Mit diesen Worten stand sie vom Sofa auf, streichelte ihrer Schwester über die Wange und ging nach oben.

Es war ihm klar, dass er eine lange Nacht vor sich hatte. Trotzdem fuhr Thorsten nochmals zu Justus und klingelte.

Eine junge Dame, die er nicht kannte, öffnete. Auf seinen fragenden Blick hin erklärte sie: „Bin ich Pflegemädchen von altes Dame. Kommen Sie!"

„Hauptkommissar Thorsten Büthe, sehr angenehm. Sind Dr. Görlitz oder seine Mutter zu Hause?"

„Nur Mutter, aber junger Herr kommen gleich wieder", sagte Olga.

„Dann hätte ich gerne Frau Görlitz gesprochen."

„Ja, bitte, kommen Sie!"

Marianne saß im Wohnzimmer und hielt ihre Engelspuppe im Arm. Sie schien ins Nichts zu starren.
„Guten Abend, Frau Görlitz", sagte Thorsten behutsam, „ich habe hier ein Foto, das ich Ihnen gerne zeigen möchte. Wir wissen nicht, wer das Kind auf dem Bild ist. Vielleicht können Sie uns helfen." Er zog das Foto aus seiner Tasche.

„Das ist meine Marie. Ist sie nicht wunderschön? Ich habe gar kein Bild von ihr. Kann ich das haben?", fragte die alte Frau.

„Momentan brauchen wir es noch, aber dann bekommen Sie es. Das verspreche ich", sagte Thorsten Büthe. „Ihre Marie, wer ist das?"

Sie summte.

„Jemand aus Ihrer Familie?", fragte der Kommissar.

Aber Frau Görlitz schien ganz in ihre Gedanken versunken zu sein.

„Wann darf ich nach Hause zu Marie?“, fragte sie ganz plötzlich und unvermittelt.

„Bald, aber ich denke, Marie liegt in Ihrem Arm?“ sagte Thorsten Büthe.

„Auch, mein Junge“, flüsterte sie und begann wieder zu summen.

In diesem Moment kam Justus durch die Tür.

„Du schon wieder?“, fragte er nicht sonderlich erfreut.

„Ja, ich habe hier ein Foto“, erklärte Thorsten ohne große Umschweife. „Ich möchte wissen, ob du das Kind kennst. Es ist möglicherweise eine Tante oder Cousine von dir. Vielleicht sagt dir das Bild etwas.“

„Dann zeig es mir mal.“

Thorsten holte das Foto wieder aus seiner Tasche.

„Sieht aus wie Sophie!“, sagte er. „Sie ist es aber nicht.“

„Das fand ich auch, nur wer ist das Mädchen?“

„Ehrlich gesagt, keine Ahnung. Von wann ist das Bild denn?“

„Wir vermuten, aus den sechziger Jahren.“

„Dann müsste sie ungefähr so alt sein wie ich, vielleicht etwas älter. Meine einzige Cousine hat aber rote Haare. Die kann es nicht sein.“

„Deine Mutter hat gesagt, es sei Marie, aber du hast mir ja bestätigt, dass du keine Schwester hattest, die so hieß.“

„Ich hatte überhaupt keine Schwester, ich habe nur einen Bruder. Das weißt du doch. Ihre Mutter hieß Marie, aber ob die so ausgesehen hat wie Sophie, weiß ich nicht.“

„Das Mädchen auf dem Bild kann auf keinen Fall deine Großmutter sein.“

„Da gebe ich dir recht“, sagte Justus. „Das passt zeitlich nicht.“

„Schade", bedauerte Thorsten, „ich hatte so gehofft, dass ihr mir helfen könnt. Na, dann will ich mal wieder. Ich habe noch zu tun."

„Heute noch?", fragte Justus. „Es ist doch schon Abend."

„Egal, das wird eine schlaflose Nacht, aber sei's drum. Ich wünsche wenigstens dir eine gute. Du hast ja jetzt eine Entlastung im Haus." Er nickte Olga zu.

„Ja, danke, bis bald", sagte Justus zum Abschied, während er Thorsten zur Tür brachte.

Er hatte auch noch etwas zu klären. Zwar hatte er das Kind auf dem Foto nicht erkannt, aber etwas anderes. Er hoffte, dass seine Mutter klar genug war, um ihm Auskunft zu geben.

Müde und abgekämpft kam Wolf zu Hause an. Er hoffte inständig, dass Moni schon mit Lady Gaga gegangen war. Auch wenn er wusste, dass ihm ein Spaziergang selbst guttun würde, fühlte er sich einfach nicht dazu in der Lage. Ihm stand nur der Sinn nach einem leckeren Essen und seiner Chaiselongue, auf die er sich fallen lassen wollte.

Als er die Haustür aufschloss, kamen ihm zwei Dinge entgegen: Ein wedelnder Hund und der Duft lecker gebratenen Fischs. Er atmete auf. Herrlich, seine kühnsten Hoffnungen bestätigten sich in diesem Moment. In der Küche stand Moni und briet Schollen in zwei Pfannen. Im Ofen schmorten Rosmarinkartoffeln vor sich hin. Der Salat stand schon fertig zum Anmachen auf der Anrichte, das Balsamico-Dressing daneben.

Er küsste sie auf den Hals. Sie zuckte zusammen und drehte sich um.

„Moni, du bist ein wahrer Schatz", sagte er.

„Jetzt übertreibst du aber", lachte sie.

„Doch, echt! Alles, was ich mir heute noch gewünscht habe, ist eingetroffen. Ich bin ein glücklicher Mann."

„Du bist aber mit wenig zufriedenzustellen" sagte sie und schmunzelte noch immer.

„Das stimmt", bestätigte er. „Ein gutes Essen, ein schöner Wein und zwei zufriedene Frauen. Den Katern geht es sowieso immer gut."

„Na, dann setz dich mal hin, und nimm schon den Wein mit!"

„Was hast du denn für einen kaltgestellt?"

„Einen Grauburgunder von Winter."

„Sehr gute Wahl", sagte Wolf und nahm Platz. Der Tisch war liebevoll gedeckt worden. Sogar ein Strauß Gartenrosen und eine Kerze standen dort.

„Gibt es irgendwas zu feiern?" rief Wolf aus dem Esszimmer, aber es kam keine Antwort. Nur eine Moni mit roten Bäckchen, die die Schale mit den Kartoffeln auf den Tisch stellte.

„Schenk schon mal ein", bat sie. „Die Schollen sind gleich durch. Ich habe sie in die Pfanne gelegt, als ich dich kommen hörte."

Dann brachte sie den Salat und die ersten Fischfilets.

„Willst du mich heiraten?", fragte er spontan.

„Wir haben uns doch noch nicht einmal gesagt, dass wir uns lieben", antwortete Moni, immer noch mit einem Lächeln auf den Lippen.

„Haben wir nicht? Das könnten wir doch nachholen", sagte Wolf, „ich möchte aber verhindern, dass du wieder weggehst. Es ist so schön in deiner Nähe. Da ist irgendwie alles gut."

„Jetzt essen wir erst mal", bestimmte sie. „Sonst war alle Mühe umsonst."

„Du nimmst mich nicht ernst", sagte er. „Ich meine, was ich sage!"

„Das weiß ich. Guten Appetit!"

So viele Gedanken gingen Wolf durch den Kopf, während er die köstliche Mahlzeit zu sich nahm. Moni beobachtete ihn. Er selbst bemerkte gar nicht, wie abwesend er war. Als sie aufgegessen hatten, sagte sie zu ihm:

„Ich mache dir jetzt einen Vorschlag. Du gehst nach oben und legst dich ins Bett. Die Küche mache ich schnell noch. Du siehst so aus, als ob du jeden Moment umkippst."

Er wollte protestieren, aber sie sagte nur: „Keine Widerrede! Ab nach oben! Sonst komme ich nie wieder zu dir!"

Willenlos gehorchte er wie eine Marionette, ließ seine Sachen auf den Stuhl fallen und sich selbst in die Kissen, die wie durch Zauberei frisch bezogen waren. Ein Engel ist sie, dachte er und schlief direkt nach dem Zudecken ein. Weil er bereits in tiefsten Träumen lag, bemerkte er nicht, dass Moni sich heimlich zu ihm legte und ein „Ja" in sein Ohr flüsterte.

Mit Friedrichs Tagebüchern im Schlepptau fuhr Thorsten nach Hause. Auch er war hundemüde. Zunächst hatte er überlegt, im Büro zu bleiben, aber das wollte er weder sich noch seiner Frau antun. Außerdem sehnte er sich ebenfalls nach einer warmen Mahlzeit und ein paar freundlichen Worten.

Danach zog er sich in sein Arbeitszimmer zurück und fing an, die Tagebücher zu studieren. Er las von Mariannes und Friedhelms Hochzeit, von ihrer Hochzeitsreise und der ersten Zeit ihrer Ehe.

Während der ersten Schwangerschaft nickte er ein und wachte erst nach Mitternacht wieder auf. Es hatte keinen Sinn. Sein Nacken war steif, die Schultern taten ihm weh. Der Wein, den seine Frau ihm noch gebracht hatte, stand unangetastet vor ihm. Er trank ihn jetzt in einem Zug und ging ins Bad, um später wohlig in das Bett seiner Frau zu schlüpfen, deren Wärme ihn umfing wie ein Mantel aus Geborgenheit.

An jenem Abend hatte Marga sich dem aktuellen Tagebuch von Friedhelm gewidmet. Seitdem sich herausgestellt hatte, dass er eher väterliche als pädophile Gefühle für seine benachteiligte Tochter gehegt hatte, war auch nicht mehr davon auszugehen, dass er das Kind irgendwo versteckt gehalten hatte, wo es auf seine Versorgung angewiesen war. Das hätte keinen Sinn gemacht.

Das Tagebuch sprach dieselbe Sprache. Es war voll von der Sorge um Sophie. Friedhelm hatte sich weitreichende Gedanken gemacht, Schreckensszenarien durchlitten, und seine Einträge endeten stets mit einer Art Stoßgebet, dass seine Tochter doch gesund wieder nach Hause kommen möge.

Fast jeden seiner Familienmitglieder und Freunde hatte er als möglichen Täter ins Auge gefasst und sein Verhalten beobachtet. Er beschrieb, dass er eine Ahnung in sich trug, die jedoch nicht greifbar war, weil ihm nicht mehr einfiel, was ihn irritiert hatte.

Durch die Zeilen spürte Marga auch, dass er doch mehr für Verena empfunden haben musste, als ihr selbst klar gewesen war. Seine Beschreibungen waren liebevoll. Er reflektierte die Zeit, in der sie seine Geliebte gewesen war. So beschrieb er es wenigstens und dass er damals traurig gewesen sei, als sie sich ihm zu Beginn der Schwangerschaft entzogen hatte. Doch selbst dafür brachte er ihr Verständnis entgegen. Verena war auch die Einzige, die er niemals ursächlich mit Sophies Verschwinden in Verbindung brachte.

Seine eigene Frau Marianne musste ihm trotz ihrer wunderlichen Art eine freundliche Lebensgefährtin gewesen sein. Er beschrieb sie als einen treuen Partner, dem das Dasein zu übel mitgespielt hatte und begründete ihren geistigen Zustand damit auf seine Weise, für den er Verständnis aufbrachte. Er ließ sie einfach gewähren und in ihrer Engelwelt mitsamt den schrillen Bildern so glücklich sein, wie sie konnte.

An seinem Sohn ließ er jedoch kein gutes Haar. Einen aufgeblasenen, arroganten Kerl nannte er ihn, der im Grunde ein verweichlichter Sohn aus vornehmem Hause war. Er hatte ihm helfen wollen, dass Justus und Verena eine Familie werden konnten, nachdem sein Sohn sich bei ihm ausgeweint hatte, weil er seine Ehe in Gefahr sah. Seinen Samen hatte er zur Verfügung gestellt, ohne Justus die Männlichkeit zu nehmen. Heimlich und diskret.

Er blieb unwissend. Es tat ihm leid, dass er dabei mehr für Verena gefühlt hatte, als es seine Absicht gewesen war. Und mehr noch. Er selbst war verantwortlich für das kranke Kind, das er gezeugt hatte und das sein Sohn nicht lieben lernen konnte. Ihn hatte er zuallererst im Sinn gehabt, Sophie aus dem Weg geschafft zu haben. Justus' Ehe hatte unter keinem guten Stern gestanden, schrieb Vater Friedhelm in seinem Tagebuch. Er hielt ihn zudem für egoistisch, denn als das Kind da war, hatte es ihn wenig interessiert. Vielmehr hatte er dessen intensive Betreuung durch Verena als lästig empfunden und es vermisst, dass sie sich ausschweifend um ihn selbst gekümmert hatte. Das war harter Tobak, fand Marga.

Sie fragte sich, ob Friedhelm seinem Sohn wirklich gesagt hatte, dass er Sophies Vater war. Als besonders interessant erwiesen sich die letzten Einträge kurz vor

Friedhelms Tod. Der besondere Umstand, der ihm seinerzeit komisch vorgekommen, ihm aber entfallen war, hatte sich wieder in sein Bewusstsein gedrängt. Nach wie vor hielt er seine Idee, die er leider nicht genauer im Tagebuch beschrieb, für eine aberwitzige, wollte ihr aber dennoch nachgehen. Am Abend vor seinem Ableben endeten die Aufzeichnungen. Er schien auf der richtigen Spur gewesen zu sein, vermutete Marga, und die schien nach Bückeburg zu führen. Doch wenn er Justus verdächtigt hatte, konnte sie die Verbindung ins Weserbergland nicht nachvollziehen. Es sei denn, im Hintergrund hätte es noch ganz andere Verpflechtungen gegeben, von denen sie nichts wussten.

Sie machte sich Notizen und beschloss, Thorsten am nächsten Morgen sofort anzurufen.

Der nächste Tag kam für Toni früher als sonst. Das lag unter anderem daran, dass sie ihrer Schwester noch bis spät in die Nacht einen Brief geschrieben hatte, aber auch daran, dass sie die Kinder zu ihrer Freundin bringen wollte, denn sie hatte vor, einen Ausflug mit Valentin zu machen. Ihrer Schwester hatte sie die Neuigkeit noch nicht offenbart, dass er und sie inzwischen ein Paar waren. Das hatte auch noch Zeit, fand sie.

Nachdem sie Grit, Liv, Jane und die Pudel zu Silvia nach Obernkirchen gebracht hatte, holte sie Valentin ab. Es war ein herrlicher Tag und doch war ihr selbst ein wenig mulmig, wenn sie daran dachte, wie er ausgehen würde. Denn das konnte sie nicht vorhersehen.

Bei der weiteren Sichtung des Safes in Friedhelms Arbeitszimmer klärte sich auch endlich das Geheimnis um die rosafarbene Uhr auf. Wenigstens zum Teil. Die Beamten fanden einen Kaufbeleg, der allerdings schon zehn Jahre alt war. Er beschrieb die Uhr genau, denn sie war eine Sonderanfertigung mit der passenden Inschrift. Die fehlenden Steine waren tatsächlich Brillanten.

Thorsten Büthe grübelte über den Umstand, dass die Uhr von 2003 war, denn dann konnte sie nicht wirklich für Sophie angefertigt und gekauft worden sein. Sie war erst 2006 geboren worden. In wessen Besitz war die Uhr gewesen, als sie oben an der Küste verloren gegangen war. Verena und Justus hatten übereinstimmend gesagt, dass Sophie diese Uhr besessen hatte, aber war sie ihr vielleicht gestohlen worden? Für wen war sie ursprünglich bestimmt gewesen? Es musste jemand sein, der dieselben Initialen hatte.

Obwohl sie nun wussten, dass Friedhelm die Uhr hatte anfertigen lassen, blieb alles andere im Dunklen. Plötzlich schoss es Thorsten wie ein Blitz in seine Gedanken. Sarah Görlitz hatte exakt die Initialen „S“ und „G“ und sie war vor zehn Jahren ungefähr acht gewesen, erinnerte er sich. Diese Idee warf weitere Fragen auf, wenn sie sich bewahrheitete. Warum hatte ihr Friedhelm die Uhr geschenkt, vor allem mit dieser Inschrift? War er auch der heimliche Vater von Sarah? Und wenn ja, was hatte das für Auswirkungen auf den ganzen Fall, von dem er jetzt sicher glaubte, dass es ein und derselbe war. All das erklärte jedoch nicht, warum er in Bückeburg umgekommen war.

Thorsten Büthe streckte sich. Sein Nacken tat immer noch weh. So einen zähen Fall hatte er selten gehabt. Jetzt war es wichtig, Sarah zu befragen und auch Sarahs Mutter. Er erwog ebenfalls einen Vaterschaftstest, verwarf den Gedanken dann aber wieder und zog es vor, erst Gespräche zu führen.

Da Sarah in Oldenburg wohnte, würde er die Kollegen dort vor Ort bitten, die Befragung durchzuführen. Justus musste er anrufen und erkunden, ob er den jetzigen Wohnort seiner ersten Frau kannte.

In einer Nische des geheimen Kellers war Ingo am frühen Morgen fündig geworden. Sein natürliches Misstrauen ließ ihn immer an den Raum im Raum glauben.

Hier schien es sich zunächst nicht zu bewahrheiten, dass sich jemand die Mühe gemacht hatte, ein besonderes Detail noch besser zu verstecken, als es in einem zugemauerten Raum ohnehin schon verborgen war. Doch Ingo hatte die Wände abgeklopft. Zuerst die, an die er ohne weiteres gelangen konnte, dann die Rückwand, an der das Regal gestanden hatte, das sie inzwischen abgebaut und aus dem Raum entfernt hatten. Hätte Ingo nicht so ein gutes Gehör gehabt, wäre ihm der feine Unterschied im Klang nicht aufgefallen, als seine Faust auf die Steine klopfte. Wieder und wieder testete er und horchte. Dann setzte er seine Lupe auf und nickte. Das war gut gemacht. Ein Stein war wieder eingesetzt, verputzt und mit derselben Wandfarbe übergestrichen worden. Sie unterschied sich nur minimal, mit bloßem Auge nicht zu erkennen und schon gar nicht, wenn man das Regal nicht abgerückt hätte.

Mit Hammer und Meißel entfernte er den Stein und steckte sein Endoskop durch das rechteckige Loch. Er entdeckte einen kleinen Hohlraum, in dem ein Buch lag. Wahrscheinlich würde er es mit der Hand greifen können. Vorsichtig zog er das Endoskop aus der Mauer und ergriff mit den Fingern den oberen Rand des Ledereinbandes. Ganz sachte holte er das Buch ans Licht. Es musste etwas Besonderes sein, wenn jemand so sehr wollte, dass es kein Mensch auf der Welt zu sehen bekam.

Die ganze Nacht hatte Justus wach gelegen und gegrübelt. Dabei war er immer ärgerlicher geworden. Im Grunde wusste er nicht, ob er weinen oder wütend sein sollte.

Er brauchte Antworten.

Seine Mutter wusste er jetzt gut versorgt durch Olga. Er legte ihr einen Zettel hin, dass er den ganzen Tag außer Haus sein würde und setzte sich in seinen Wagen. Er war schon länger nicht mehr in Bückeburg gewesen, musste aber dringend mit Verena sprechen. Nur sie konnte ihm jetzt weiterhelfen.

Von der A2 fuhr er an der Anschlussstelle Bad Eilsen ab und über Luhden, Eilsen und Ahnsen nach Bückeburg in die ehemalige englische Siedlung. Dort wohnte Toni, Verenas Schwester, mit ihren Kindern. Eine lästige Brut, mit der er künftig nichts mehr zu tun haben würde.

Er hoffte, dass er irgendwo anders ein ruhiges Gespräch mit Verena würde führen können, falls sie nicht darauf bestand, dass ihre kleine Schwester mit dabei war.

Gegen halb acht klingelte er an der Tür mit den vielen Namensschildern. Jetzt konnten sie zu „von Bodenstein", „Svenson" und „Schmidt" noch ein „Görlitz" hinzufügen, dachte er sarkastisch. Er hatte nicht damit gerechnet, dass Verena die Tür öffnete. Sie war noch im Morgenmantel und erstaunt, ihren Mann vor sich zu sehen.

„Was willst du hier?", fragte sie.

„Mit dir reden, bitte, ich habe ein paar dringende Fragen", bat er.

„Ich weiß nicht, ob ich dazu Lust habe", antwortete sie.

„Bitte", bettelte er, „es geht auch um Sophie!"

„Was interessiert sie dich auf einmal?", stichelte Verena und öffnete die Tür.

Absichtlich überhörte er ihre Worte. „Wo können wir uns in Ruhe unterhalten?"

„Am besten oben in meinem Zimmer, ich glaube, Toni und die Kinder schlafen noch. Jedenfalls habe ich sie noch nicht gehört. Komm mit hoch, aber leise."

Justus folgte ihr. Sie selbst setzte sich auf ihr Bett und wies ihrem Mann den Stuhl gegenüber zu.

„Gibt es Neuigkeiten wegen Sophie?", fragte sie.

„Wie man's nimmt", antwortete er.

„Wenn du dich nicht richtig äußerst und nur meine Zeit verschwenden willst, kannst du gleich wieder gehen", sagte sie entschieden.

„Nein, nein", wandte er ein, „ich komme sofort zur Sache. Sophie ist nicht mein Kind!"

„Das weiß ich, besser als jeder andere", sagte sie.

„Du hast mich belogen und betrogen und dann hast du dir auch noch ein krankes Kind machen lassen, von meinem eigenen Vater!"

„Ja, und? Du hast es doch nicht gebracht. Jahrelang haben wir es versucht. Immer wieder diese Enttäuschung, wenn die Regel einsetzte. Ich hatte nicht mehr viel Zeit. Er hat es mir angeboten. Das hat er auch für dich getan. Er wollte uns zu glücklichen Eltern machen. So blieb es wenigstens in der Familie."

„Soll ich jetzt lachen, oder was? Er wollte dich ficken und hat einen Grund dafür gesucht. Du bist auf ihn reingefallen. Oder wolltest du dich auch so richtig schön von ihm durchvögeln lassen, dem alten Sack, und jetzt begründest du euer Techtelmechtel mit sozialen Argumenten?"

„Du bist ekelhaft!", sagte sie angewidert.

„Warum, weil ich die Wahrheit endlich ausspreche? Wie war er denn so?"

Sie schwieg.

„Sag endlich was, du geiles Miststück. Mit wem hast du es denn noch so getrieben. Kannst du dir überhaupt sicher sein, dass er dich geschwängert hat. Oder war es ein anderer?" Justus redete sich in Rage.

„Ich möchte, dass du jetzt gehst!", forderte sie. „Wir beide haben nichts weiter zu besprechen."

„Oh doch, das haben wir", sagte er, stand auf und schlug ihr ins Gesicht. Sie schrie auf und versuchte sich zu schützen. „Seit Jahren lässt du mich nicht mehr ran. Immer nur andere, wie? Und den eigenen Schwiegervater. Bist wohl nicht wählerisch, was?"

Sie weinte. „Bitte geh jetzt!", flehte sie.

„Den Teufel werde ich tun", sagte er und setzte sich auf sie. „Ich hole mir jetzt das, was du anderen freiwillig gibst."

Sie bäumte sich auf, versuchte ihn wegzuschubsen. Da schlug er sie wieder mitten ins Gesicht. Ihre Augenbraue platzte auf. Blut lief ihr über die Wange.

„Toni", rief sie und zitterte. Er hielt ihr den Mund zu.

„Wenn du weiter schreist, bringe ich dich um, noch bevor deine Schwester hier ist", sagte er mit hochrotem Gesicht und steckte ihr ein Taschentuch in den Mund. Sie strampelte. Diesmal schlug er ihr direkt unters Kinn. Für einen Moment war sie regungslos. Er band ihr den Seidenschal, der über dem Stuhl hing, um den Mund, knotete ihn hinten am Hals fest und fixierte rücklings auch die Arme. Dann schüttelte er sie, bis sie wieder zu sich kam. Sie versuchte zu sprechen und sich der Fesselung zu entziehen, aber es kamen nur noch leise Laute aus ihren geknebelten Lippen. „Los, mach die Beine breit! Wie für alle anderen auch. Das kannst du doch so gut!", forderte er wie von Sinnen und knöpfte seine Hose auf.

Als sie versuchte nach ihm zu treten, schlug er ihr mit voller Wucht in die Magengegend. Sie wimmerte nur noch und wand sich.

Den leicht säuerlichen Geruch nahm er nicht mehr wahr. Er war wie im Rausch, riss den Morgenmantel zur Seite und zwang ihre Knie auseinander. Ihr Widerstand ließ nach. Wütend packte er sie an den Beckenknochen, stieß sie und zischte: „Hat er es dir so besorgt, mein Alter? Oder willst du es fester?" Dabei griff er ihre Brüste und drückte sie so heftig, dass seine Knöchel weiß wurden. „Oder hattest du gleich mehrere Schwänze auf einmal, du Hure?", flüsterte er atemlos und spritzte seine nutzlose Flüssigkeit in sie hinein.

In diesem Moment kam auch die Ernüchterung. Was hatte er getan? Und vor allem, was würde sie tun, wenn er sie jetzt losband? Er zog seine Hose hoch, lauschte an der Tür - da tat sich nichts - und überlegte. Was sollte er mit Verena anfangen? Sie würde ihn mit Sicherheit anzeigen. Dann wäre seine berufliche Karriere, ja, sein ganzes Leben zu Ende. Er musste sie irgendwie loswerden, aber wie? Das war schwierig, falls die Schwester da war und so würde er außerdem zum Mörder werden. Er hatte einen anderen Plan.

Mit glasigen Augen lag sie da und wimmerte.

„Kannst du mich hören?", fragte er.

Sie nickte apathisch.

„Dann hör mir jetzt sehr gut zu!", befahl er. „Ich lasse dich am Leben, wenn du die Klappe hältst. Wir sind quitt. Du hast mich betrogen und beschissen. Ich hab's dir heimgezahlt. Solltest du zu irgendjemandem etwas sagen, bringe ich dich um. Hast du das verstanden? Ich werde einen Weg finden, glaub mir."

Sie nickte wieder und hoffte inständig, dass er sie in Ruhe lassen würde. Der ganze Körper tat ihr weh.

„Du schreist nicht, sonst schlage ich dich sofort tot. Oder wäre dir erwürgen lieber?"

Sie schüttelte den Kopf.

„Ich will dich niemals wiedersehen", sagte er, „niemals. Sag mir, wenn du ein neues Zuhause gefunden hast, dann lasse ich dir deine Sachen schicken. Ich gehe auch davon aus, dass du einwilligst, dass wir bereits ein Jahr getrennt leben, damit die Scheidung möglichst bald vollzogen wird. Das ist der Deal. Stimmst du zu?"

Sie nickte und hustete. Er band sie los und entfernte den Knebel. Sie hustete wieder, dann spuckte sie aus.

„Du bist ein Schwein, Justus!", keuchte sie heiser. „Hau endlich ab und lass dich nie wieder blicken. Ich bin fertig mit dir."

„Ich denke, wir haben uns beide gegenseitig nichts vorzuwerfen", sagte er und schaute in ihr zugequollenes Gesicht. „Sag einfach, du wärst die Treppe runtergefallen. Das glaubt man dir sofort."

Dann schaute er vorsichtig um die Ecke, lief auf Zehenspitzen nach unten und verließ ungesehen das Haus, was kein Wunder war, denn Toni war mit ihrer Familie schon in den frühen Morgenstunden aufgebrochen.

Verena schleppte sich als Erstes in die Dusche, um die Schande abzuwaschen und sich ein bisschen herzurichten, bevor sie ihrer Schwester unter die Augen kam. Aber das Haus war ruhig, zu ruhig. In diesem Moment empfand sie das als Glücksfall. Mühsam erreichte sie das Erdgeschoss. Die Schmerzen in Gesicht und Bauch waren kaum auszuhalten. Auf dem Küchentisch fand sie einen Brief von Toni, der an sie adressiert war und einen Zettel darauf, auf dem stand, dass sie erst am Abend wieder da sein würden. Sie atmete auf, ließ sich auf die Eckbank sinken und öffnete den Brief.

Inzwischen war Sarah in ihrer WG von Beamten der Oldenburger Kripo auf die rosafarbene Uhr angesprochen worden.

Sie hatte erleichtert gelacht und gefragt, wie sie denn darauf kämen, sich nach diesem hässlichen Ding zu erkundigen.

„Bitte beantworten Sie unsere Frage", Murat Civelek zeigte ihr nochmals das Foto, „kennen Sie diese Uhr?"

„Ja, sicher, die hat mal mir gehört."

„Von wem haben Sie sie geschenkt bekommen und wann?"

„Ach, ich muss so acht oder neun gewesen sein. Mein Opa hat sie mir gekauft. Ich konnte sie nie leiden und hatte sie nur in der Schublade."

„Haben Sie sie noch?"

„Nein, ich hab' sie meinem Opa wiedergegeben. Er wollte sie für Sophie und die war ganz versessen darauf. Sie liebte alles, was schrill war und glitzerte. Mir war es wurscht. Ich war froh, das Ding los zu sein."

„Wann haben Sie die Uhr zuletzt gesehen?", fragte Civelek.

„Keine Ahnung. Ich glaube, als ich das letzte Mal bei Papa in Hannover zu Besuch war, aber beschwören kann ich's nicht."

Civelek bedankte sich und fuhr wieder aufs Präsidium. Viel hatte er nicht herausgefunden, aber er hoffte, dass sein Kollege aus Hannover etwas damit anfangen konnte und schrieb ihm eine Mail, die Thorsten Büthe fast unmittelbar empfing.

Ja, mit dieser Information konnte er etwas anfangen. Es war jetzt klar, wer Sophie die Uhr geschenkt hatte und es lag nahe, dass Verena davon gewusst hatte. Immerhin war Friedhelm der Vater ihres Kindes. Im Grunde war das jetzt auch unwichtig. Entscheidender war die Frage, wie diese Uhr an den Strand von Neuharlingersiel kommen konnte, wenn das Kind sie getragen hatte. Thorsten Büthe befürchtete das Schlimmste. Wasserleichen tauchten nicht immer unbedingt so schnell wieder auf und auch nicht unbedingt dort, wo sie entsorgt worden waren.

Er ärgerte sich. Sie hätten schon viel weiter sein können, wenn diese blöde Seehundflosse nicht so schnell als tierische Substanz entlarvt worden wäre. Dann hätte Wolf Hetzer vielleicht schon an der Küste herumgefragt, und falls jemand Sophie gesehen hatte, hätte er sich eventuell an sie erinnert.

Hätte, wäre, könnte, müsste, dachte er bei sich. Diese Uhr hatte sie alle genarrt. Und die, die darüber hätten Auskunft geben können, waren entweder tot oder verschwiegen oder schlicht unwissend wie Sarah.

Er rang mit sich, ob er die Kollegen an der Küste nicht doch noch bitten sollte, mit dem Foto von Sophie an allen öffentlichen Orten nachzufragen oder ihr Bild in die Zeitung zu setzen, wollte das aber später erst im Team abklären. Immer noch ärgerte er sich.

Glücklicherweise klingelte in diesem Moment das Telefon. Am Apparat war Ingo mit einer kleinen Sensation.

„Stell dir mal vor“, sagte Ingo, „was ich noch in der Wand des versteckten Raumes gefunden habe. Willst du raten? Es ist ein kleines Buch mit Ledereinband.“

„Nein, entschuldige bitte“, sagte Thorsten, „aber zum Raten habe ich jetzt echt keine Lust. Ich hoffe, du kannst meine Laune ein bisschen verbessern.“

„Das kann ich, glaube ich. Wir haben das Stammbuch der Familie Görlitz senior gefunden“, sagte Ingo.

„Was ist daran so besonders?“, wollte Thorsten wissen.

„Der Inhalt“, erklärte Ingo. „Du hattest mir doch gesagt, dass Marianne und Friedhelm Görlitz nur zwei Söhne haben.“

„Ja, das ist auch so. Ich kenne die Familie schon lange.“

„Kennen oder nicht“, sagte Ingo, „es stimmt aber nicht. Sie hatten schon vorher eine Tochter, und rate mal, wie die hieß?“

„Marie?“, fragte Thorsten atemlos.

„Genau so ist es!“ Ingo spürte, dass es in seinem Freund und Kollegen vor Spannung knisterte.

„Und gibt es ein Sterbedatum?“, wollte Thorsten wissen.

„Eben nicht, das ist ja das Kuriose. Nach den Unterlagen hier müsste das Mädchen noch leben und jetzt 52 Jahre alt sein“, gab Ingo Auskunft. „Sie ist 1961 geboren worden.“

„Das ist wirklich sehr merkwürdig, denn es war niemals von einer Schwester die Rede. Ich habe auch keine gesehen“, sagte Thorsten.

„Vielleicht ein plötzlicher Kindstod?“, überlegte Ingo laut, „und der ist hier einfach nicht eingetragen worden, weil man das Ganze vergessen wollte?“

„Dann muss es aber irgendwo einen Totenschein geben. Ich frage sofort bei der Stadt Hannover nach. Beim Standesamt werden sie mir Auskunft geben können“, sagte Thorsten. „Sonst noch etwas Auffälliges?“

„Na ja, ich frage mich, warum der Raum abgemauert worden ist und die Sachen der Kleinen hier drin aufbewahrt wurden, samt Kleidung, Fotos und Dokumenten. Das ist doch merkwürdig“, fand Ingo.

„Es scheint fast so, als habe jemand ihre Existenz komplett auslöschen wollen, vielleicht, weil der Schmerz zu groß war“, mutmaßte Thorsten. „Ich glaube auch nicht, dass Justus und sein Bruder von einer Schwester wussten. Auch ihn werde ich fragen. Bei der Mutter wird es wenig Sinn haben nachzuhaken, aber wenn ich sie direkt damit konfrontiere, sagt sie eventuell etwas Verwertbares. Ich schlage vor, du machst da unten weiter, und wir hören uns nachher noch mal. Glaubst du, es wäre möglich, dass du verwertbare DNA des Mädchens findest?“

„Das glaube ich nicht nur“, sagte Ingo, „die habe ich sogar schon in einer Tüte in Form von Mädchenhaaren. Ich fand sie in einer Bürste aus Ziegenhaar.“

„Wunderbar“, freute sich Thorsten, „ab damit in die Rechtsmedizin!“

„Schon längst unterwegs“, schmunzelte Ingo.

„Alles klar, bis später“, sagte Thorsten und legte auf. In ihm fuhren die Gedanken Achterbahn. Diese erste Schwangerschaft, von der er gerade im Tagebuch gelesen hatte, das musste Marie gewesen sein. Er wollte dringend weiterlesen. Hier lag der Schlüssel zu der gesamten Geschichte. Das fühlte er. Alles war miteinander verwoben. Ein Kind namens Marie, dessen Verbleib ungeklärt war, Sophies Verschwinden und Friedhelms Tod.

Beim Standesamt erfuhr er, dass zwar die Geburt einer Marie Görlitz eingetragen war, aber dass es niemals einen Totenschein gegeben hatte. Sie musste also noch leben, erklärte man ihm. Da war er anderer Ansicht. Sein kriminalistisches Gespür sagte ihm, dass Marie genauso verschwunden war wie Sophie.

Er nahm sich die Tagebücher vor, die er wieder mit ins Büro genommen hatte und las von der glücklichen Geburt eines Mädchens, die jedoch nach kurzer Zeit von der Tatsache überschattet wurde, dass das Kind merkwürdig schrie. Sie hörte sich an wie ein kleines Kätzchen und hatte große Probleme beim Saugen. Maries Kopf war zu klein und sie entwickelte sich nicht so, wie es hätte sein sollen, beschrieb Friedhelm sorgenvoll.

Thorsten rief in der Rechtsmedizin an und erkundigte sich, seit wann das Katzenschrei-Syndrom diagnostiziert werden konnte. Er erfuhr, dass es erstmals im Jahr 1963 von einem französischen Genetiker beschrieben worden sei, also nach der Zeit von Maries Geburt. Er bat darum, dass ihre Haare auch daraufhin untersucht werden sollten.

Friedhelm hatte also zwei gehandicapte Kinder gezeugt, nur war er sich bei seiner ersten Tochter nicht sicher gewesen, welche Behinderung vorlag. Umso mehr musste es ihn erschüttert haben, als Sophie ähnliche Symptome zeigte. Darum hatte er auch darauf gedrungen, ihre Gene untersuchen zu lassen.

Das alles erklärte jedoch nicht die Frage, warum beide Mädchen verschwunden waren. Er überlegte.

Stand nun fortlaufend in den Tagebüchern die Wahrheit? Dafür sprach, dass sie versteckt worden waren. Er hatte aber noch fünf gebundene Bände vor sich und konnte nicht einschätzen, wo sich eine wertvolle Eintragung verbergen würde, die ihnen weiterhelfen konnte.

Es nützte nichts, er hatte nicht die Möglichkeit, alles selbst zu lesen. Also entschied er sich, die verbliebenen fünf Tagebücher im Team zu verteilen und erklärte seinen Kollegen genau, worauf sie achten sollten. Außerdem bat er darum, sofort informiert zu werden, wenn die Schriftstücke etwas über Maries Verbleib verrieten.

Dann erzählte er Marga Blume, was sie herausgefunden hatten und bat sie, ihn noch einmal zu Justus und seiner Mutter zu begleiten.

Sie trafen die beiden bei einer Tasse Kaffee im Esszimmer an. Marianne Görlitz hatte ihre Engelspuppe auf dem Stuhl neben sich liegen.

Thorsten ging mit Justus nach nebenan und überließ Marga das Feld.

„Hallo Frau Görlitz, wie geht es Ihnen heute?“, fragte sie.

„Gut“, antwortete die alte Dame.

„Ich wollte fragen, wie es Marie geht.“

„Auch gut, sehen Sie selbst“, sagte Marianne und hob die Puppe am Kopf hoch.

„Nein, ich meine die echte Marie, Ihre Tochter. Wo ist sie?“

„Hier und dort“, sagte sie und starrte ins Nichts.

„Also lebt sie noch?“, wollte Marga wissen.

„Ja, als Engel, das sehen Sie doch“, sagte die alte Frau ärgerlich.

„Oh ja, natürlich, sie ist wunderschön", beruhigte Marga sie. „Sagen Sie, bevor sie ein Engel wurde, was ist da geschehen?"

Marianne begann zu summen und sich hin- und herzuwiegen.

„Feuerwasser hat sie stumm gemacht!", sagte sie plötzlich und summte weiter.

„Jemand hat ihr Alkohol gegeben?", fragte Marga, aber es kam keine Antwort mehr.

Später erzählte sie Thorsten von Mariannes merkwürdiger Aussage. Auch er konnte nichts damit anfangen. Wer sollte einem kleinen Mädchen Alkohol gegeben haben? Das war bestimmt wieder nur das Hirngespinst einer Verwirrten, überlegte er. Aber dass das Feuerwasser sie stumm gemacht haben sollte, könnte auch darauf hindeuten, dass jemand sie mundtot gemacht hatte. Nur mundtot oder tot, fragte er sich und dachte, dass es eine Idee sein könnte, einen Leichenspürhund ins Haus der Familie Görlitz zu holen. Er besprach sich mit Marga, forderte einen an und informierte Ingo. Der war überrascht.

„Glaubst du, dass wir sie dann nicht hier in diesem verborgenen Raum gefunden hätten? Vergraben sein kann sie nicht. Der Lehmboden ist bretthart, fast wie Beton. Ich habe auch keine Unregelmäßigkeiten im Steinbelag entdeckt. Das ist wirklich unwahrscheinlich."

„Lass es uns trotzdem versuchen. Hast du noch irgendwas Neues?", fragte Thorsten.

„Ich habe versucht, mit dem Endoskop noch etwas weiter in die Mauer zu kommen und habe gesehen, dass da noch einzelne Blätter liegen. Ob sie von Bedeutung sind, weiß ich nicht. Mein Greifarm kommt nicht bis dorthin. Ich werde die Wand aufmachen müssen."

„Ja, dann los, wir dürfen keine Zeit verlieren. Ich warte auf deinen Anruf", sagte Thorsten und verabschiedete sich.

Gemeinsam mit Marga fuhr er zurück ins Büro, wo weitere Neuigkeiten auf ihn warteten.

Verena saß mit dem Brief ihrer Schwester in der Küche und heulte. Sie heulte über ihren Schmerz und die Schande, mit einem Monster verheiratet zu sein, dass sie vergewaltigt hatte und gleichzeitig vor Freude, weil sie ihre Tochter wiedersehen würde.

Das hatte ihr Toni geschrieben und dies sollte der Lichtblick für ihr Leben werden. Es war ein langer Brief, in dem sie erfuhr, dass Sarah bei einem Besuch der Großeltern in Friedhelms Geldbörse hatte greifen wollen. Sie war wie immer in einem finanziellen Engpass gewesen. Dabei war sie von ihrem Opa beinahe überrascht worden, und weil keine Zeit geblieben war, das Portemonnaie ungesehen wieder hinzulegen, hatte sie es schnell in ihre Tasche gleiten lassen.

Schon auf der Rückfahrt nach Oldenburg hatte sie das schlechte Gewissen geplagt, weil doch ihr Opa nun seinen Führerschein und seinen Ausweis vermissen würde. Sie war hin- und hergerissen gewesen, was sie tun sollte. Niemandem außer Toni hatte sie sich anvertrauen können. Sie war die Einzige, die sie verstehen würde.

Deshalb hatte sie sich später ihrer Nenn-Tante geöffnet. Die hatte ihr zwar den Kopf gewaschen, sich aber angeboten, die Geldbörse bei einem Besuch in Hannover heimlich wieder zurückzulegen.

Verena las weiter:

Meine Neugier hat mich dazu verleitet, die Lederbörse durchzusehen. Ja, ich weiß, dass das nicht richtig war. Dabei habe ich in einem Reißverschlussfach die Visitenkarte einer Heilerziehungspflegerin entdeckt, die eine Betreuungsein-

richtung auf der Insel Spiekeroog betreibt. Aus welchem Grund sollte Friedhelm die dabeihaben? Ich reimte mir eins und eins zusammen und rief ihn an, dass ich etwas sehr Dringliches mit ihm zu besprechen hätte. Wegen Sophie. Friedhelm ahnte, dass ich etwas herausgefunden haben musste und war dann am frühen Morgen des nächsten Tages nach Bückeburg gekommen. Ich hatte ihm gedroht, sonst sofort zur Polizei zu gehen. Doch er hat mich inständig gebeten, ihn erst anzuhören. Also ließ ich mich darauf ein und verabredete mich mit ihm am Schießstand. Du weißt schon, oberhalb des Bergbades. Es sollte niemand mitbekommen. Dort wollte ich sowieso die Hunde ausführen, nachdem ich die Mädchen in Kindergarten und Schule untergebracht hatte.

Aber noch während der Nacht verfluchte ich meinen eigenen Mut, konnte Friedhelm jedoch frühmorgens nicht mehr erreichen, um das Treffen abzublasen. Also nahm ich mir zur Vorsicht den großen Grillspieß aus der Ecke, wo der Schwenkgrill stand, und stellte ihn an die Wand des Schützenhauses. Ich konnte ja nicht wissen, wie er reagieren würde, wenn ich ihm an den Kopf warf, dass er Sophie entführt hat.

Verena holte tief Luft und las weiter:

Dein Schwiegervater ist zu Fuß gekommen. Keine Ahnung, wo er geparkt hat. Ich war schon oben und habe auf ihn gewartet. Was ihm denn eingefallen sei, seine Enkeltochter zu entführen, habe ich ihm vorgeworfen und dass er ein schlechter Mensch sei. Friedhelm hat mich daraufhin zu beschwichtigen versucht. Er habe es nur gut gemeint, sagte er mir. Das Kind habe die Ehe seines Sohnes und seiner Schwiegertochter belastet. Du seist vollkommen überfordert gewesen, da du dich nur noch um Sophie gekümmert hättest. Deshalb sei ihm die Idee gekommen, die Kleine in den verwunschenen Garten nach nebenan zu locken und mit ihr einen Ausflug an die See zu machen. In der Zeitung hätte er von der Einrichtung auf Spiekeroog gelesen, sagte er mir. Von Entführung könne überhaupt keine Rede sein, eher von einer Entlastung der Familie. Dem Mädchen ginge es dort sehr gut mit den anderen behinderten Kindern, hatte er gesagt.

Verena erfuhr, dass ihn Toni daraufhin angeschrien hatte, wie er denn beurteilen könne, was eine Mutter fühlen würde und ob es ihm entgangen wäre, wie sehr Verena gelitten hätte.

Das bedauerte Friedhelm zwar, aber er war in einer Zwickmühle, erklärte er mir, nachdem sich die Polizei eingeschaltet hatte. Er hätte es gleich sagen sollen, gab er zu, als er Sophie in die Ferien geschickt hatte, aber mit jedem Tag der dahinrann, sei es schwieriger geworden, es zu erklären. Und er habe es nur getan, weil du sie niemals freiwillig dorthin gegeben hättest. Dabei sei es für alle Seiten nur ein Vorteil gewesen.

Toni war zu diesem Zeitpunkt richtig in Rage gekommen, las Verena, und hatte ihm gesagt, dass sie umgehend die Polizei informieren würde. Da war Friedhelm auf sie zugestürmt. Sie hatte gerade noch den Spieß ergreifen können, um ihn abzuwehren, dann war sie so schnell geflohen, wie sie konnte. Erst später hatte sie erfahren, dass er unglücklich gefallen und verstorben war.

Jetzt war ich selbst im Dilemma, liebe Schwester. Ich fühlte mich schuldig an Friedhelms Tod, wollte aber nicht damit in Verbindung gebracht werden, allein schon wegen der Kinder. Wie aber sollte ich Sophie zurückholen? Und das wollte ich so gerne für dich tun.

Verena weinte leise. Was für ein Drama dachte sie und las weiter:

Wir müssen irgendeine Geschichte erfinden, um Sophie einfach wieder auftauchen zu lassen. Ich weiß keine andere Lösung. Bitte hilf mir dabei. Meine Kinder brauchen mich so, wie dich deine Tochter braucht. Ich möchte nicht in die Mühlen der Justiz geraten. Heute Abend werde ich Sophie wieder in den Garten lassen. Sie wird ins Haus finden. Fahr du unter einem Vorwand nach Hannover, damit du sie mitnehmen kannst. Es ist für mich unerträglich, dich so leiden zu sehen. Du weißt, wie sehr ich dich liebe! Deine kleine Schwester Toni

Verena erhob sich mühsam, aber entschlossen und ging zum Kaminofen. Dort verbrannte sie den Brief ihrer Schwester. Friedhelm war ohnehin tot. Sie war zu allem bereit, wenn sie nur ihr kleines Mädchen wiederhaben konnte.

Castor, der viel gerühmte Leichenspürhund der Hundestaffel, schlug bereits an, noch bevor Ingo Freund die Haustür der Familie Görlitz senior geöffnet hatte. In der Diele machte er „sitz“, zeigte bellend seinen Fund an und ließ sich auch nicht dazu bewegen, weiterzugehen.

Ingo zuckte mit den Schulter und schaute den Hundeführer Hugo Rinne fragend an.

„Der Hund irrt sich nicht“, sagte Rinne und schaute sich um, „habt ihr schon mit Luminol gearbeitet?“

„Dazu gab es bisher keine Veranlassung und auch jetzt nicht. Wir sind auf der Suche nach einem Mädchen, das in der Zeit vor 1967 verschwunden ist“, erklärte Ingo.

„Verstehe“, sagte Hugo Rinne und beobachtete seinen Hund, der den Blick nach oben gerichtet hatte. „Habt ihr diese komischen Marionetten schon untersucht?“

Ingo gruselte es. „Noch nicht, aber ich lasse sie flugs abnehmen.“ Er rief seine Kollegen Lars Stelloh und Sabrina Klein zu sich. „Bitte alle Engel herunternehmen und vorsichtig untersuchen.“

„Auf was bist du denn aus?“, fragte Sabrina.

„Knochen, Haare oder getrocknete Haut. Irgendetwas in der Art“, erklärte Ingo. „Hugo, kannst du mit Castor noch in den Keller kommen?“, fragte er. „Ich halte es zwar für unwahrscheinlich, dass dort etwas vergraben ist, aber ich möchte auf Nummer sicher gehen. Er soll den Boden untersuchen.“

Hugo nickte. Auf seinen Befehl hin folgte ihm Castor die Treppe hinab. In den einzelnen Kellern zeigte der belgische Schäferhund kein Interesse, auch nicht im verborgenen Raum, obwohl er hier ausgiebig schnüffelte. Erst als sie an der Eisenklappe vorbeikamen, die in das unterirdische Brunnensystem führte, schlug Castor wieder an und kratzte an der Metallplatte.

„Was ist da unten?", fragte Hugo.

„Eine unterirdische Brunnenanlage mit Ratten und so. Da liegt auch bestimmt der eine oder andere Kadaver", sagte Ingo.

„Castor reagiert nur auf menschlichen Leichengeruch. Da unten muss also etwas sein", insistierte Hugo.

Ingo Freund stöhnte. „Das wird ein langer Tag. Ich glaube, meine Mauer muss jemand anderes weiter aufbrechen. Dann lass uns mal runtergehen. Schafft der Hund das? Es ist nur eine schmale Stiege."

Hugo Rinne nickte. „Notfalls trage ich ihn."

Thorsten Büthes Mobiltelefon klingelte. Er sah, dass die Nummer einer Kollegin gehörte und nahm ab.

„Du hattest doch gebeten, dass du informiert werden wolltest, wenn wir aus den Tagebüchern etwas über den Verbleib des Mädchens erfahren", sagte Iris Hoppe. „Ich habe was!"

„Schieß los, Iris!", bat Thorsten.

„Es wird beschrieben, dass das Mädchen in ein Heim gebracht werden soll. Sie ist wohl schwerstbehindert und die Mutter mit der Pflege überfordert. Marianne, die Mutter, sei außerdem labil. Im April 1966 ist sie dann dauerhaft in einer Einrichtung im Harz untergebracht worden."

„Das würde erklären, warum es keinen Totenschein gibt. Steht da geschrieben, wie das Heim heißt?", fragte Thorsten.

„Nein!"

„Krieg es bitte raus und frag nach. Es kann damals nicht so viele solcher Häuser gegeben haben. Gib mir dann sofort Bescheid."

„Ja, ist gut", antwortete Iris.

„Sonst noch etwas Interessantes oder Auffälliges?", wollte Thorsten wissen.

„Hmm, ich weiß nicht genau, ob es etwas zu bedeuten hat", gab Iris an, „aber vor dieser Eintragung sind einige Seiten feinsäuberlich mit der Rasierklinge herausgeschnitten worden."

„Das sollten wir im Hinterkopf behalten. Du liest jetzt erst mal weiter, okay?"

„Ja, mache ich", sagte sie und legte auf.

Schon wieder klingelte es. Er nahm ab. In Thorstens Ohr klang Ingos atemlose Stimme.

„Es scheint so, als haben wir doch eine Leiche“, sagte er. „Der Spürhund hat an verschiedenen Stellen angeschlagen. Willst du herkommen? Auch mit den Engeln stimmt wohl irgendwas nicht. Die hat er ebenfalls verbellt.“

Eine gespannte Aufregung, die von Ingo ausging, erfasste auch Thorsten. Er fühlte, dass sie der Lösung des Falles näher kamen.

„Ich bin sofort da. Wartet auf mich“, bat er.

Hauptkommissar Wolf Hetzer, der in der Nacht zuvor hervorragend geschlafen hatte, streckte sich in seinem Büro aus. Etwas ließ ihm keine Ruhe. Justus' Aussage hatte sich nicht mit der seiner Frau gedeckt, als es um das Wissen bezüglich der falschen Vaterschaft ging. Das war seltsam. Er grübelte über den Grund nach.

Einer von beiden musste gelogen haben oder war schlicht und ergreifend unwissend. Konnte es sein, dass Verena verborgen geblieben war, dass Justus längst herausgefunden hatte, dass er nicht Sophies Vater war? Wenn es so wäre, hätte er sie nicht darauf angesprochen und das Kuckuckskind einfach klammheimlich toleriert. Wolf konnte sich aber kaum vorstellen, dass dies einen Mann kaltgelassen hätte.

Dass sie die Vaterschaft verschwiegen hatte, war logisch. Aber was wäre, wenn er es erst jetzt durch die Befragung erfahren und Thorsten daraufhin angelogen hätte? Vielleicht hatte er den gelassenen Ehemann nur vorgespielt? Könnte es dann sein, dass Verena in Gefahr war?

Er entschloss sich, mit Peter bei Antonia von Bodenstein vorbeizufahren. Thorsten hatte ihm erzählt, dass Verena dort zu Besuch sei.

Als sie die Tür öffnete, erschraken die beiden Kommissare. Das Gesicht war verquollen, ein Auge komplett zugeschwollen, überhaucht von einer besorgniserregenden Bläue.

„Entschuldigen Sie, ist es dringend?", fragte Verena. „Mir geht es nicht so gut. Ich bin die Treppe heruntergefallen."

Wolf, der seine Theorie vor seinem geistigen Auge zur Tatsache gereift sah, sagte: „Ich glaube, Sie sind geschlagen worden. Dürfen wir reinkommen? Sind Sie allein?"

„Es ist niemand hier, außer mir", antwortete sie, „und ich würde mich gerne wieder hinlegen. Bitte verzeihen Sie!"

„Schade", sagte Wolf, „wir glauben nämlich, dass Ihr Mann Ihnen das angetan hat. Möchten Sie nicht doch etwas sagen?"

„Nein!"

„Dann nehmen Sie bitte meine Karte. Sollten Sie doch noch eine Aussage machen wollen oder Hilfe benötigen, rufen Sie mich bitte an, ja?"

Sie stieß ein gepresstes „Ja" hervor und schloss die Tür. Noch im Auto informierte Wolf die Kollegen in Hannover, die versprachen, dass Justus umgehend vernommen werden sollte. Thorsten, der auf dem Weg in das Haus der Familie Görlitz senior war, war telefonisch nicht erreichbar.

Seine Mutter hatte ihm nicht weiterhelfen können, als er sie zu dem Kinderbild befragte, das Thorsten ihm gezeigt hatte.

„Ja, ja, die Kinder", sagte sie nur und streichelte ihre Puppe. „Ich habe viele Kinder."

Das half ihm nicht weiter. Vor zwanzig Minuten war er aus Bückeburg zurückgekehrt und niemand hatte bemerkt, dass er dreieinhalb Stunden nicht in seinem Arbeitszimmer gewesen war. Als die Beamten später kamen und das Hausmädchen Olga befragten, bestätigte diese „dass Sohn von Mutter in Zimmer gewesen sei". Marianne sagte nur etwas Unverwertbares, dass ihr Sohn immer für sie da sei und auf Nachfrage „Ja, auch heute jederzeit!".

Daraufhin fuhren die Beamten wieder. Justus atmete auf. Er fragte sich, ob Verena doch geredet hatte und wählte Tonis Nummer.

„Nein, ich habe kein Wort gesagt!", schrie sie in den Hörer, als er sie danach fragte. „Werde ich auch nicht. Die von der Kripo waren hier und haben mein Gesicht gesehen. Irgendwas müssen sie sich zusammengereimt haben. Einer sagte gleich, dass du mich geschlagen hast. Wie kamen sie wohl darauf? Ich hab's verneint und sie weggeschickt."

„Das ist auch besser für dich", sagte er drohend.

„Ich komme später nach Hannover und packe ein paar Sachen. So gegen sechs. Aber ich will dich nicht sehen. Sieh zu, dass du dann weg bist."

„Das trifft sich gut. Ich bin sowieso in der Klinik. Bis halb neun solltest du wieder verschwunden sein!“, schlug er vor.

„Ich werde keine Sekunde länger dableiben, als ich muss. Da kannst du dir sicher sein“, sagte Verena. „Den Rest kannst du mir zuschicken, wie du gesagt hast, wenn ich eine Wohnung habe. Wir sind fertig miteinander!“

Als Thorsten eingetroffen war, nahm Hugo seinen Castor auf die Schulter. Die Eisenklappe hatten sie bereits geöffnet. Zu dritt kletterten sie die Stiege hinab. Unten angekommen, ließ Hugo den Hund zu Boden. In einer gemauerten Rinne floss das Wasser gleichmäßig dahin. Auf der linken Seite führte ein schmaler Weg entlang. Castor schnüffelte und orientierte sich. Dann lief er in Richtung Norden voraus. Sie mussten sich etwas ducken, um sich den Kopf nicht zu stoßen. Thorsten schätzte die Deckenhöhe auf einen Meter siebzig. Die Luft war hier unten nicht so feucht, wie sie vermutet hatten. Durch den Brunnenschacht und weitere Zuleitungen von oben war eine ausreichende Belüftung des Systems gewährleistet. Von Ferne hörten sie leises Quieken.

„Ratten", sagte Ingo. „Ich hasse Ratten!"

„Trinken würde ich das Wasser also nicht", fügte Thorsten hinzu, „aber zum Gießen reicht es doch." Er dachte an Mariannes Garten.

Nach fast vierzig Metern verzweigte sich der Tunnel. Castor führte die Beamten westwärts. Sie waren vielleicht weitere drei Minuten gegangen, da gab der Schäferhund auf einmal Laut. Im Licht der Taschenlampe sahen sie ein Stück Stoff, das schon bessere Zeiten gesehen hatte. Die Stelle wäre ihnen wahrscheinlich entgangen, weil sie nicht unbedingt nach links geleuchtet hätten, denn das Gewebe war in derselben Farbe wie die Mauer.

Ingo hob den Stoff an, der wie eine Art Vorhang vor einer Nische zu hängen schien und stieß auf ein feinmaschiges Netz, das mittels eines Rahmens in das Loch in der Mauer gespannt war.

„Ein Drahtnetz", sagte er und kramte in seiner Tasche.

„Ich kann nicht sehen, was dahinter ist", fügte Thorsten hinzu, „es ist zu feinmaschig."

„Das haben wir gleich", versprach Ingo und setzte einen Schraubenzieher an der Stelle an, wo vorher schon jemand mehr als einmal das Drahtnetz entfernt haben musste. „Es ist nur in die Wand gespannt."

Tatsächlich löste sich der Rahmen leicht aus den Steinen und gab den Blick auf bleiche Fragmente unterschiedlicher Größe frei.

„Kinderknochen!", sagte Ingo und holte tief Luft.

„Ja, aber nicht vollständig", ergänzte Thorsten. „Ich sehe keinen Schädel und die Wirbelsäule scheint komplett zu fehlen."

„Da, wo der Kopf gelegen haben muss, ist ein flaches, fleckiges Stück Stoff zu sehen. Möglicherweise ein Kissen, aber nicht mehr ganz intakt, und knapp unter den Füßen sehe ich auch noch einige Fetzen."

„Sind das da Nagespuren am Oberschenkelknochen? Schau mal hier!", Thorsten zeigte auf die Stelle.

„Kann sein", sagte Ingo und schüttelte sich, „vielleicht deshalb das Drahtnetz, damit die Viecher nicht mehr speisen konnten."

„Haben wir es nun mit dem Kind zu tun, das wir auf dem Foto gesehen haben? Mit dieser Marie, die nach Sichtung der Tagebücher in ein Pflegeheim gegeben worden sein soll?", fragte Thorsten.

„Möglich. Groß sind die Knochen nicht. Haben wir eine ungefähre Ahnung, wann das Mädchen verschwand?", wollte Ingo wissen.

„Nach den Aufzeichnungen ihres Vaters kam sie angeblich 1966 ins Heim.

Da war sie ungefähr fünf Jahre alt", erklärte der Fallanalytiker.

„Könnte von der Größe her hinkommen", meinte Ingo, „aber ich bin kein Rechtsmediziner."

„Und genau den brauchen wir jetzt", sagte Thorsten und zog sein Handy aus der Tasche. „Kein Empfang! Ich schlage vor, wir setzen den Rahmen erst mal wieder ein und gehen nach oben."

Ingo nickte und sagte: „Ich bin gespannt, was die Kollegen oben herausgefunden haben."

„Denkst du dasselbe wie ich?", fragte Thorsten.

„Absolut!", bestätigte Ingo.

Es war Mittag. Der Wind wehte warm um Tonis Nase, die Arm in Arm mit Valentin auf der Fähre stand. Die Spiekeroog eins lief gerade im Hafen der Insel ein. Toni sog die Seeluft ein.

„Vielleicht nicht gerade Spanien", sagte sie, „aber auch wunderschön."

Valentin lächelte sie an. „Viel Zeit haben wir hier ja nicht für das Schöne, aber wenn du deiner Schwester ein Versprechen gegeben hast, muss es auch gehalten werden. Wann lerne ich sie eigentlich endlich mal kennen?"

„Bald", sagte Toni und dachte nicht im Traum daran.

Vom Hafen aus schlenderten sie in Richtung Inselmitte. An der Teestube machten sie halt und aßen Waffeln mit Kirschen.

„Bleib du hier sitzen. Ich hole Sophie eben ab. Sie ist immer etwas komisch, wenn sie jemanden noch nicht kennt", erklärte Toni.

„Wie du meinst", sagte Valentin und streckte sein Gesicht in die Sonne.

Toni eilte durch die kleinen Gassen. Sie kannte sich hier gut aus. Schließlich hatte sie lange genug in der Nähe der Küste gewohnt. Am östlichen Ortsrand erreichte sie die Einrichtung von Rebecca Hansen. „Eden" stand da auf dem Schild und darunter in kleinerer Schrift „Inselparadies für gehandicapte Kinder". Sie klingelte.

„Toni“, rief die junge Frau an der Tür, „wie geht es dir? Das ist aber schön, dich zu sehen. Geht es deiner Schwester und deinem Schwager besser? Sophie hat schon gepackt. Wo steckt sie eigentlich?“

„Ja, Becky, meine Schwester ist von der Kur zurück. Sie vermisst die Kleine so. Und mein Schwager ist inzwischen auch aus der REHA entlassen worden. Ich wollte ihnen die Fahrt aber lieber abnehmen.“

„Hast du ein bisschen Zeit mitgebracht, Toni?“, wollte Rebecca wissen.

„Beim nächsten Mal“, antwortete sie, „wir haben doch noch die Fahrt vor uns.“

„Gut, dann gehe ich mal Sophie suchen. Du kannst schon ihre Koffer holen. Zimmer fünf“, rief sie ihr im Gehen zu.

Toni fand das Zimmer gleich um die Ecke und schnappte sich die zwei Koffer von Rimowa. Dank der Rollen ließen sie sich gut fortbewegen.

Sie hatte kaum die Tür erreicht, da hörte sie von hinten eine Mädchenstimme kreischen. Dann fiel ihr Sophie um den Hals.

„Hast du die Rechnung schon fertig?“, fragte Toni.

„Bist du bekloppt“, lachte Rebecca, „unter Freunden hilft man sich gerne. Wenn ich mal Urlaub mache, niste ich mich bei dir ein. Ich bin froh, dass ich euch in dieser Notsituation helfen konnte.“

„Abgemacht“, sagte Toni und umarmte Rebecca, „vielen Dank!“

„Da nich für“, antwortete die Freundin, wuschelte Sophie durch's Haar und winkte den beiden nach.

Toni schmunzelte. Sophies Haare waren schon wieder nachgewachsen. Besser so, dachte sie, auch wenn ihr die Kurzhaarfrisur gut gestanden hatte. So sah sie mädchenhafter aus.

„Datti, Datti", plapperte sie und hängte sich an Tonis Hand.

„Wir holen jetzt noch einen Freund ab", sagte Toni, „aber nicht schreien, hörst du?" Sophie guckte sie verständnislos an.

Die Rückreise gestaltete sich etwas schwierig. Valentin musste die ganze Strecke fahren, weil Sophie sich unbedingt hinter Toni verstecken wollte. Ab und zu gab sie ablehnende Laute von sich, fast wie ein Fauchen. Doch Toni war das ganz recht, denn es gehörte zu ihrem Plan.

Als Thorsten, Ingo und Hugo wieder oben im Haus waren, verabschiedete sich der Hundeführer von den beiden Kollegen.

„Super Arbeit!", sagte Thorsten und Ingo nickte. „Castor ist wirklich ein Ass."

„Ich wünsche euch noch viel Glück bei der weiteren Ermittlungsarbeit", sagte Hugo, „auf jeden Fall seid ihr ein ganzes Stück weitergekommen, wie mir scheint."

„Absolut", sagte Thorsten und verabschiedete ihn.

In der Diele waren inzwischen alle Engelspuppen abgenommen und „seziert" worden. Sabrina kam gleich auf Thorsten zu und sagte:

„Du glaubst nicht, was wir gefunden haben. In jedem der Engel steckt ein Wirbel, ziemlich klein, vielleicht von einem Kind. Achtzehn haben wir schon, aber ich wette, dass in den anderen auch noch jeweils einer zu finden ist."

„Wir hatten recht", freute sich Ingo.

„Ja", stimmte Thorsten zu, „und ich weiß auch jetzt, wo der Kopf ist. Er war die ganze Zeit vor unseren Augen, auf Mariannes Engelspuppe. Ich meine die, die sie immer bei sich hat. Sie muss den Schädel mit einer hautfarbenen Masse überzogen und bearbeitet haben."

„Das ist ja widerlich", sagte Ingo und gruselte sich, „da lebt die alte Frau die ganze Zeit mit dem Totenschädel ihrer Tochter."

„Wie nehmen wir ihr das Ding bloß ab?", grübelte Thorsten. „Wir wollen doch nicht, dass sie völlig durchdreht."

„Mit einer Ersatzpuppe?“, schlug Ingo vor.

„Die wird sie wahrscheinlich nicht akzeptieren. Stell dir mal vor, sie muss immer wieder in den Brunnen gestiegen sein und sich Teile ihrer Tochter geholt haben.“

„Ekelig“, fand Ingo und stellte sich vor, dass sie ihre Marie vielleicht in den unterschiedlichsten Verwesungsstadien vorgefunden hatte.

„Ich habe eine Idee“, sagte Thorsten, „wir bitten Marga, ihr die Puppe abzuschwatzen. Sie hat einen ganz guten Draht zu Marianne Görlitz und durfte den Engel sogar schon mal halten. Sie wird sich auch gruseln, wenn sie erst weiß, was darin verborgen ist.“

Thorsten informierte Marga, die es zunächst bei dem Gedanken schüttelte, einen Totenkopf im Arm gehalten zu haben. Aber sie erklärte sich bereit, mit einer Austauschpuppe zu Marianne Görlitz zu fahren und es ganz vorsichtig zu versuchen, die Ermittlungen voranzubringen. Nachdem Thorsten aufgelegt hatte, wurde er von Torben Rosin angesprochen, der sich weiter mit der Wand im verborgenen Keller beschäftigt hatte. Auch Ingo war sehr interessiert.

„Ich habe hier ein paar handgeschriebene Seiten gefunden. Sieht aus wie aus einem Tagebuch“, sagte er nachdenklich. „Sie könnten herausgeschnitten worden sein. Die eine Längskante ist uneben und am unteren Ende zackig.“

„Das passt zu dem, was mir Iris Hoppe heute Vormittag gesagt hat. Sie hat in dem Tagebuch von 1966 eine Stelle gefunden, an der Seiten herausgetrennt worden sind“, erklärte Thorsten. „Hinterher ging es dann mit dieser Geschichte weiter, dass das Mädchen in ein Heim gebracht worden ist.“

„Nur verschrieben, oder eine kleine Korrektur der Wahrheit?", fragte Ingo.

„Gib mal die Seiten her, bitte", sagte Thorsten, „war sonst noch was in der Wand?"

„Nein", antwortete Torben Rosin.

„Ist der Rechtsmediziner schon da?", wollte Ingo wissen.

„Auch nicht, aber ich sag euch Bescheid", versprach Torben und ging wieder in den Keller.

„Wenn die DNA aus der Kinderbürste mit der aus der Mauernische übereinstimmt, können wir mit ziemlicher Sicherheit sagen, dass es sich um das verschwundene Mädchen Marie handelt. Alles andere macht ja keinen Sinn", überlegte Thorsten und nahm die Tagebuchseiten in die Hand. Nach den ersten Sätzen begann er von vorn laut vorzulesen.

17. Februar 1966

Erst heute komme ich dazu, wieder einen Eintrag ins Tagebuch zu machen. Hinter mir liegt die schlimmste Zeit meines Lebens. Unsere kleine Marie ist tot und ich bin schuld daran.

Am Abend des 5. Februar hatte meine Frau mich gebeten, Wasser für Marie zum Baden einzulassen. Für sie selbst ist es in der fortgeschrittenen Schwangerschaft zu schwierig gewesen. Marie war ungeduldig und wollte schon in die Wanne. Das haben wir oft so gemacht. Ich weiß heute nicht mehr, ob ich das Wasser zu heiß aufgedreht hatte, oder ob sie am Hahn gespielt haben muss. Nur ganz kurz war ich aus dem Raum, denn das Telefon hatte geklingelt.

Als ich wieder ins Bad kam, lief das Wasser noch. Marie lag rücklings flach auf dem Boden der Wanne mit rotem Gesicht. Sie war auch etwas gelb um die Nase und starrte nach oben durch das Wasser. Ich stand nur da, regungslos, und entschied mich, nicht zu handeln.

Dann rief Marianne aus der Küche. Ich antwortete nicht. Immer noch stand ich da und schaute nur.

Plötzlich war Marianne in der Tür. Mit einem Blick hatte sie die Situation erfasst. Sie schrie. Ich hielt sie zurück. Es war gut so wie es war, fühlte ich. Meine Frau war doch schon längst wieder schwanger.

Aber Marianne wollte sich nicht beruhigen. Sie tobte, trat nach mir und schrie mich an, ich solle unsere Tochter retten. Ich sei doch Arzt. Noch immer habe ich ihr animalisches Schreien im Ohr.

Sie sei längst tot, sagte ich zu ihr, man könne nichts mehr machen, um sie ins Leben zurückzuholen.

Dem Aufbäumen und Kreischen folgte der Zusammenbruch und das Weinen. Ich ließ Marianne auf den Boden sinken, drehte das Wasser ab und zog den Stöpsel aus der Wanne.

Sie solle jetzt an das ungeborene Kind denken, erklärte ich ihr. Dann hob ich Marie aus der Wanne und trug sie in den Keller, wo es kühl war. Sie war ganz leicht. Unten schloss ich ihr die Augen.

Es war undenkbar für mich, die Polizei zu rufen. Vielleicht hatte ich ihren Tod verursacht, ihn aber zumindest billigend in Kauf genommen. Möglicherweise hätte ich sie retten können, wenn ich sofort reagiert hätte. Damit hatte ich auch meinen hippokratischen Eid gebrochen.

Ja, ich liebte Marie, aber das Leben mit ihr war anstrengend und schwierig. Sie brauchte all unsere Zeit. Für uns selbst blieb kaum etwas.

Der Vorfall war mir gelegen gekommen. Ich brauchte nur abzuwarten.

Am nächsten Tag habe ich Marie ins unterirdische Brunnensystem getragen. Da gibt es eine Nische, in der wir uns früher als Kinder versteckt hatten, bevor die Holzklappe gegen eine schwere aus Eisen getauscht worden war.

Marianne habe ich davon nichts gesagt. Sie glaubt an einen traurigen Unfall. Wir haben vereinbart, eine Geschichte zu erfinden, dass wir Marie in einem Heim untergebracht haben. Gestern war ich noch einmal unten. Ich wollte ihr ein Kissen und eine Decke bringen. Es war ein schauriges Bild, das sich mir offenbarte, denn die Ratten hatten schon begonnen, sich an ihr gütlich zu tun. Ich wandte den Blick ab, als ich ihr das Kissen unter den Kopf schob, der keine Augen mehr hatte und bedeckte die Oberschenkel, von denen einer bereits bis auf den Knochen angenagt war.

Heute bin ich ein letztes Mal dort gewesen und habe ein Drahtgitter angebracht.

„Krasse Geschichte“, sagte Thorsten und legte die Blätter auf den Tisch.

„Unglaublich“, bestätigte Ingo, „wer hätte das gedacht.“

„Ob er seine andere Tochter auch mehr oder weniger um die Ecke gebracht hat?“, überlegte Thorsten laut. „Du hast doch mitgekriegt, dass Sophie auch von ihm ist? Das verschwundene Mädchen, meine ich.“

„Ja, habe ich“, antwortete Ingo.

„Und was hat er damit sagen wollen, das Leben mit Marie sei anstrengend und schwierig gewesen? Ob sie auch behindert war, weil Friedhelm Görlitz diese genetische Veränderung hatte?“

„Das wird uns die Rechtsmedizin sagen können. Ich mache erst mal weiter“, erklärte Ingo. „Bis später dann.“

In diesem Moment hörten sie ein leises Rufen aus dem Garten. Die Tür zum Wintergarten stand offen.

„Ma..., ma...!“

Es war eine Kinderstimme. Ingo Freund und Thorsten Büthe staunten nicht schlecht. Das musste Sophie sein. Diese Ähnlichkeit zu den Fotos aus dem Keller war atemberaubend. Sie stand im Garten und schrie sofort, als sie die Männer sah.

„Los, hol die Oma von drüben“, flüsterte Thorsten aus einem Geistesblitz heraus. „Vielleicht ist Marga auch noch dort. Sie soll gleich mitkommen.“

Marianne gelang es, das Mädchen zu beruhigen. Sie legte Sophie in ihre Hängematte und summte.

„Wo warst du so lange, Marie?“, fragte sie, ohne eine Antwort zu erwarten.

„Ma...“, sagte Sophie wieder. Dann summte sie mit.

Inzwischen war Verena in ihrem ehemaligen Zuhause eingetroffen und wunderte sich, dass ihre Schwiegermutter nicht da war, dafür aber ein junges Mädchen mit blondem Haar.

„Wer sind Sie, wenn ich fragen darf?“

„Ich bin Olga und kümmere mich um altes Mutter“, sagte sie. „Sind Sie Frau von Mann?“ Neugierig musterte sie das verbeulte Gesicht.

„Ja“, antwortete sie. „Wo ist meine Schwiegermutter jetzt?“

„In Nachbarhaus. Polizei haben sie geholt wegen Kind.“

Verena schrie auf, ließ alles stehen und liegen und rannte nach nebenan.

Noch Wochen später schimpfte Thorsten Büthe über diesen undurchsichtigen Fall, den er ungeklärt zu den Akten legen musste.

Aus Sophie war nichts Vernünftiges herauszubringen. Sie wäre die Einzige gewesen, die Licht ins Dunkel hätte bringen können, aber sie schrie immer nur, wenn sie einen Mann sah, den sie nicht kannte. Selbst wenn er nur auf einem Bild zu sehen war. Ob man daraus schließen konnte, dass sie von einem Mann entführt worden sein musste, blieb eine vage Möglichkeit.

Eine Frauenärztin hatte festgestellt, dass sie nicht missbraucht worden war. Das war beruhigend.

Ob sie trotzdem einem Mädchenhändler in die Hände gefallen war, der später feststellen musste, dass sie behindert und daher unbrauchbar für sein Vorhaben war, blieb eine weitere unbestätigte Spur.

Die vermaledeite Uhr konnte ihr gestohlen worden sein. Oder hatte sie sie auf ihrer unbekannten Reise selbst in Neuharlingersiel verloren?

Fragen über Fragen und keine Antworten.

Auch auf Friedhelms Tod konnten sich weder er noch Wolf einen Reim machen. Klar war, dass er gestoßen worden und gefallen war, aber durch wen ließ sich nicht herausfinden. Sie hatten auch keine Ahnung, was er in Bückeburg gewollt haben könnte. Alle Spuren waren ins Leere gelaufen.

Missmutig rief er Wolf an, weil er sich die letzte Tagebucheintragung von Friedhelm noch einmal angesehen hatte. Was hatte der alte Mann gesehen? Genau das musste ihn nach Bückeburg geführt haben.

Aber auch Wolf konnte ihm nicht weiterhelfen. Die Schwestern Toni und Verena waren mehrfach befragt worden. Die von Bodensteins hatten ein wasserfestes Alibi. Außerdem hatte Wolf - man möge es ihm verdenken - an diesem Abend überhaupt keine Lust, sich wieder mit diesem ärgerlichen Fall zu beschäftigen.

In seiner Jackentasche steckte ein kleines Päckchen, mit dessen Inhalt er Moni beweisen wollte, dass er seine Frage ernst gemeint hatte.

Fernab von allem lächelte Toni in sich hinein. Ihre Rechnung war aufgegangen. Verena war endlich entschlossen, zu ihr zu ziehen. Jetzt hatte sie die geliebte Schwester für sich. Auch wenn Sophie ihr ein Dorn im Auge war, aber dafür würde sich irgendwann sicherlich eine Lösung finden.

Danksagung

Mein besonderer Dank gilt dem polizeilichen Fallanalytiker des LKA Niedersachsen, Carsten Schütte, der inzwischen ein guter Freund geworden ist und ein wissendes Auge auf all meine Bücher wirft, damit sie authentisch bleiben. Vor seiner kriminalistischen Arbeit und der seiner Kollegen verneige ich mich, denn sie ist um ein Vielfaches umfangreicher, als es ein Krimi je beschreiben könnte.

Auch meiner Freundin Sabine möchte ich Danke sagen, dass sie ihr Augenmerk auf all die komplexen, logischen Zusammenhänge richtet.

Ein inniges Dankeschön möchte ich auch dem Team vom Verlag CW Niemeyer, Hameln, sagen. Viele gute Geister bringen die Bücher auf den Weg. Von Frau Pacholeck, Frau Frankowitz und Frau Schneider fühle ich mich wunderbar begleitet. Herr Riethmüller hat ein sehr eindringliches und berührendes Cover gestaltet. Es hat meinen Roman noch während des Schreibens beeinflusst.

Meinem wunderbaren Mann danke ich, dass er mich in jeder Sekunde so liebevoll unterstützt und mich zu all meinen Lesungen begleitet.

Von Herzen danke ich außerdem meiner Familie sowie meinen Freunden für deren Geduld und Verständnis, weil meine freie Zeit leider sehr rar geworden ist.

Bei allen lieben Krimi-Freunden aus Nah und Fern möchte ich mich bedanken, die meine SchattenKrimis gelesen und mich zum Weiterschreiben ermuntert haben. Es sind zu viele, um sie alle nennen zu können.

Zuletzt danke ich meinen wunderbaren Fans deutschlandweit in den Buchhandlungen, Krimiforen und sozialen Netzwerken, die mich täglich unterstützen und meine Bücher weiterempfehlen!

Was wären die SchattenKrimis ohne euch …?

Als Pfarrer Josef Fraas am Weserufer in Rinteln angespült wird, ahnt noch niemand, warum er sterben musste. Dass sein Körper nicht mehr ganz vollständig ist, gibt Kommissar Wolf Hetzer ein weiteres Rätsel auf. Dann verschwindet der stadtbekannte Politiker Benno Kuhlmann spurlos. Ein mysteriöser Täter spinnt seine Fäden unerkannt im Hintergrund. Hetzer hat das Gefühl, den Schatten des Mörders immer dichter zu spüren. Ein spannendes Duell beginnt.

Nané Lénard. SchattenHaut
352 Seiten. Paperback. ISBN 978-3-8271-9403-9
E-Book 978-3-8271-9603-3 (Pdf)
978-3-8271-9803-7 (Epub)

Wer ist die mysteriöse Tote auf dem Gelände der alten Frankenburg? Und warum findet die Rechtsmedizin merkwürdige Flecke auf ihrem Rücken? Und was hat es mit den Kindern des Mondes auf sich? Das bekannte Ermittlerduo Wolf Hetzer und Peter Kruse tappt noch völlig im Dunklen, während im Wald das Grauen lauert. Spät, viel zu spät hat Hetzer eine Ahnung des Bösen, das sich nicht greifen lässt. Es führt ihn an den Abgrund seines Verstandes.

Nané Lénard. SchattenWolf
368 Seiten. Paperback. ISBN 978-3-8271-9407-7
E-Book 978-3-8271-9608-8 (Pdf)
978-3-8271-9808-2 (Epub)

Eine Frau verschwindet. Von ihr werden blutverklebte Haarbüschel und ein Fetzen ihrer Kleidung gefunden. Ist sie ermordet worden oder gibt es noch Hoffnung? Die bekannten Kommissare Wolf Hetzer und Peter Kruse ziehen alle Register ihres kriminalistischen Könnens, um die Frau lebend finden zu können. Stundenlange Ermittlungen im Umfeld des Opfers bringen nach und nach grausame Details ans Licht.

Nané Lénard. SchattenGift
352 Seiten. Paperback. ISBN 978-3-8271-9412-1
E-Book 978-3-8271-9612-5 (Pdf)
978-3-8271-9812-9 (Epub)
Hörbuch 978-3-8271-9700-9

Eine Frau hängt am Pranger der Petzer Kirche. Ihr wurde die Kehle durchgeschnitten, aber es findet sich kein Blut. Es zeigt den Kommissaren Wolf Hetzer und Peter Kruse, dass sie es mit einem brutalen Mörder zu tun haben. Dass eine Frau gleichzeitg Drohbotschaften erhält, erfahren sie zu spät. Aber wer kann wissen, ob es sich um denselben Täter handelt oder jemand die Gelegenheit nutzt, sich einen unliebsamen Menschen vom Hals zu schaffen.

Nané Lénard. SchattenTod
320 Seiten. Paperback. ISBN 978-3-8271-9415-2
E-Book 978-3-8271-9618-7 (Pdf)
978-3-8271-9818-1 (Epub)

Wem gehört die Hand, die vertrocknet aus der Entengrütze des Hexenteiches ragt? Wer ist der Serienmörder, der seine Opfer mit einem Draht vom Leben ins Jenseits befördert? Diese und andere spannende Fragen stellen sich Hauptkommissar Wolf Hetzer, seine Kollegen in anderen Städten. Oft geschehen böse Taten im Schatten des Alltags und niemand kommt auf die Idee, dass eine arme Seele noch leben könnte, wenn sie denn gehört worden wäre.

Nané Lénard. KurzKrimis und andere SchattenSeiten
288 Seiten. Paperback. ISBN 978-3-8271-9419-0
E-Book 978-3-8271-9630-9 (Pdf)
978-3-8271-9830-3 (Epub)

Selbst ernannte Hirnforscher experimentieren mit ahnungslosen Versuchspersonen. Welch tragisches Schicksal hat sich in der Lutterburg vor dreißig Jahren ereignet? Ein Trupp nimmt sich der Geschichten an und findet im Keller der Ruine eine Leiche. Der Tote arbeitete bei einem Hersteller von Lebensmittelzusätzen. Maja Klausen, Norbert Ulbricht und Jürgen Grundmann ahnen Schlimmes: Handelt es sich hier um einen besonders schweren Fall von Werksspionage?

Andreas Schmidt. TodesDuft
224 Seiten. Paperback. ISBN 978-3-8271-9414-5
E-Book 978-3-8271-9615-6 (Pdf)
978-3-8271-9815-0 (Epub)

Weitere Spannung pur...

Als aus der Innenstadt Holzmindens ein Kind verschwindet, versuchen nicht nur die beiden Kommissare Kofi Kayi und Stefan Ollner, dem Täter auf die Spur zu kommen. Auch die Bürger organisieren sich. Trotzdem können sie nicht verhindern, dass noch ein Kind entführt wird. Da alle Erwachsenen Wichtiges zu erledigen haben, hört niemand zu, als Kim von dem Mann mit den Katzenbabys erzählt …

Sabine Hartmann. Nur ein Katzensprung
400 Seiten. Paperback. ISBN 978-3-8271-9413-8
E-Book 978-3-8271-9614-9 (Pdf)
978-3-8271-9814-3 (Epub)

Wesemanns 4. Fall

Merkwürdige Dinge erschüttern die Kleingartenkolonie „Grüne Bohne" an Tönebons Teichen. Der Knochen eines menschlichen Zehs taucht auf und verschwindet wieder. Kleingärtnerulk? In einigen Parzellen bricht ungewöhnlicher Wohlstand aus. Niemand scheint misstrauisch zu werden. Wesemann muss zu Spaten, Harke und Gießkanne greifen, um undercover zu ermitteln und wird fündig …

Günter v. Lonski. Teufelskralle
288 Seiten. Paperback. ISBN 978-3-8271-9418-3
E-Book 978-3-8271-9629-3 (Pdf)
978-3-8271-9829-7 (Epub)

Gütersloh 2011. Ein Serienmörder verunsichert die Stadt. Seine grausame Bilanz nach nur fünf Tagen: Jeden Tag ein neues Opfer. Kriminalkommissar Patrick Gruber und Sarah Berger übernehmen den Fall. Warum liegen alle Leichen entlang der Autobahn A 2 und warum hinterlässt der Mörder am Oberarm seiner Opfer diesen rätselhaften Zahlenaufdruck? Schon bald müssen die Partner erkennen, dass ihr Gegner ihnen immer einen Schritt voraus zu sein scheint.

Erasmus Herold. Und ich vergebe dir nicht
392 Seiten. Paperback. ISBN 978-3-8271-9562-3
E-Book 978-3-8271-9626-2 (Pdf)
978-3-8271-9826-6 (Epub)

www.niemeyer-buch.de

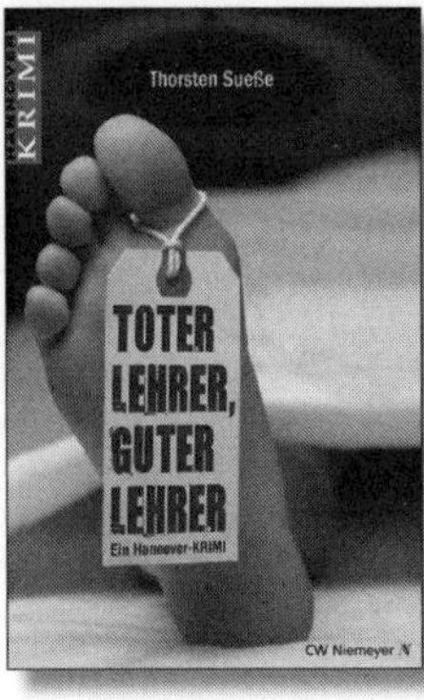

Ein 18-jähriger Schüler des Hermann-Hesse-Gymnasiums wird ermordet in seiner Wohnung aufgefunden. Sein Tod gleicht einer Hinrichtung. Die polizeiliche Rekonstruktion der Geschehnisse am Tatort verweist auf einen Serienmörder. Dr. Mark Seifert, Psychiater mit kriminalistischem Spürsinn, hat einen guten Grund, sich zunehmend mit der geheimnisvollen Mordserie zu beschäftigen. Er ahnt nicht, in welch tödliche Gefahr er sich dadurch begibt …

Thorsten Süße. Toter Lehrer, guter Lehrer
448 Seiten. Paperback. ISBN 978-3-8271-9454-1
E-Book 978-3-8271-9622-4 (Pdf)
978-3-8271-9822-8 (Epub)

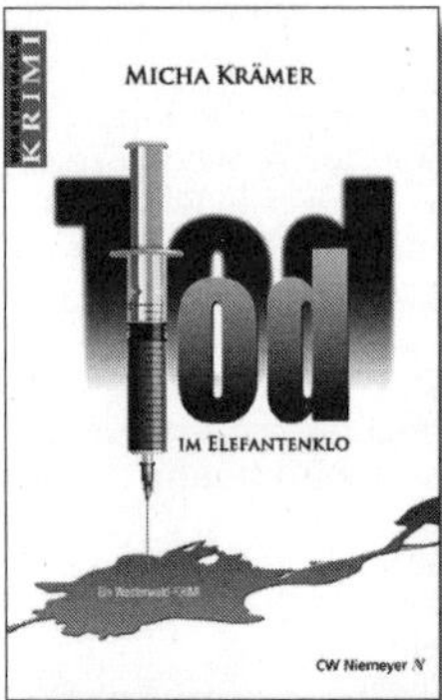

Nina Morettis dritter Fall

Schnell wird klar, woran Natascha Watzlaw gestorben ist, deren Leiche in der Betzdorfer Innenstadt gefunden wird. „KROK!" Eine Droge aus Russland, die ihre Konsumenten bei lebendigem Leib verfaulen lässt. Doch wer rammte der jungen Frau die Nadel mit der tödlichen Injektion in den Nacken? Richtig knifflig wird es für Kommissarin Nina Moretti, als der Lebensgefährte einer Kollegin tot aufgefunden wird.

Micha Krämer. Tod im Elefantenklo
288 Seiten. Paperback. ISBN 978-3-8271-9520-3
E-Book 978-3-8271-9634-7 (Pdf)
978-3-8271-9834-1 (Epub)

Brandstiftung in einer Herforder Realschule und eine verkohlte Leiche auf dem Stuhl des Schulleiters – Frank Sommer, der neue Leiter des 11. Kommissariats in Bielefeld, wird gleich am Tage seines Dienstantritts mit einem Fall konfrontiert, der ihn und sein Team an die Belastungsgrenze führt. Die Mordkommission ermittelt auf Hochtouren. Die Ermittlungsgruppe selbst gerät, ohne es zu ahnen, in eine gefährliche Nähe zum Täter . . .

Rolf Düfelmeyer. Septemberwut
280 Seiten. Paperback. ISBN 978-3-8271-9561-6
E-Book 978-3-8271-9624-8 (Pdf)
978-3-8271-9824-2 (Epub)